Александра МАРИНИНА

РЕКВИЕМ

1998

УДК 882
ББК 84(2Рос-Рус)6-4
М 26

Разработка серийного оформления
художника *Г. Саукова*

Серия основана в 1993 году

Маринина А. Б.

М 26   Реквием: Роман. — М.: ЗАО Изд-во ЭКСМО-Пресс, 1998. —
352 с. (Серия «Черная кошка»).

ISBN 5-04-001565-8

В Москве при таинственных обстоятельствах погибает молодой милиционер. Его невеста Лера носит на руке дорогое кольцо с бриллиантом,
похищенное когда-то при убийстве жены крупного чиновника. Живет Лера
с дедом-уголовником, много лет назад убившим родителей девушки и сде-
лавшим ее сиротой. Такой клубок загадок приходится распутывать Насте
Каменской и ее коллегам из уголовного розыска.

УДК 882
ББК 84(2Рос-Рус)6-4

Глава 1

Он выглядел недовольным и усталым, но за маской брюзгливой утомленности на красивом молодом лице Барсуков ясно видел с трудом сдерживаемый страх и мучительное напряжение. Сомнений не было, ему только что снова звонили.

— Что еще? Зачем ты вернулся?

— Я хотел спросить, какой у вас номер телефона. Не городского, а сотового. — Барсуков кивком головы указал на лежащую на столике возле дивана трубку.

— Зачем тебе?

— Да вы не бойтесь, я не буду вас разорять и звонить по такой дорогой связи. Если нужно, позвоню по городскому. Просто скажите мне номер.

Барсуков старался говорить непринужденно, чтобы лишний раз не встревожить собеседника. Эти артисты такие нежные, что уж и слова им сказать нельзя. Очень болезненно на все реагируют.

Он даже не стал записывать номер телефона, просто запомнил, это было несложно. Совсем несложно, потому что именно этот номер он твердил про себя, пока шел, да нет, не шел — почти бежал через темный, окутанный зимними сумерками поселок к большому загородному дому знаменитого певца.

Барсуков услышал шаги на крыльце, хлопнула дверь.

— Это я! — раздался из холла громкий мужской голос.

— Ну давай, отваливай, — негромко и раздраженно проговорил хозяин дома. — Видишь, ко мне пришли. Иди, иди.

* * *

Настя Каменская никак не могла привыкнуть к тому, что ездит на работу теперь не на Петровку, а совсем в другое место. Вот уже три месяца она выходит из метро не на «Чеховской», а на другой станции и идет не к большому желтому зданию Главного управления внутренних дел Москвы, а к обшарпанному светло-зеленому трехэтажному особнячку. Теперь ее кабинет здесь. И начальник у нее другой. Нельзя сказать, что новый начальник хуже любимого и привычного Колобка-Гордеева. Он не хуже. Просто он — другой. Давно и хорошо знакомый, отличный профессионал, безусловно честный и порядочный человек, прекрасно относящийся к Насте, но... Он не Гордеев.

Настя изо всех сил старалась свыкнуться с переменами. Она не была уверена, что поступила правильно, сменив место службы, но на этом настаивали оба начальника, и прежний, Виктор Алексеевич Гордеев, и новый, Иван Алексеевич Заточный. Заточный хотел получить в свою только что созданную информационно-аналитическую службу хорошего толкового работника, а Гордеев, в свою очередь, стремился отослать Анастасию подальше от назревавших крутых кадровых перестановок в городском управлении. И оба они в один голос твердили о том, что ей надо получать звание подполковника, поэтому следует перейти на должность, которая даст ей эту возможность. А вернуться на Петровку она всегда сможет, было бы желание.

За три месяца она так и не смогла привыкнуть к тому, что сейф теперь стоит не слева, рядом с рабочим столом, а у противоположной стены, да и вскипятить воду для кофе, не вставая с места, никак не удается, ибо розетка находится не в стене прямо за спиной, а возле окна. Что ж, может, это и к лучшему, при ее сидячем образе жизни лишние телодвижения не помешают.

Было уже около десяти утра, и Настя как раз собиралась вскипятить воду, чтобы выпить вторую за рабочее утро чашку кофе, когда ее вызвал к себе Заточный. Кроме генерала, в кабинете находился молодой мужчина в форме с погонами капитана внутренней службы.

— Знакомьтесь, — сухо произнес Иван Алексеевич. — Это наш новый сотрудник Павел Михайлович Дюжин. Анастасия Павловна Каменская — наш лучший аналитик. Она будет вашим наставником в течение первого года работы. Вы свободны, Павел Михайлович. Обживайте пока свое новое рабочее место, Анастасия Павловна вас позовет, когда освободится.

На лице у капитана было написано легкое недоумение, но он дисциплинированно встал и вышел из кабинета. Заточный некоторое время смотрел на закрывшуюся дверь, потом перевел взгляд на Настю. Сухость и сдержанность на его лице растаяли, теперь оно было обычным, но несколько озабоченным.

— Получайте своего первого ученика, — улыбнулся генерал. — Я свои обещания выполняю. Как только подготовите мне двоих приличных аналитиков, можете уходить куда захотите, если у меня не понравится.

— Откуда он пришел? — спросила Настя. — И вообще, что он умеет?

— Ну, о том, что он умеет, — это вы мне через пару дней сами расскажете. А пришел он из отдела кадров ГУВД Московской области. Устраивает?

— Вполне, — облегченно кивнула она. — У кадровиков обычно бывают неплохие навыки работы с документами без личного знакомства с человеком. Они умеют читать бумажки не только по строчкам, но и между строк. Я могу идти?

— Нет, — резко ответил Заточный и указал ей на стул. — Сядьте, Анастасия. Я хочу предложить вам материал, на котором вы будете учить Дюжина работать. Предупреждаю заранее, материал может оказаться «пустышкой», так что не старайтесь во что бы то ни стало вытянуть из него интересующий нас криминал. Я хочу сказать, что криминал там, безусловно, есть, поскольку есть труп, но он может оказаться не по нашей части. И еще одно. Я хочу попросить вас быть особенно внимательной и аккуратной, потому что это может коснуться моего сына.

Настя удивленно вскинула глаза на начальника.

— Максима? Он имеет к трупу какое-то отношение?

— Самое непосредственное. Они с убитым были если не друзьями, то добрыми приятелями, учились на одном курсе и в одной группе. И именно Максим на днях прибежал домой весь белый от ужаса. Начальник курса объявил им, что их товарища Сашу Барсукова нашли убитым.

— И вы подозреваете, что Максим знал о преступных связях друга и даже сам был замешан?

— Я ничего не подозреваю, — голос Заточного снова стал сухим и жестким. — У меня нет оснований для каких бы то ни было подозрений. Но и оснований быть благодушным у меня тоже нет. С каждым из нас может случиться все, что угодно. И с нашими детьми тоже. Я слишком много времени и внимания уделял и уделяю службе и не могу быть уверенным, что знаю своего сына как облупленного. Ему уже скоро девятнадцать, это взрослый мужчина, у которого своя жизнь. И тот факт, что для меня он продолжает оставаться ребенком, не может повлиять на объективную реальность. Хватит об этом, Анастасия. Вернемся к делу. Со слов сына я знаю, что Саша Барсуков ухаживал за девушкой, которая много лет назад потеряла родителей и теперь живет вместе с дедом. Ситуация достаточно острая, поскольку десять лет назад родители девушки были убиты, и убиты не кем-нибудь, а именно этим самым дедом, который отсидел срок и вернулся к внучке. Могу высказать предположение, что Барсуков попал под влияние деда-уголовника. Это первое. Я запросил из архивов материалы на него.

Генерал легко поднялся из-за стола, открыл сейф и положил перед Настей две пухлые папки. Глядя на него, Настя снова ощутила едва заметный укол того, что принято называть белой завистью. Она не сумела бы встать с такой легкостью и вообще двигалась, как правило, тяжело и неуклюже, несмотря на относительную молодость (всего-то тридцать семь) и почти болезненную худобу. Спортом она, в отличие от Заточного, никогда не занималась, а тут еще и спина побаливает, и одышка...

— Вот, ознакомьтесь с ними. В одной папке материалы уголовного дела, в другой — личное дело осужденного Немчинова. Не буду вам говорить, что и как смотреть в этих материалах, вы лучше меня все знаете. Теперь второе. У вас хорошая память, и я полагаю, вы не забыли дело Сергея Градова, осень девяносто третьего года.

— Я помню, — удивленно произнесла Настя. — Но я не думала, что вы об этом деле знаете.

— Мы в то время не были с вами знакомы, но тогда я как раз впервые о вас услышал. Я не мог не знать об этом деле, потому что Градов, как вам известно, был депутатом и имел хорошие шансы стать крупным политиком. Но дело не в нем. Вы помните мальчишку, которого тогда взяли к вам на стажировку?

— Конечно, — кивнула она, понимая наконец, о чем хочет ее предупредить генерал. — Парень учился в Московском юридическом институте МВД, там же, где и ваш сын. И мы тогда смогли установить, что он с самого начала, еще до поступления в институт, был завербован криминальной структурой и направлен на учебу в наш ведомственный вуз, чтобы иметь в милицейских рядах свои уши и руки. Вы полагаете, что этот случай мог оказаться не единственным?

— Я не могу не учитывать такую возможность. Принимая во внимание должность, которую я занимаю, надо иметь в виду, что мой сын Максим может оказаться лакомым кусочком для заинтересованных лиц. И если его товарищ по учебе оказывается связанным с уголовниками, я не могу закрыть на все глаза и считать, что мой мальчик живет в башне из слоновой кости и сохраняет чистоту и невинность помыслов, тогда как все остальные слушатели института ходят по бренной земле.

Глупости, жадности, предательства и грязи всюду достаточно, и нельзя рассчитывать на то, что твоих близких они не коснутся. Все равны, и все под одним Богом ходим. У вас есть ко мне вопросы?

— Есть. Я уже не оперативник, у меня нет полномочий заниматься этим делом. Как мы с вами будем выходить из положения?

— Вы не будете заниматься раскрытием убийства Барсукова. Вы будете анализировать материалы на предмет выявления связей между слушателями института и криминальными структурами. Впрочем, речь может идти не только о слушателях, но и о сотрудниках. Преподаватели, курсовые офицеры, кадровики и так далее. И не только в этом институте, но и в других вузах МВД, их много.

Настя поморщилась. Легко сказать: вы будете делать то-то и то-то, а другие будут делать что-то другое. Как тут делиться-то? Если убийство рядового милиции Александра Барсукова связано с проникновением мафии в институт, то границу между интересами разных служб не проведешь. Следователь и оперативники быстро поставят на место какую-то там Каменскую, которая сует нос не в свое дело и без толку путается под ногами. Заточный должен был бы это понимать, а не давать ей задание с такой легкостью, словно в киоск за сигаретами посылал.

Ее кислая мина не укрылась от Ивана Алексеевича, который внезапно улыбнулся, впервые за сегодняшнее утро, своей знаменитой улыбкой, когда глаза его превращались в два маленьких солнышка и обогревали собеседника неожиданным теплом, сопротивляться которому мало кому удавалось.

— В виде компенсации могу вам сообщить приятное известие. Следствие по делу об убийстве Барсукова поручено вашему знакомому Ольшанскому, а из оперативников будут работать ваши бывшие коллеги. Надеюсь, с ними-то вы сможете договориться.

Ну что ж, подумала Настя, это совсем другое дело. С Костей Ольшанским проблем не будет, если не нарушать правила игры, а про ребят и говорить нечего.

Она взяла со стола папки и уже открыла дверь кабинета, собираясь выйти, но ее остановил насмешливый голос Заточного:

— А Максим?

— Что — Максим? — недоуменно обернулась она.

— Вы не хотите с ним поговорить?

— Хочу. Но мне неловко просить об этом. Его, наверное, уже и так на Петровке задергали. А вы сами просили быть деликатной...

Иван Алексеевич рассмеялся, правда, Насте показалось, что смех был не очень-то веселым.

— Анастасия, я знаю вас достаточно давно, чтобы понимать: вам никогда не бывает неловко, если речь идет о деле. Не морочьте мне голову. Когда вам нужен Максим?

— Я хочу сначала посмотреть материалы, — осторожно ответила она.

— Хорошо. Он учится во вторую смену, с двенадцати до семи. К восьми вечера он будет здесь.

Настя отправилась к себе, с трудом удерживая норовящие выскользнуть из рук папки и с удивлением думая о том, почему это она так спокойно позволяет Заточному распоряжаться ее временем. Он уже решил, что разговор с Максимом у нее должен состояться сегодня в восемь вечера, и никакому обсуждению это не подлежало. Он не спросил, какие у нее планы, чем она собирается заниматься и вообще будет ли она в восемь часов на работе. Просто решил — и все. Гордеев таким не был. Ничего не попишешь, у каждого начальника свой стиль. А Иван Алексеевич Заточный вообще обладал какой-то непонятной властью над ней. Настя могла сердиться на него, обижаться, даже порой ненавидела, но не могла сопротивляться его обаянию и хоть в чем-то отказать.

Разложив папки на столе в своем кабинете, она довела до конца прерванное занятие по приготовлению кофе и уселась за документы с чашкой в руках. Уголовное дело об убийстве супругов Немчиновых в 1987 году было совсем незамысловатым. Типичное бытовое убийство, каких тысячи. Вместе пьянствовали на даче, разгорелась ссора, и Немчинов-старший с пьяных глаз застрелил из охотничьего ружья сына и невестку. Испугавшись содеянного и желая скрыть следы, поджег дом и отправился на электричку, чтобы вернуться в город. Вероятно, поезда ходили с большими перерывами, ему пришлось долго ждать на платформе. За это время соседи, слышавшие звуки выстрелов и увидевшие, что из дома валит дым, вызвали милицию, и Василий Петрович Немчинов, 1931 года рождения, был задержан все на той же платформе, где он терпеливо ожидал поезда на Москву. Вину свою признал сразу и в ходе следствия и судебного разбирательства показаний ни разу не менял. Осужден по статье 102 за умышленное убийство с отягчающими обстоятельствами (убийство двух и более лиц), получил двенадцать лет лишения свободы с отбыванием в колонии усиленного режима, через девять лет освободился досрочно, поскольку «честным и добросовестным трудом и соблюдением правил внутреннего распорядка доказал свое исправление». Вот, собственно, и все.

Ничего интересного в уголовном деле не было, но что-то показалось Насте смутно... Нет, не знакомым, а каким-то несуразным, что ли. Может быть, именно из-за той простоты, от которой она давно уже отвыкла, эта маленькая несуразность просто выпирала из материалов и резала глаза. Но в чем она? Где? На какой странице? Ничего, кроме внутреннего ощущения.

Она знала, что в таких случаях надо отвлечься, заняться чем-то другим, а потом снова прочитать дело. Что ж, посмотрим пока личное дело осужденного Немчинова В. П. Во время пребывания в следственном изоляторе избил сокамерника. Это плохо. Но потом выяснилось, что этот многократно судимый сокамерник глумился и издевался над двадцатилетним парнишкой, хилым и хрупким, так что избил его Немчинов, строго говоря, за дело. Это уже хорошо. По закону вообще-то не полагается содержать в одной камере бывалых сидельцев и ранее не судимых, но кто их соблюдает-то, правила эти? В какой камере есть место, туда и сажают. Многие изоляторы находятся в бедственном положении, здания давно не ремонтировались, камеры в аварийном состоянии, потолки протекают, канализация не работает, тут уж не до жиру. То есть не до закона.

Так, что еще? В период отбывания наказания показал себя исключительно с положительной стороны. В деле сплошные благодарности за перевыполнение норм выработки... Ан нет, и в штрафном изоляторе побывал Василий Петрович на шестом году отсидки, аж на целых тридцать суток загремел. И за что же? Да опять все за то же, избил осужденного. А вот и объяснение самого Немчинова: «Я признаю, что избил осужденного Фиалкова сегодня днем в цехе № 2. Фиалков систематически унижал недавно поступившего осужденного Грекова, отбирал у него продукты, применял физическое насилие и угрожал принудительным гомосексуальным контактом. Осужденный Греков является физически неразвитым и постоять за себя не может. Вину признаю. Осужденный Немчинов В. П., статья 102, срок 12 лет».

Очень любопытная бумажка. Мотив все тот же — защита слабого, который не может постоять за себя. Но стиль! Абсолютное большинство осужденных написали бы: «отбирал пайку и угрожал опустить». Или «опетушить». Но Василий Петрович написал свое объяснение нормальным русским языком, без употребления жаргона и без единой грамматической ошибки. Что это? Поза? Или к нему действительно за пять лет пребывания на зоне не прилипла специфическая субкультура зеков?

Странно это все как-то. Непростой, видать, дед этот Немчинов. С одной стороны, пьяная ссора и убийство сына и невестки, с другой — применение насилия в защиту слабых, а с третьей — добросовестный труд и грамотная письменная речь. Такой тип может оказаться очень умным и опасным. Может быть, он действительно за девять лет пребывания на зоне оброс крепкими связями с преступным миром, а теперь, находясь на свободе, втягивает в свои сети молоденьких милиционеров вроде Саши Барсукова?

За работой время летело незаметно, и, когда Настя закрыла вторую папку, оказалось, что уже почти четыре. Надо бы поесть, но что? И где? На Петровке хоть столовая была и буфет круглосуточно работал, а в этом особнячке пока ничего нет, кроме служебных кабинетов. Сотрудники либо приносят из дома бутерброды, либо ходят в ближайшее кафе. В кафе, конечно, кормят вкусно и за вполне разумные деньги, но ведь туда идти надо. А перед этим еще и одеваться... Насколько Анастасия Каменская была неутомима в работе, если ее можно было делать, не вставая из-за письменного стола, настолько ленивой она была, когда дело касалось даже простейших физических усилий. Ей проще было сидеть голодной, нежели надевать сапоги, теплую куртку, спускаться по лестнице и шлепать по скользкому тротуару целых триста метров до места, где дают поесть. И если бы она могла рассчитывать на то, что сумеет уйти с работы в шесть вечера, она бы, конечно, предпочла поголодать и потерпеть до дома, но поскольку теперь уже ясно, что раньше девяти она отсюда не выберется, то все-таки придется сделать над собой усилие и выйти на улицу. И почему она, балда несуразная, не взяла утром с собой бутерброды? Ведь собиралась, она точно это помнила, да и муж несколько раз напоминал ей, даже выложил из холодильника сыр и ветчину. А она в очередной раз поленилась.

Горестно вздыхая, Настя натянула сапоги, обмотала шею длинным теплым шарфом, застегнула куртку, сползла с третьего этажа и вышла на улицу. Легкие мгновенно наполнились вкусным морозным воздухом, от ослепительного солнца на глазах выступили слезы. В этом году зима вела себя правильно, в строгом соответствии с календарем. До конца ноября стояла холодная сырая осень, а первого декабря к вечеру ударил мороз. Сегодня же, второго декабря, на улице сверкал снег и сияло солнце. Если бы еще не было так скользко, то жизнь могла бы показаться майору милиции Анастасии Каменской более чем удовлетворительной.

Осторожно передвигая ноги, чтобы не поскользнуться, она медленно дошла до кафе со странным названием «Жажда», которое больше подошло бы павильону «Вино-воды» из давних советских времен. Уже взявшись за ручку двери, Настя внезапно передумала, прошла еще несколько метров до станции метро «Красносельская», купила журнал и блок сигарет и только после этого вернулась в «Жажду». Дождавшись, когда официант поставит перед ней на столе овощной салат и тарелку с солидной порцией жареного картофеля, она раскрыла журнал и углубилась в чтение статьи о прелестях зимнего катания на лыжах в Альпах. Для нее это было все равно что читать о жизни на Марсе, ибо на лыжах она не каталась никогда и в Альпы ехать не собиралась, а звучные названия различных марок горнолыжного оборудования не говорили ей ровным счетом ничего. Зато такое чтение не будило в ней мысли, поскольку не вызывало никаких ассоциаций, и давало возможность просто отвлечься от всего и абстрактно поскладывать буковки. За это время, как она заметила, у нее «прочищались мозги», после чего ей частенько удавалось взглянуть на старую проблему под новым углом зрения.

Она уже почти доела картофель и дочитала статью, когда перед ее глазами на столе появилась новая тарелка, с шашлыком. Недовольно подняв глаза, она успела мысленно нелестно отозваться о придурках, которые ухитряются подсаживаться за занятые столы при наличии массы свободных мест, но тут же радостно улыбнулась. Перед ней с веселой усмешкой на круглом лице восседал Юра Коротков.

— Как ты меня нашел?

— Велика задача! — фыркнул он, тут же утащив с ее тарелки несколько ломтиков картофеля. — Пришел, толкнул дверь, убедился, что она заперта, дошел до Ивана и спросил, где ты. Дальше все понятно. Я уже пятнадцать минут сижу за соседним столом и жду, когда же ты меня наконец заметишь. Но от тебя, как известно, внимания к окружающим не дождешься. А картошечка у них славная, надо и мне взять порцию.

— Хочешь? — Настя пододвинула ему свою тарелку. — Бери, мне уже многовато, я явно пожадничала.

Коротков отодвинул тарелку обратно к Насте и покачал головой.

— Ешь, худоба, на тебя же без слез не взглянешь.

— Неправда, — возразила она, — с тех пор как я ушла к Ивану, я прибавила два килограмма.

— Что, жизнь спокойная?

— Ну... в общем, да, если сравнивать с Петровкой.

— Скучаешь?

— Не знаю, Юрик, — честно призналась она. — И да, и нет. Привыкнуть не могу, что все кругом другое, и люди другие, и вас рядом нет. Но работа интересная, я ее люблю и умею делать, а главное — я делаю ее не подпольно, как у Колобка, а официально, за это мне зарплату платят и никто косо не смотрит. Морально легче, конечно.

— И через три месяца подполковником станешь, меня обгонишь, — добавил Коротков. — Ладно, мать, не будем о грустном. Я же к тебе по делу приехал.

— Барсуков?

— Он самый. Колобок сказал, что твой Иван с ним договорился насчет нашей совместной работы. Так?

— Так, — кивнула Настя. — Рассказывай, что знаешь.

— А что мне за это будет? — хитро прищурился Юра.

— Ты же отказался от моей картошки, — улыбнулась она, — а больше у меня ничего нет.

— Конечно, пользуешься моей бескорыстностью. Значит, так. Александр Барсуков, семьдесят восьмого года рождения, слушатель второго курса Московского юридического института родного МВД, обнаружен в пятницу вечером в убитом состоянии недалеко от собственного дома. Сегодня уже вторник, а сведений, проливающих свет на это дело, практически нет. Мальчик проживал с родителями, хорошая семья, нормальная, спокойная, но никто не знает, где он был в пятницу и откуда возвращался. Кстати, сын твоего любимого генерала был с ним хорошо знаком.

— Я знаю. Дальше рассказывай.

— Максим Заточный нам поведал, что Барсуков в пятницу был на занятиях, ничего не прогулял. У них второй курс учится во вторую смену...

— Я знаю, — снова перебила его Настя. — Занятия заканчиваются около семи вечера.

— Да ну тебя, — Коротков огорченно махнул рукой, —

с тобой неинтересно. Я тебе рассказываю, как дурак, а ты все знаешь. Зачем тогда спрашиваешь?

— Я не все знаю. Например, где нашли труп и как парень был убит?

— Застрелен. Теперь это проще всего, оружия навалом, и пистолет бросить не жалко, всегда можно новый приобрести. Убили его возле автобусной остановки около часа ночи. Барсуков ехал на автобусе от метро, возвращался домой. Водителя автобуса мы нашли, и он его вспомнил, поскольку народу в такой поздний час ехало буквально пять человек, а мальчишка был в форме. В десять минут второго автобус сделал остановку, Барсуков вышел, но домой не пришел, а без четверти два его обнаружил человек, возвращавшийся домой на машине. Вот такая, Настя Павловна, незамысловатая песенка.

— Ты говоришь, он был в форме? Тогда его могли убить просто как милиционера, понимаешь? Абстрактного милиционера, а не конкретного Сашу Барсукова.

— Могли, — согласился Коротков, энергично дожевывая шашлык. — Его мог увидеть кто-то, кто прячется от милиции, и решить, что это по его душеньку пришли. Барсуков мог увидеть что-то и вмешаться, поскольку он милиционер в форме, и получить за это пулю. В конце концов, он просто мог нарваться на психа, который ненавидит милицию и мечтает извести все наше племя на корню. Что толку гадать, работать надо.

— Надо. — Настя со вздохом поднялась из-за стола, предвидя печальную необходимость совершить очередной подвиг: дойти до особняка и подняться пешком на третий этаж. — Пошли, солнце мое незаходящее.

— А что, ты уже знаешь, куда идти? — встрепенулся Коротков.

— Куда, куда... В контору пойдем. Посмотрим материалы про доброго дедушку Сашиной девушки. А к восьми часам младший Заточный должен появиться.

Они вышли на улицу и медленно пошли в сторону светло-зеленого здания.

— Ася, на что ты рассчитываешь с маленьким Заточным? — спросил Коротков. — Я с ним за это время два раза разговаривал, в воскресенье и вчера, в понедельник. Все, что он знал, он уже рассказал. И с девушкой этой, Лерой Немчиновой, я тоже встречался. Она понятия не имеет, куда Барсуков ездил в пятницу после занятий в институте.

— А ты ей, конечно, поверил, — усмехнулась Настя.

— И ты ей поверишь, когда увидишь. Кстати, не делай из меня идиота, который не подумал о дедушке-уголовнике. Я с Лерой об этом в первую очередь разговаривал. И знаешь, что она мне сказала?

— Догадываюсь. Она сказала тебе, что Саша с ее дедом вообще незнаком. Или знаком шапочно. Во всяком случае, никаких отношений между дедушкой и поклонником не было. Да?

— Умная ты, Аська, до невозможности, но даже ты не всегда все знаешь. Девушка Лера, между прочим, сказала, что Саша активно уклонялся от контактов с ее дедушкой и, кроме «здрасьте — до свидания», ни о чем с ним не разговаривал. А вот дедушке, наоборот, нравился этот молодой человек, и он всячески давал понять внучке, что у нее хороший и во всех отношениях достойный парень. Иными словами, дед-уголовник парнишку привечал и относился к нему как к подходящей партии для своей единственной и горячо любимой внучки. Чуешь, чем пахнет? С каких это пор человек, которого менты поганые засадили на двенадцать лет, мечтает, чтобы один из этих засранцев вошел в его семью в качестве зятя?

— Вероятно, с тех самых пор, как у этого человека появился интерес к нам, ментам поганым. Ты с дедом-то встречался?

— Нет еще, сладкое на третье. Пока внучкой ограничиваюсь.

— Ты прав, — согласилась Настя. — Если дед ни при чем, то он никуда не денется, а если замешан, то поспешностью можно спугнуть. Поскольку внучка уверяет, что дед с Барсуковым не контактировал, у тебя нет никаких оснований полагать, что он что-то знает о причинах убийства.

Она толкнула тяжелую входную дверь особняка и стала медленно подниматься по ступенькам.

— Тяжко? — шутливо посочувствовал Коротков. — На Петровке-то на лифте ездила.

Да, наверное, ей придется еще какое-то время помучиться этой болезнью: сравнивать и грустить. Каждые пять минут по любому поводу она вспоминала, как это было или происходило там, на Петровке. Все-таки десять лет, даже чуть больше, так просто на помойку не выкинешь. Там все родное, все привычное, а здесь...

* * *

Каждый новый день в жизни восемнадцатилетней Леры Немчиновой был до отвращения похож на предыдущий. В семь утра подъем, в восемь — выход из дома, в девять начинались занятия в медицинском институте, в четыре она возвращалась домой. Заниматься в читальном зале институтской библиотеки Лера не любила, брала книги на абонементе и готовилась к семинарам и экзаменам дома. Исключение составляла только анатомичка, куда Лера ходила по вечерам. В среде сокурсников она считалась домашней девочкой, не участвующей в групповых развлекаловках и походах по барам и свободным квартирам. Но если бы Леру спросили, неужели она так любит свой дом, ответ был бы странным. Можно даже сказать, нелепым.

Дом свой Лера Немчинова любила и ненавидела одновременно. Любила — потому что это была та самая квартира, в которой она провела все свое детство рядом с обожаемыми мамой и папой. Здесь она была счастлива когда-то. Здесь стоял папин рояль, лежали на полках его ноты и пластинки с записями известных в те годы певцов, исполнявших его песни. Стены в комнате девушки были сплошь оклеены старыми афишами с объявлениями о концертах, на которых огромными буквами было написано: ГЕННАДИЙ НЕМЧИНОВ. Только в последнее время рядом с многочисленными портретами отца здесь стали появляться фотографии и афиши другого человека. Взошла звезда певца Игоря Вильданова, перед которым Лера преклонялась уже за одно то, что он — единственный в России и вообще во всем мире — до сих пор пел песни, написанные ее отцом. Вильданов был, без сомнения, талантливым певцом, но девушка вряд ли могла по достоинству оценить силу его дарования, ибо видела и знала лишь одно: Игорь был божественно красив, для нее он был принцем из ее детских снов, и он помнил и ценил творчество Геннадия Немчинова. Все остальное значения не имело. У него могло не быть голоса, могло даже не быть слуха, он мог оказаться бездарным исполнителем — Лера этого даже не заметила бы, потому что принц из детских и девичьих грез пел песни, написанные ее отцом, и тем самым прочно связывал ее с тем временем, когда родители были живы, когда весь мир был ярким и радужным и когда она была абсолютно счастлива. И только дома, в своей квартире, в своей комнате, в окружении афиш, фотографий и льющейся из магнитофона музыки она могла отрешиться от настоящего и хоть ненадолго погрузиться в состояние призрачного, иллюзорного покоя. Поэтому она любила свой дом.

Но с такой же силой она его ненавидела. Потому что в этом доме был дед. Страшный, отвратительный, грязный, тупой дед, несколькими пьяными выстрелами лишивший ее десять лет назад того счастливого восторга, в котором она пребывала постоянно. Лишивший ее всего. Матери, отца, тепла и ласки, дружбы с одноклассниками. Ей было восемь лет, и клеймо девочки «из семьи алкашей, которые напились и друг друга постреляли», приклеилось к ней намертво. Маленькие дети неразумны и безжалостны, они обидели Леру, а Лера обиделась на них. Она стала изгоем, отстранилась от всех, и даже с годами пропасть между ней и остальными детьми не уменьшилась. Одноклассники забыли о причинах ее сиротства, но Лера не забыла их предательства. Не забыла и не простила. До самого окончания школы, до прошлого года она так и просуществовала одна. Совсем одна. Не считая, конечно, старую тетю Зину, двоюродную сестру покойной бабушки. Сразу после смерти родителей тетя Зина приехала в Москву из своей глухой провинции, чтобы позаботиться о девочке. Она хотела забрать Леру к себе, но та категорически отказалась уезжать из дома, орала как резаная, устраивала истерики, била посуду и дважды убегала прямо с вокзала, пресекая всяческие попытки разлучить ее с привычным местом обитания. Осознав всю бесполезность своих усилий, пенсионерка тетя Зина осталась в Москве. Не бросать же ребенка на произвол судьбы! И не в интернат же ее отдавать при живых-то родственниках, пусть и не самых близких...

С тетей Зиной она прожила все девять лет, пока не вернулся дед. На следующий день после его возвращения родственница уехала к себе в провинцию. У нее и в мыслях не было остаться под одной крышей с убийцей-уголовником. Перед отъездом она предложила Лере уехать вместе с ней, подальше от деда, но девушка и на этот раз отказалась.

— Как ты не боишься жить с ним вместе? — охала тетя Зина. — Это же страшный человек, родного сына не пожалел, тебя осиротил.

— Здесь мой дом, — твердо отвечала Лера. — Я никуда отсюда не уеду. А если дед начнет себе позволять лишнего, я его обратно засажу, у меня не задержится.

Однако дед ничего себе не позволял. Первое время Лера постоянно приглядывалась к нему, ожидая признаков «неправильного поведения», грубости, склонности к насилию, пьянства или чего-нибудь такого. С каким удовольствием она пошла бы к участковому и пожаловалась... Участковый у них в микрорайоне хороший, между прочим, в их же доме и живет, Лера с ним давно знакома, так он сразу предупредил, как только дед появился, мол, чуть что — не стесняйся, беги ко мне. Но ничего не было. Дед вообще не пил, голос на нее не повышал, был вежливым, тихим, аккуратным, устроился на работу вахтером в двух местах сразу, работал по графику «сутки через трое» и еще где-то подрабатывал, короче, деньги, хоть и небольшие, приносил, но Леру это мало интересовало. Авторские за отцовские песни капали регулярно, на это они с тетей Зиной и жили все девять лет. И дальше она проживет без дедовых денег. Дед имеет право здесь жить, это его квартира, на его деньги купленная когда-то, давно еще, до рождения Леры. Но это право — материальное. А вот что касается морального права жить вместе с внучкой, которую по пьяному делу оставил сиротой, то тут дело обстояло не так просто.

Лера Немчинова была твердо уверена в том, что дед не имеет морального права не только на жизнь вместе с ней, но и на жизнь, как таковую, вообще. Был бы он честным человеком, давно бы уже умер, считала девушка. Такие, как он, не должны существовать на земле. Но ежели тупой отвратительный дед этого не понимает и продолжает отравлять ей существование одним своим присутствием, то он должен хотя бы понимать, что происходит. Он должен постоянно испытывать чувство вины за то, что уже сделал, и неловкости за то, что продолжает жить рядом с ней.

На похороны Саши Барсукова Лера не ходила. И не потому, что так уж безумно переживала. Просто не хотела и не считала нужным. Переживать-то она, конечно, переживала, но совсем по другому поводу. А Сашка — кто он ей? Поклонник, ухажер, не более того. Не жених же, в самом-то деле! Это только дед со своими стародавними понятиями может считать, что если парень провожает до дому, заходит на чашку чаю и приносит цветы, так уж за него непременно замуж следует выходить. Лера так не считала, более того, она, как и подавляющее большинство современных девушек, не считала даже интимную близость поводом для серьезных выводов. И тот факт, что она регулярно в отсутствие деда ложилась с Сашей Барсуковым в постель, отнюдь не означал для нее, что ей приличествовало бы все-таки поприсутствовать на похоронах юноши и хотя бы проститься с ним. Дед, к счастью, не знал, насколько далеко зашли их отношения, но и самого по себе процесса ухаживания для него было достаточно, чтобы он посмел сделать внучке замечание.

— Когда похороны? — спросил он, придя в десять утра с суточной смены.

— Сегодня, — спокойно ответила Лера.

— В котором часу?

— Уже начались, — равнодушно бросила она.

— А ты? Почему ты дома?

— Я не пойду. Нечего мне там делать.

— Лерочка, но ведь это твой товарищ, твой друг. Как ты можешь?

— Заткнись, — холодно фыркнула девушка. — Не тебе меня учить. Тоже мне, образец морали и нравственности.

Дед молча разделся и ушел в свою комнату. Лера

удовлетворенно вздохнула. Вот так. Никто не будет ей указывать, а уж он-то тем более.

Она даже не ожидала тогда, год назад, что с дедом так легко будет справиться. Нужно только постоянно напоминать ему о содеянном и давать понять, что Лера его не простила. И будет как шелковый. Положа руку на сердце, с дедом ей даже проще, чем со старой тетей Зиной, потому как понятия у нее такие же старомодные, как у него, но тетя Зина, в отличие от деда, считала себя вправе делать ей замечания и даже поучать. Другое дело, что тетя Зина как стала с самого начала жалеть ее, несчастную сиротку, так и продолжала это делать все девять лет, на многое закрывая глаза и спуская девочке с рук то, за что детей обычно все-таки наказывают. Дед ее, судя по всему, ни капли не жалел, но Лера быстро сообразила, что им можно манипулировать если не при помощи жалости, то при помощи чувства вины. И преуспела в этом блестяще. Дед ходил по струночке и вякнуть не смел. О Господи, как же она его ненавидела!

Дед делал всю работу по дому, убирал квартиру, ходил в магазины, готовил еду. Лера с самого начала заявила ему, что если уж ей не избежать жизни под одной крышей с убийцей своих родителей, то убирать за ним и подавать ему на стол она не обязана и не будет. Дед молча подчинился, только глазами сверкнул недобро. Да что ей это сверкание! Боялась она его, можно подумать. Сама умеет глазами молнии метать, и ничуть не хуже.

Весь день, пока шли похороны Барсукова, Лера просидела дома, даже в институт не ходила. Лежала на диване в своей комнате, слушала божественный голос Игоря Вильданова, исполнявший песни ее любимого папочки, смотрела на фотографии и афиши, развешанные по стенам, глотала слезы и думала, что же делать дальше. Как ему помочь?

Глава 2

Среди множества плюсов в ее новой работе был один существенный минус. Майор Каменская теперь не обладала полномочиями вызывать к себе людей, с которыми ей нужно было поговорить. Вызывать могли следователи, приглашать — оперативники, а она вот уже три месяца была, что называется, никем. Нужен тебе человек, хочешь задать ему пару вопросов — будь любезна, договорись с ним предварительно, а потом одевайся, спускайся с третьего этажа, садись в поезд метро и поезжай, куда тебе надо. На своих двоих. Борись с ленью, забудь про ноющую спину. Кончилась твоя сладкая жизнь. Это раньше ты была «оперативником с Петровки», и уже одно это давало людям понять, что ты имеешь право задавать им вопросы. А нынче ты — главный эксперт-консультант информационно-аналитический службы, и прав у тебя никаких, одни сплошные обязанности.

Наличие обязанностей Настя Каменская переносила спокойно, а вот отсутствие прав периодически вызывало у нее раздражение. Сегодня, например, ей пришлось тащиться Бог знает в какую даль, чтобы по предварительной договоренности встретиться с человеком, чьи показания, занесенные в протокол и вшитые в десятилетней давности дело об убийстве супругов Немчиновых, вызывали у нее легкое недоумение. Причем она совершенно не была уверена в том, что недоумение это имеет под собой хоть какую-нибудь почву. Может быть, свидетель вовсе и не так говорил, просто следователь, делая записи в протоколе, сформулировал его слова именно таким образом. Стоит ли овчинка выделки? Тратить полдня на дорогу туда и обратно, чтобы задать ерундовый вопрос и не получить интересного ответа... Утешала только слабая надежда на то, что вопрос может оказаться вовсе не ерундовым.

Человек, которому Настя собиралась задать свой вопрос, в настоящее время находился в отпуске и проводил время в подмосковном доме отдыха. Встреча была назначена на час дня, но, поскольку Настя ехала сюда впервые, ей не удалось правильно рассчитать время, и в доме отдыха она оказалась куда раньше, в четверть первого. Самые худшие предположения, которые имеют обыкновение сбываться, себе не изменили, и дверь комнаты, номер которой был записан у нее на бумажке, оказалась заперта. Настя уселась в холле второго этажа, ожидая, когда появится нужный ей человек, и открыла книжку, которую взяла с собой, чтобы скоротать время в электричке. Книжка была нудная, с неумелыми потугами на юмор, но Настя добросовестно водила глазами по строчкам, ибо давно усвоила: если книгу покупают, значит, нашлись люди, для которых в ней что-то интересное и привлекательное есть. И почему бы ей не попытаться это интересное и привлекательное найти?

Когда без пятнадцати час в холле появился мужчина в спортивном костюме и с лыжами в руках, Настя ни на секунду не усомнилась, что это он, Александр Владимирович Белкин. Она никогда не видела ни его самого, ни его фотографий, только договаривалась с ним о встрече по телефону, но по голосу и по манере говорить составила себе именно такое представление: крепкий, спортивный, подтянутый. В протоколе допроса десятилетней давности было сказано, что он военный летчик. Интересно, чем он теперь занимается? Судя по тому, что не расплылся и не обрюзг, вряд ли ушел на коммерческие вольные хлеба.

— Александр Владимирович? — негромко окликнула она.

Мужчина с лыжами повернулся к ней и взглянул на часы. Его жесткое лицо с четкими крупными чертами, покрытое бисеринками пота, выражало неудовольствие.

— Анастасия Павловна? До назначенного времени еще четверть часа.

— Извините, я не рассчитала время и приехала чуть раньше.

— А я рассчитывал, что до вашего приезда успею после лыжного пробега принять душ.

— Конечно, — торопливо сказала она. — Мне вас здесь подождать?

Белкин смягчился, твердо очерченные губы дрогнули в улыбке.

— Пойдемте ко мне в номер.

Он даже не стал ждать ее ответа, просто повернулся и быстро пошел по длинному коридору к своей двери. Настя, сунув книжку в сумку, последовала за ним.

Белкин жил в двухкомнатном «люксе». Одна комната выполняла роль гостиной — мягкая мебель, телевизор, другая, по всей видимости, была спальней. Оставив Настю в гостиной, Белкин скрылся в ванной и ровно в час дня снова появился перед ней, на этот раз в джинсах и тонком шерстяном свитере, с тщательно расчесанными, мокрыми после душа волосами.

— Я вас внимательно слушаю, — произнес он, усаживаясь в кресло напротив нее.

— Александр Владимирович, мой вопрос может показаться вам странным, потому что касается очень давних событий. Я имею в виду убийство ваших соседей по даче, Немчиновых.

— Да. И что?

— Вы не могли бы припомнить и рассказать мне, что там случилось?

— Позвольте, — на лице Белкина снова проступило неудовольствие, на этот раз смешанное с настороженностью, — вы же сказали, что работаете в МВД. Это так?

— Так. Могу предъявить удостоверение.

— Будьте любезны, — сухо сказал он, протягивая руку.

Внимательно прочитав удостоверение и сличив фотографию с оригиналом, Белкин вернул документ Насте.

— Я не понимаю смысла ваших вопросов. Если вы работаете в МВД, то должны иметь доступ к уголовному делу. В нем все написано. Что нового вы хотите услышать от меня?

— В деле написано, что это именно вы вызвали тогда милицию.

— Да, вызвал.

— Почему?

— Потому что услышал выстрелы, а спустя некоторое время увидел, что из окон соседней дачи валит дым.

Соединил одно с другим и получил повод для того, чтобы вызвать милицию. Вас это удивляет?

— Да нет... — Настя улыбнулась. — Я хотела спросить, почему вы не вызвали милицию сразу, как только выстрелы услышали. Почему нужно было ждать, пока начнется пожар.

— Потому что в выстрелах не было ничего особенного. В нашем поселке их можно услышать по три раза в час. У каждого есть охотничье оружие, неподалеку от нас находится большая поляна, где устроили что-то вроде тира — ружья пристреливают, тренируются. И кроме того, рядом расположен заповедник, и тогда как раз был разгар сезона. Выстрелы — не повод. А вот выстрелы в сочетании с пожаром — другое дело. Я ответил на ваш вопрос?

На вопрос-то он ответил, да только вопрос это был не тот, что так интересовал Настю. Но сразу в лоб спрашивать нельзя, к сложному моменту полагается подбираться исподволь.

— Милиция быстро приехала?

— Довольно быстро, — кивнул Белкин. — Минут через пять. У нас там все близко.

— Вспомните, что вы милиционерам сказали, когда они приехали.

— Сказал, что к соседям в гости приехал мужчина. Милиционеры спросили, как он выглядел. Я дал описание.

— И что было потом?

— Через некоторое время меня попросили проехать в отделение, посмотреть на пятерых мужчин и сказать, нет ли среди них того, кого я видел на соседском участке. Я его опознал.

— И все?

— Все.

Да, похоже, именно так все и было. В протоколе опознания написано: свидетель Белкин А. В. указал на задержанного Немчинова В. П. как на человека, которого видел незадолго до происшествия вместе с погибшими соседями. Непонятно. Совершенно непонятно.

— Александр Владимирович, сколько лет вы являетесь владельцем своей дачи?

— С восемьдесят второго года.

— Строили сами?

— Нет, купил уже построенную. Наследники какого-то профессора продавали. Им деньги срочно нужны были, они на постоянное жительство в Канаду собирались, удалось купить недорого.

— С соседями, Немчиновыми, были хорошо знакомы?

— Не особенно. Конечно, когда мы на даче, то постоянно друг у друга на глазах, так что в лицо и я их, и они меня знали. Но не более того. В гости они ко мне не ходили и к себе не звали.

— А что вы о них знали? Кроме фамилии, разумеется.

— Практически ничего, кроме того, что Геннадий был известным композитором-песенником. Но об этом знал весь поселок. Все девицы к нему за автографами бегали.

Настя вздрогнула. Известным композитором? Ничего себе! Уж не тот ли это Немчинов, который... Ну точно, это должен быть он. Тогда, в восемьдесят седьмом году, еще не принято было публично оглашать неприглядную правду о знаменитостях. Многие известные люди кончали с собой, умирали от передозировки наркотиков или от алкоголизма, а газеты уклончиво сообщали: трагически погиб, скоропостижно скончался. О композиторе Геннадии Немчинове тоже было сказано довольно скупо: ушел от нас в расцвете творческих сил. Поскольку убийство было совершено на даче, то делом занимался не город, а область, потому и подробностей никаких Настя тогда не знала. Слышала только, что вроде как убили его, и все.

— А у Немчиновых дача кому принадлежала? Композитору или Василию Петровичу?

Вот тут Настя начала атаку. Потихоньку, из-за угла, еще плохо понимая, чего хочет добиться. Но эта чертова несуразность не давала ей покоя. Брови Белкина слегка вздернулись в мимической фразе непонимания.

— Василию Петровичу? Кто это?

— Старший Немчинов, отец Геннадия. Вы забыли, как его зовут?

— И не знал никогда. Я знал только Геннадия и Свету, ну и девочку, конечно, Лерочку. Она совсем маленькая была.

— Александр Владимирович, — напряженно сказала Настя, — это очень важно, потому я попрошу вас быть как можно более точным. Когда вы увидели на соседнем участке хозяев и с ними мужчину, вы знали, что этот мужчина — отец Геннадия Немчинова?

— Понятия не имел.

— И вы никогда раньше его не видели?

— Совершенно определенно — нет. Не видел.

— Вы можете быть в этом уверены?

— Анастасия Павловна, у меня хорошая зрительная память. И зрение, кстати сказать, отменное. Не хочу вам лишний раз напоминать, кто я по профессии...

— Я помню, — вставила Настя, — вы были военным летчиком.

— Тогда вы должны понимать, что на мои глаза можно полагаться. Немчиновы пользовались своей дачей круглый год, у них большой теплый дом. У меня дом не такой приспособленный для зимы, но я каждое воскресенье приезжал и продолжаю приезжать туда кататься на лыжах. А в теплый сезон живу там постоянно. И если бы я хоть раз увидел того человека, то запомнил бы его.

Да, вот в чем была та несуразность, которая задела Настю. Читая материалы дела, она сразу обратила внимание на то, что сосед, Белкин Александр Владимирович, говорил не о Василии Петровиче Немчинове, отце хозяина дачи, а о мужчине лет пятидесяти пяти, крепкого телосложения, с заметной сединой и тяжелой походкой, о мужчине, одетом в темные брюки, свитер цвета бордо с двумя белыми полосами на спине и на груди. Немчинова задержали по приметам, главным образом — по описанию как раз этого бордового с белыми полосками свитера.

— Вы хорошо рассмотрели его лицо в тот раз? — спросила она.

— Конечно. И голос запомнил. Я с ним разговаривал.

— О чем?

— Он хотел полить цветы, взял лейку и стал искать

воду. Геннадий и его жена в этот момент были в доме, а я как раз возле забора находился, возился с кустом смородины. Вижу, гость с лейкой в руках по участку бродит, и вид у него какой-то растерянный. Он меня заметил, поздоровался и спросил, где тут воду берут. Я ему показал, где у Гены колонка. Он лейку наполнил и стал цветы поливать. Потом в дом ушел.

— А дальше?

— Что — дальше? Дальше ничего не было. Соседи были в доме, я тоже вернулся к себе. Сел на диван и телевизор смотрел, тогда как раз «Семнадцать мгновений весны» днем показывали, и я старался ни одной серии не пропустить. Когда услышал выстрелы, не придал этому значения. Все остальное я вам уже сказал.

— Александр Владимирович, тогда, десять лет назад, вам кто-нибудь задавал те же вопросы, что и я?

— Нет. И я, кстати, не понимаю, почему вы их мне задаете. Ведь убийцу поймали, это был тот самый человек, которого я видел на участке Немчиновых. Какие тут могут быть неясности?

— Никаких, — вздохнула Настя. — Тем более что Немчинов признался в убийстве и на следствии, и на суде.

— Тогда зачем вы тратите время на это?

— Вы хотите спросить, зачем я отнимаю время у вас?

— Ну хотя бы, — усмехнулся Белкин. — Или вы считаете, что если человек в отпуске, то его время цены не имеет?

— Нет, я так не считаю. Александр Владимирович, вам не показалось странным, что отец хозяина дачи не знает, где на этой даче колонка?

— Не показалось. — Белкин начал раздражаться, и

это было очень заметно. — Я этого человека видел впервые, для меня он был просто гостем, поэтому мне показалось вполне естественным, что он чего-то не знает. Я не понимаю, к чему вы клоните. Вы считаете, что я дал недобросовестные показания?

Настя весело рассмеялась. До нее наконец дошло, почему Белкин сердится. Ну конечно, она ставит свои вопросы таким образом, что может сложиться впечатление, будто она перепроверяет его слова и не доверяет им.

— Прошу меня извинить, — сказала она мягко. — Я не хотела, чтобы вы так подумали. Дело в другом. Понимаете, дача принадлежала не Геннадию, а его отцу, Василию Петровичу. Вы были их соседями на протяжении пяти лет и за эти годы ни разу не видели настоящего хозяина. А когда этот настоящий хозяин вдруг появился, то выяснилось, что он даже не знает, в каком месте участка прорублен артезианский колодец. То есть он действительно там не бывал. И у меня возникает вопрос: почему?

— Вопрос, конечно, интересный, но не по адресу. Я уже говорил вам, что знакомство с соседями по даче было шапочным, здоровались и одалживали друг у друга инструмент, не более того. А уж почему отец Геннадия не приезжал на дачу — не могу знать. В их внутрисемейные дела не посвящен.

Голос Белкина был по-прежнему сухим, но раздражение исчезло. Насте даже показалось, что он стал посматривать на нее с интересом. Ну, или, во всяком случае, с любопытством. Она посмотрела на часы и поднялась.

— Вам, наверное, надо идти на обед. Спасибо, что уделили мне время.

Белкин глянул насмешливо и вдруг резко произнес:

— Сядьте, майор. Мы еще не закончили.

Настя оторопела от изумления и послушно села обратно в кресло. Белкин молчал, рассматривая ее, как букашку под микроскопом, и под этим взглядом ей стало не по себе.

— Ловко вы со мной управились, — вымученно пошутила она, пытаясь стряхнуть с себя неловкость. — Подали команду, и я покорно ее выполнила, хотя вообще-то вам я не подчиняюсь. Привыкла за пятнадцать лет службы.

— Вы так давно служите?

— Да, надела погоны сразу после университета. А вы?

— У меня выслуги больше, чем календарных лет жизни. Время участия в боевых действиях засчитывается один к трем. Не уклоняйтесь от темы. Почему вы заинтересовались сейчас таким давним делом?

— Ни почему, — Настя пожала плечами. — Василий Петрович Немчинов летом прошлого года вернулся из мест лишения свободы, и, поскольку он теперь живет в Москве, я хочу хотя бы примерно представлять себе, чего от него ждать. Взяла из архива дело, стала читать и наткнулась на ваши показания. Вот и приехала к вам, чтобы уточнить. Согласитесь, нельзя пройти мимо того факта, что человек годами не приезжает на свою дачу, хотя его сын, невестка и внучка бывают там регулярно, и вдруг ни с того ни с сего он появляется там, пьет водку вместе с сыном и его женой, а потом хватается за ружье и убивает собутыльников. Кстати, Геннадий и Светлана любили застолье?

— Насчет застолья ничего сказать не могу, но то, что гости у них бывали часто, это точно. И пили они много, это тоже точно. В том, что Геннадий пил водку вместе с женой и отцом, ничего удивительного нет. А если вас смущает, что отец вдруг приехал на дачу, так, может, у них повод был. Праздник какой-нибудь семейный, например.

— Семейные праздники случаются каждый год, но тем не менее старшего Немчинова вы ни разу не видели, — упрямо возразила Настя. — Почему они собрались на даче именно в тот раз? Что за особый повод мог случиться?

— Да вы у отца и спросите, вы же сами говорите, он теперь в Москве. Почему вы у меня допытываетесь?

— Неправда ваша, господин полковник, — улыбнулась Настя. — Я не допытываюсь. Я хотела уйти, потому что все, что хотела спросить, уже спросила. А вы меня не отпустили. Так что теперь ваша очередь признаваться: почему? Зачем вы меня задержали?

— Я жду, — коротко ответил Белкин.

Он легко поднялся с низкого кресла, прошелся по комнате, постоял несколько секунд у окна, потом повернулся к Насте, облокотившись на подоконник.

— Я хочу проверить, умеете ли вы слушать, и жду, когда вы зададите мне один вопрос. Но, судя по вашему поведению, не дождусь.

Настя внезапно разозлилась. Что он себе позволяет, этот полковник? Да, он воевал, да, он летчик, участник боевых действий, имеет множество наград, но разве это дает ему право сомневаться в профессионализме других людей, занимающихся отнюдь не такой героической работой? Если ты умеешь хорошо бегать, разве есть у тебя право считать тех, кто не бегает, а прыгает, полным ничтожеством, даже тех, кто прыгает лучше, чем ты бегаешь? Она сделала над собой усилие, стараясь встать с кресла если не так изящно, как это сделал Белкин, то хотя бы не демонстрировать свою неуклюжесть.

— Не дождетесь, — спокойно сказала она. — Но не потому, что я не хочу задать вам этот вопрос. А исключительно потому, что вы ясно дали мне понять: чужими семейными тайнами вы не интересуетесь и на мой вопрос вряд ли захотите отвечать.

— Задавайте свой вопрос, и я вам на него отвечу. Нам действительно пора заканчивать, иначе я рискую остаться без обеда.

Настя сделала глубокий вдох, как перед прыжком в воду. Она терпеть не могла, когда ее экзаменовали, но, к сожалению, далеко не всегда умела избегать таких ситуаций. Вот и сейчас вляпалась по неосмотрительности, позволила этому полковнику взять над собой верх в разговоре, теперь придется доказывать свою профессиональную состоятельность. Она не сомневалась, что Белкин имеет в виду то же, что и она. Он сказал — и не просто сказал, а подчеркнул, что обладает отличной зрительной памятью. Значит, помнит многих из тех, кто неоднократно бывал на даче у Немчиновых, несмотря на то, что прошло столько лет. Может быть, кто-то из этих людей знает ответ на вопрос? Сам Василий Петрович его, конечно, тоже знает, но, если бы не считал нужным скрывать, это обязательно появилось бы в материалах уголовного дела. В протоколах его допросов непременно мелькнуло бы хоть один-единственный раз: «В тот день мы вместе с сыном поехали на дачу, хотя раньше я там не бывал, потому что...» Но не мелькнуло. Приехал — и приехал, а бывал ли там раньше — никого не интересует, потому как непосредственно к убийству никакого отношения не имеет. Стало быть, у Немчинова-старшего спрашивать бесполезно. Тогда не сказал и сейчас не скажет. Немчиновых-младших нет в живых. Лера Немчинова была тогда восьмилетним ребенком, так что и ее спрашивать бессмысленно. А вот друзей семьи Немчиновых поспрашивать имеет смысл. Причем именно таких друзей, которые сами часто приезжали к ним на дачу и могут знать, бывал ли там отец, а если не бывал, то почему.

— Вы можете назвать мне имена? — спросила Настя в лоб, пропуская все предыдущие звенья.

— К сожалению, только одно имя. И узнал я его совсем недавно. Видел этого человека у Немчиновых много раз, поэтому хорошо запомнил. И когда он появился на экране телевизора, я не сомневался ни секунды. Это он.

— Имя, — настойчиво повторила Настя. — Вы обещали его назвать.

— Имени я не запомнил. Он участвовал в передаче об Игоре Вильданове. Есть такой известный певец, может, слышали?

— Слышала. В качестве кого он участвовал в передаче?

— Рассказывал о Вильданове. О том, как он много трудится, как репетирует, как придирчиво относится к своему творчеству и так далее. Мне показалось, что этот человек — что-то вроде его личного менеджера. Кажется, у артистов это называется импресарио. Все, Анастасия Павловна, время вышло. Через десять минут столовую закроют.

Они вместе вышли из номера, Белкин направился по лестнице на третий этаж, где находилась столовая, а Настя спустилась вниз и побрела на электричку. Надежда доехать до станции на автобусе не оправдалась, если верить расписанию, один автобус ушел несколько минут назад, а следующий пойдет только через полтора часа. Ждать глупо, да и холодно.

Три километра, отделявшие дом отдыха от станции, она прошла за сорок минут, не переставая удивляться самой себе. Ведь ходить пешком так здорово, легкие прочищаются от чистого холодного воздуха, и мысли приводятся в порядок. И почему она так ленится гулять? Раньше, когда еще на Петровке работала, Заточный систематически вытаскивал ее на ранние утренние прогулки в Измайловский парк, и ей каждый раз смертельно не хотелось идти, а потом она всегда радовалась, что пошла. За три последних месяца они не гуляли вместе ни разу, да это и понятно. Когда работали в разных службах — одна песня, а когда стали начальником и подчиненным — совсем другая. Служебная этика не позволяет. Да и необходимости нет, и без того каждый день на работе видятся, все, что нужно, можно обсудить в кабинете.

Любопытная все-таки семейка эти Немчиновы. Известный композитор оккупировал просторную теплую дачу, построенную его отцом, принимал там гостей, устраивал шумные застолья. А невидного папашу — побоку. Стеснялся его, что ли? Наверное. Так нередко бывает: детки выбиваются в люди, обрастают солидными знакомыми и делают вид, что у них вообще нет родителей, потому как тех, которые есть, предъявлять своему изысканному окружению не желают. Рылом, стало быть, не вышли предки. Образование не то, манеры не светские, да и внешний вид оставляет желать лучшего.

Однако не очень-то вяжется такая простенькая история с образом Василия Петровича Немчинова. А как же безупречно грамотная письменная речь без единой орфографической и синтаксической ошибки? А как же нормальный русский язык на шестом году пребывания в зоне? На малограмотного темного мужика Немчинов-старший никак не тянет, хоть и нет у него высшего образования, хоть и проработал всю жизнь до ареста рабочим, но рабочим-то он был высочайшей квалификации. Точь-в-точь Гога из знаменитого фильма «Москва слезам не верит». А как же сплошные благодарности за ударный труд и примерное поведение в колонии? Значит, человек умеет держать себя в руках и неукоснительно следовать правилам, даже если правила эти чем-то не устраивают. Трудно поверить, что такой человек не сможет нормально держаться в обществе, если захочет. Настя вспомнила фотографии, которые видела в уголовном деле. Наголо бритый и хмурый, все равно Василий Петрович Немчинов не производил впечатления деревенского неотесанного мужлана, которого мог бы стесняться известный музыкант.

Она дошла до развилки и на мгновение остановилась. С этого места до станции можно идти двумя путями: либо по той же дороге, либо через опушку леса. По дороге спокойнее, но дольше, через лес — короче, только страшно немножко. Хотя чего бояться? Белый день, половина третьего всего. Настя решительно повернула в сторону леса.

И уже через пару минут с удовлетворением признала, что сделала правильный выбор. В лесу было тихо и невероятно красиво. Голова решительно отказывалась думать о давнем убийстве, равно, впрочем, как и об убийстве нынешнем. Господи, ну почему вся ее жизнь — это трупы, смерти, чьи-то слезы, чья-то ненависть. Живут же люди как-то по-другому. Цветоводы, например... Или лесники в заповедниках. Работают с прекрасным материалом, не в смысле — с хорошим, а в смысле — красивым. И никакой ненависти. Никакой злобы.

Не о том она думает, не о том. Что это еще за сопли на глюкозе? Думать надо о том, как выполнять задание Заточного. И задание это, между прочим, состоит вовсе не в том, чтобы раскопать причины, по которым Василий Петрович Немчинов не ездил когда-то на собственную дачу. Ее задание в том, чтобы выяснить, не пытался ли освобожденный из мест лишения свободы Немчинов втянуть в преступные связи молоденького милиционера, слушателя ведомственного вуза МВД Сашу Барсукова, и если пытался, то единичный ли это случай или же одно из звеньев целой системы проникновения криминальных структур в милицию. Только это должно ее интересовать, а не какие-то там сантименты по поводу сложных отношений отца с сыном. На дачу он, видите ли, не ездил! Ну и что? Вон у Настиных родителей тоже дача есть, а толку? Настя на ней и была-то всего один раз, исполняла долг вежливости, приехала лет семь назад посмотреть на родительское приобретение. На дачу ее никаким калачом не заманишь, она существо городское, к природе тяги не испытывает. Ей надо, чтобы горячая вода была, кофе и обязательно телефон под рукой. Компьютер тоже желателен. И чтобы никаких комаров и прочих очаровательных кусачих кровососов. Одним словом, в своей однокомнатной квартире на Щелковском шоссе ей самое место. Удобно и привычно.

Опять мысли куда-то в сторону ускакали. Нет, лесная тишина и заснеженные деревья определенно не способствуют конструктивному мышлению. Итак, что нужно сделать? Первое: встретиться с Лерой Немчиновой и поподробнее поговорить с ней о взаимоотношениях Барсукова с ее дедом. Второе: повидаться с Василием Петровичем, познакомиться и сделать хотя бы приблизительные прикидки. Третье: плотно заняться институтом, в котором учился Барсуков. Максим Заточный уже назвал фамилии слушателей, которые могут знать о Барсукове больше, чем он сам. С ними сейчас работает Юра Коротков, ему убийство раскрывать надо. А Настя вступит в дело чуть позже, когда поутихнет горячка первых дней расследования.

И все-таки почему Немчинов-старший не ездил на свою дачу, не ездил, а потом вдруг приехал и убил сына и невестку? Бред какой-то, с досадой подумала Настя. Ну чего мне всякие глупости в голову лезут? Какое это имеет значение? Никакого. Не ездил он на дачу полтора десятка лет назад, а Сашу Барсукова убили на прошлой неделе. Кстати, любопытно было узнать, бывает ли Василий Петрович на своей даче сейчас? Дача стоит, никуда не делась, после пожара ее восстановили и никому не продали. Судя по всему, Немчинов на нее по-прежнему не ездит, иначе полковник Белкин обязательно сказал бы об этом. Что ж, ничего удивительного, мало кому захочется приезжать в то место, где в пьяном угаре убил двоих человек. Да не чужих, не случайных собутыльников, а родителей своей единственной внучки.

«Уймись, Анастасия, — сердито сказала она себе, — тебя будто приворожил этот Немчинов. Ты его и не видела-то еще ни разу, а ни о чем, кроме него, думать не можешь. Дался он тебе...»

Впереди показалась платформа, и Настя с удивлением поняла, что уже дошла до станции.

* * *

Ее до сих пор охватывала дрожь каждый раз, когда она подходила к его дому. Впервые она пришла сюда три года назад, еще пятнадцатилетней соплюшкой-школьницей. Адрес узнать было нетрудно, у каждого знаменитого певца есть фанаты, которые знают о нем все, начиная с адреса и заканчивая любимым цветом презервативов. Лера тоже была фанаткой, но не такой, как все. Так, во всяком случае, она считала. Для всех других Игорь Вильданов был знаменитым и уже одним этим заслуживал поклонения. Для нее факт его известности значения не имел. Значение имело лишь одно: он пел песни ее отца и тем самым как бы продлевал его давно оборвавшуюся жизнь. Было и еще одно обстоятельство, признавать которое Лера не любила, но и забыть о нем не могла. Вильданов был не просто красив, он был прекрасным принцем из ее девичьих снов. Ну просто один в один, точно такой же, каким грезился ей первый и единственный на всю жизнь возлюбленный. Она даже рисовала его портреты, никому, правда, не показывала, но рисовала и когда ей было девять, и десять, и двенадцать, и четырнадцать. А в пятнадцать вдруг впервые увидела Игоря по телевизору и поразилась сходству придуманного и вымечтанного образа с живым и вполне осязаемым человеком.

Но тогда еще мысль о том, чтобы прийти к нему, не появилась. Пришла эта мысль к ней спустя два месяца, когда Лера услышала, как Вильданов исполняет одну из лучших песен отца, «Реквием». С этого момента она перестала сомневаться. У нее не только есть огромное желание быть рядом с ним, у нее и право на это есть, ведь она — дочь композитора Немчинова, чьи песни поет Игорь.

Узнав адрес, Лера смело отправилась к дому, где жил певец. Конечно, так ее и пустили к нему, разбежалась! Таких, как она, фанаток, к кумирам на пушечный выстрел не подпускают, потому они обычно и дежурят на улице, возле подъезда, в ожидании, когда объект обожания появится хоть на три секунды, которые нужны, чтобы сделать пять шагов от двери до машины. За эти три секунды можно успеть не только увидеть его вблизи, но и вдохнуть запах его туалетной воды, и потрогать за рукав куртки, и поймать на себе его рассеянный и утомленный взгляд, а уж если совсем повезет — то и автограф получить. В тот раз возле подъезда околачивались десятка полтора восторженных малолеток. Заметив неуверенно приближающуюся незнакомую девицу, малолетки впились в нее настороженными глазенками: как же, конкурентка, чужая. Ведь чем больше народу толчется возле двери, тем меньше шанс, во-первых, близко подобраться к кумиру, когда он соизволит показаться, а во-вторых, быть им замеченной. Но Лера вовремя сообразила сделать надменное лицо, добавила уверенности походке и вошла в подъезд, будто так и надо, будто вовсе не Вильданов ей нужен, а совсем другой человек. Однако до лифта ей дойти не удалось. Здесь же, в холле, сидел не то вахтер, не то консьерж, не то охранник, здоровенный детина с пустыми глазами. Детина дело свое знал и на появление молоденькой девушки отреагировал моментально.

— Ты к кому, девочка? — спросил он неожиданно высоким голосом.

Ее покоробило это небрежное «девочка». Какая она ему девочка? Это те, возле подъезда толкущиеся дуры — девочки, даже не девочки, а девицы. А она — совсем другое дело.

— Я к Вильданову, — холодно ответила она, стараясь скрыть внезапно охвативший ее испуг.

— А он тебя звал? — продолжал допрос тонкоголосый детина.

— Да, — соврала она, тут же устыдившись собственной глупости. Какой смысл врать, когда каждое ее слово он может проверить? Вон и телефон стоит прямо перед ним.

— А если я позвоню ему и спрошу, что будет? — насмешливо осведомился охранник.

Лера набрала в грудь побольше воздуха и сказала:

— Скажите ему, что пришла дочь композитора Немчинова.

Детина хмыкнул, но глаза перестали казаться пустыми, в них мелькнуло что-то вроде любопытства. Будто нехотя снял он трубку и набрал номер.

— Вячеслав Олегович? Это дежурный. Тут к Игорю девочка пришла, говорит, что она дочь композитора какого-то...

— Немчинова, — тут же подсказала Лера, — Геннадия Немчинова.

— Геннадия Немчинова, — послушно повторил за ней детина. — Не знаю, спрошу сейчас. Тебя как звать? — обратился он к Лере.

— Валерия Немчинова.

— Валерия, — произнес он в трубку. — Ага, ладно.

Положив трубку, дежурный несколько мгновений разглядывал Леру не то скептически, не то с интересом.

— Поднимайся, — наконец процедил он. — Шестой этаж.

— А квартира?

— Тебе откроют.

Она поднялась в лифте на шестой этаж и, когда автоматические двери раздвинулись, сразу увидела мужчину, стоявшего к ней лицом. В первый момент она его не узнала.

— Лерочка? — взволнованно сказал мужчина, и тут она вспомнила его голос.

— Дядя Слава!

Ну конечно, это же дядя Слава, папин друг! Лера не видела его семь лет, с тех самых пор, как родителей не стало, но когда они были еще живы, трех дней не проходило, чтобы дядя Слава не пришел в гости. Надо же, как все обернулось! Знала бы она, что дядя Слава близок к

Игорю Вильданову, давно бы уже познакомилась со своим прекрасным принцем. Во всяком случае, не сейчас, а еще два месяца назад, когда впервые увидела его и поняла: «Это он». Целых два месяца потеряно! Два месяца, шестьдесят восемь дней (она точно подсчитала) по двадцать четыре часа в сутки она мечтала о встрече с Ним и строила планы один невероятнее другого, как бы познакомиться с Ним и обратить на себя Его внимание.

Вблизи Вильданов оказался еще лучше, чем по телевизору. Леру окончательно покорила его обаятельная улыбка и негромкий ласковый голос. Она очень боялась, что знаменитый певец будет держаться с ней заносчиво и высокомерно, но ничего этого не произошло. Только дядя Слава все портил. «Лерочка, деточка...» Разговаривал с ней, как с маленьким ребенком. А она уже не ребенок, она взрослая самостоятельная девушка, ей пятнадцать лет. Джульетта в ее возрасте замуж выходила. И Игорь вслед за дядей Славой смотрит на нее как на дитя малое, а вовсе не как на молодую женщину.

И вот уже три года, как она постоянно рядом с Игорем. Нет, живет она, конечно, у себя дома. Ни старая тетя Зина, ни ненавистный дед даже не догадывались, что она знакома со звездой отечественной эстрады, и не просто знакома, а вхожа к нему в дом. И бывает в этом доме по два-три раза в неделю. Сначала, первые два года, просто сидела тихонько в уголке и наблюдала за своим божеством, бегала в магазин, варила и подавала кофе, разговаривала с дядей Славой, отвечала на телефонные звонки, когда Игорь уходил или уезжал и просил «покараулить», если кто-то очень ему нужный выйдет на связь. Мыла посуду по утрам после бурных вечеринок (на сами вечеринки ее, разумеется, не приглашали), ездила по поручениям Игоря. Молча глотала слезы, встречая девушек, с которыми Игорь спал. Молча терпела его снисходительное «Киска», не понимая, как он может не видеть, что она его любит и что она лучше всех на свете, во всяком случае лучше тех потаскух, с которыми он ложится в постель. Она — необыкновенная, и, наверное, Игорю просто нужно время, чтобы это понять. Лера терпеливо ждала и дождалась своего часа. Год назад это наконец произошло. Она еще училась в одиннадцатом классе, когда стала любовницей Игоря Вильданова.

Дядя Слава был в ужасе. Он, конечно, узнал об этом первым, потому что у него были ключи и от городской квартиры Игоря, и от его загородного дома, и он мог прийти когда угодно. Вот он и пришел, а Лера с Игорем в этот момент сидели в пенной ванне.

— Ты что, рехнулся? — орал дядя Слава. — Она же несовершеннолетняя! Под суд пойдешь!

— Не свисти, — лениво отозвался Игорь, поднимая руками огромную белоснежную шапку из пены и нахлобучивая ее на голову Леры, — теперь законы гуманные. Ей семнадцать, после шестнадцати она уже не малолетка и может трахаться с кем захочет. Если по доброй воле, конечно. Ты же по доброй воле, правда, Киска?

Лера смотрела на него сияющими от счастья глазами и умирала от восторга. Да, она не такая, как все. Вон их сколько, этих «всех», толпами за Игорем ходят, на каждом шагу караулят, а заметил и приблизил к себе он только ее одну.

Счастье, однако, было безмятежным лишь в первую

неделю. Потому что уже дней через десять снова появились другие девицы. Кроме того, Игорь ездил на гастроли, и уж что он там себе позволял — можно было только догадываться. Не говоря уже о том, что ключей от своей квартиры он Лере давать не думал и категорически запрещал приходить без его разрешения. Она должна была сначала позвонить и спросить, можно ли ей прийти. И заветное «можно» в ответ она слышала далеко не всегда.

И все равно она его любила и была предана ему, как собака. Смотрела восторженно снизу вверх. Все сносила. Все терпела. Ибо знала: другие девицы дольше месяца у него не задерживаются, а с ней Игорь уже целый год. Значит, она не такая, как все. Она — особенная. И уже одним этим она была счастлива.

А потом случилась беда. И так вышло, что помочь Игорю могла только она, Лера. Сначала ей показалось, что все очень просто. Надо только спросить деда, и не просто спросить, а потребовать, чтобы он ответил. Но уже в следующий момент оказалось, что разговаривать с дедом так, как ей нужно, она теперь не может. Между дедом и внучкой выросла стена отчуждения, которую внучка сама же и возвела старательно и укрепляла каждый день. Дед теперь и пикнуть не смел, не говоря уж о вопросах типа «где ты была?», «куда ты идешь?» или «как учеба?». Они едва перебрасывались парой слов в день. Обычно дед робко спрашивал:

— Лерочка, тебе на ужин картошку поджарить или макароны сварить?

На что Лера грубо отвечала:

— Без разницы.

На этом их общение заканчивалось. И как теперь подходить к нему с вопросами? Сказать: «Дедушка, скажи, пожалуйста...» Нет, невозможно. Она никогда не обратится к нему ласково и никогда не скажет «пожалуйста». Он — ее враг на веки вечные, и возведенная Лерой стена держится только на ее молчании, грубости и жесткости, а если дать поблажку и пробить в этой стене брешь, то вся конструкция очень скоро рухнет и ненавистный отвратительный дед вообще на голову сядет. Нет, нет и нет.

И Лера решила обратиться к своему поклоннику Саше Барсукову, который с недавнего времени пытался за ней ухаживать. Саша пока еще только учится, но он будущий оперативник, будет работать в уголовном розыске, он уже сейчас носит звание рядового милиции. И пусть он только на втором курсе, но чему-то его, наверное, уже научили. Конечно, пришлось ложиться с ним в постель, нынче бескорыстных ухажеров не найдешь.

Но Саша погиб, так ничего и не узнав. Надо что-то предпринимать, что-то делать, чтобы помочь Игорю. Но как ему помочь?

Глава 3

Давно уже у Насти Каменской не было такого хорошего настроения. И дело даже не столько в том, что оно было хорошим, сколько в том, что оно было хорошим стабильно. То есть не портилось через полтора-два часа, а устойчиво держалось день за днем. И причин-то никаких особых для радости не было, а вот хорошим было состояние ее духа. И немалый вклад в поддержание душевного тонуса вносил новый сотрудник Павел Михайлович Дюжин.

Павел был, по Настиным представлениям, человеком абсолютно неправильным, в том смысле, что никак не соответствовал существовавшему в ее голове образу серьезного работника кадрового аппарата. Таких, как Дюжин, Настя называла «простой, как памятник». Или «как пряник». В первый же день знакомства капитан спросил:

— Слушай, это правда, что у тебя отец на кафедре оперативно-розыскной деятельности преподает?

— Не отец, а отчим, — осторожно поправила его Настя. — А что?

— Надо одному мужичку помочь, он как раз твоему родственнику в зимнюю сессию экзамен сдавать будет.

От такой простоты Настя даже оторопела. Ни разу за все годы работы никто не посмел обратиться к ней с подобной просьбой, хотя на Петровке было более чем достаточно людей, учившихся в том же вузе, где работал Леонид Петрович. Одного раза, самого первого, оказалось достаточно, чтобы попытки добиться протекции прекратились навсегда. В тот самый первый раз к Насте «подъехал» начальник одного из отделов, хлопотал за сына. Она тогда ответила коротко и внятно:

— Не получится. Если ваш мальчик не знает основного предмета милицейской науки, вам самому должно быть стыдно. Сядьте и позанимайтесь с ним. Если не можете — присылайте сына ко мне, я подготовлю его к экзамену. А просить не буду.

Начальник тот обиделся и по всей Петровке рассказывал, какая эта Каменская сука. Было противно, но зато урок был усвоен накрепко. Больше никто получить оценку на экзамене таким способом не пытался.

Но капитан Дюжин на Петровке не работал, с Настей и ее коллегами знаком не был и на том печальном уроке не присутствовал. А потому счел делом вполне нормальным похлопотать за приятеля.

— А что, твой дружок хилый и убогий? — зло спросила она. — Предмет выучить не может?

— Да времени у него нет, — пустился в объяснения Дюжин. — Он же на вечернем, работает как лошадь. Когда ему учить-то?

— Он же мужик. Пусть упрется и выучит.

— Ну не может он. Запарка жуткая, ни минуты свободной.

— И все равно — нет, — твердо сказала Настя.

— Да почему же?

На лице у капитана было написано неподдельное изумление, словно он ожидал чего угодно, только не отказа. Он готов был выслушать уточняющие вопросы, например, фамилию его товарища, номер группы и дату экзамена, готов был к тому, что ему назовут условия в виде денежной суммы или некоторого набора услуг, короче, Павел Михайлович Дюжин готов был к чему угодно, только не к этому категорическому «нет» без всяких объяснений и оправданий.

— Ни почему, — пожала плечами Каменская. — Нет — и все. Я никогда этого не делала раньше, не буду делать и сейчас.

— А почему не делала? — с искренним любопытством спросил Павел. — У тебя с отчимом в отношениях напряженка?

От такой наглости Настя буквально обомлела. Первый день знакомы, а он не только с просьбами пристает, но еще и в семейную жизнь лезет.

— Объясняю тебе, Паша, если ты сам не понимаешь, — спокойно сказала она. — Основной предмет не знать стыдно. Это неприлично. Человек, который собирается профессионально бороться с преступностью, не имеет права не знать предмет, который называется «оперативно-розыскная деятельность». Впрочем, он обязан равным образом знать и все остальные предметы. Знаешь, чем отличается сыщик от врача или инженера? Инженер или врач имеют полное право не знать подробностей восстания под предводительством Спартака или дату первого заседания Генеральных штатов, это не повлияет ни на способность правильно ставить диагноз и назначать лечение, ни на надежность конструкций. А сыщик должен уметь втереться в любую среду, он должен быть способен поддержать разговор с любым собеседником и завоевать его расположение. И никогда не знаешь, кого тебе завтра придется «раскручивать»: философа, историка, бомжа, писателя, музыканта, физика-ядерщика или священника. Поэтому, кстати, если бы мой отчим преподавал культурологию или религиоведение, я бы все равно его просить не стала. Еще вопросы есть?

— Есть, — весело откликнулся Дюжин. В его голосе Настя не уловила ни малейших признаков обиды. — А ты сама знаешь про эти Генеральные штаты или твои высокие требования распространяются только на других?

— Генеральные штаты были в 1302 году. Про Спартака рассказать или не надо?

— Понял, — мгновенно отреагировал Павел. — Все вопросы снимаются. Значит, насчет экзаменов к тебе на кривой козе не подъедешь. А что с тебя можно поиметь?

— В каком смысле? — не поняла Настя.

— В смысле твоих возможностей. Может, у тебя знакомства в медицинском мире есть или в посольствах каких-нибудь насчет виз?

Она расхохоталась. Простота и прямолинейность капитана Дюжина внезапно перестали ее злить, ибо были такими непосредственными и открытыми, что сердиться было невозможно.

— Паша, с меня взять ровным счетом нечего, — сказала она, улыбаясь. — Вот такая я неудалая. Так что извини.

— Ну это ты загнула, — уверенно заявил он. — Так не бывает. У каждого человека есть связи и знакомства, другое дело, что многие их не ценят, потому что сами не пользуются. У тебя муж есть?

— Утром был, кажется, — пошутила Настя.

— Он у тебя кто?

— Математик.

— Вот видишь, значит, может помочь с репетиторством каким-нибудь балбесам.

— Пашенька, мой муж репетиторством не занимается, у него других забот полно.

— Ничего, деньги будут нужны — займется. Про отчима твоего я уже понял. А матушка твоя?

— Матушка — лингвист, специалист по разработке методик обучения иностранным языкам.

— Тоже потенциальный репетитор, — удовлетворенно кивнул Дюжин. — А ты говоришь! Братья-сестры есть?

— Родных нет.

— А двоюродные?

— Есть сводный брат, сын моего отца от второго брака.

— Он кто?

— Банкир.

— О! И ты мне после этого будешь утверждать...

— Все, Паша, уймись, — засмеялась Настя. — Я рассказываю тебе о своей семье вовсе не для того, чтобы ты делал далеко идущие выводы. Просто у тебя, как у любого нормального кадровика, информационный зуд, тебе хочется узнать обо мне побольше, а доступа к личному делу у тебя теперь нет. Я интеллигентно пошла тебе навстречу, чтобы ты не нервничал. Так что с меня ты можешь поиметь только одно: я попытаюсь научить тебя азам аналитической работы. Больше от меня все равно никакого толку.

— Ладно, — легко согласился капитан, — тогда пошли учиться.

Этот разговор происходил в кабинете, где сидел Дюжин. Поскольку, кроме самого капитана, там размещались еще трое сотрудников, то процесс совместной работы, естественно, должен был происходить в кабинете у Насти: ей как главному эксперту-консультанту полагалось отдельное помещение. И вот тут капитан Дюжин поразил Настю еще больше. Просто-таки сразил ее наповал, причем куда радикальнее, чем своей непосредственностью и пряничной простотой.

Едва переступив порог ее кабинета, Павел поежился, несколько раз резко втянул носом воздух, потом повернулся к двери.

— Я сейчас вернусь, — бросил он, выскакивая в коридор.

Вернулся он через несколько минут. Войдя, плотно прикрыл дверь, поискал глазами ключи, торчащие с внутренней стороны, и запер замок.

— Зачем? — спросила Настя, которой этот жест крайне не понравился, ибо заставлял предполагать самое неприятное и ненужное: совместное распитие в честь знакомства.

— Погоди, сейчас увидишь.

Павел достал из кармана тонкую церковную свечу и коробок спичек. Едва вспыхнув, пламя задергалось в разные стороны, свеча начала потрескивать и коптить.

— Я так и чуял, — он покачал головой. — У тебя здесь плохо. Видишь, как свеча коптит? Здесь поле плохое.

— А где хорошее? — насмешливо спросила Настя, наблюдая за этим непонятным ей спектаклем.

— Там, где пламя ровное и по форме похоже на перевернутую каплю. Но ты не беспокойся, это все можно поправить. Святая вода есть?

— Что?!

— Понятно. Темнота ты, Настя. А туда же: опер все должен знать и уметь поддержать беседу на любую тему. Только рассуждать горазда, а основ нормальной жизни не знаешь.

— Слушай, Павел, прекрати, пожалуйста, устраивать

здесь цирк, — сердито сказала она. — Нам работать надо.

— Никуда твоя работа не денется. А, кстати, работать в такой атмосфере очень вредно. Я вообще не понимаю, как у тебя голова может что-то соображать в этой комнате. Надо срочно принять меры.

— Какие, например?

— Самое первое — побрызгать все углы святой водой. Потом носить свечу по всему помещению и ждать, пока пламя выжжет все зло, которое здесь скопилось. А если уж не поможет, тогда придется рамочку принести. Учти, пока свеча не перестанет коптить и пламя не станет ровным, я здесь работать не буду.

— Значит, так, Дюжин, — жестко произнесла Настя. — Святой воды у меня нет, и ходить по комнате со свечой в руках я не стану. Никаких рамочек приносить не надо. Каждый человек имеет право на своих тараканов в голове, и отказать тебе в этом праве я не могу. Но не пытайся, будь добр, переселить своих тараканов в мою голову. У меня своих достаточно.

— Но свеча же коптит, — упрямо возразил Павел. — Это неспроста. Она не должна коптить. И пламя неровное.

— Здесь сквозняк.

— Здесь нет сквозняка, окно закрыто, и дверь заперта.

— Значит, воск недостаточно чистый.

— Но в другом помещении она не коптила и пламя было ровным. Воск тут ни при чем. Нет, ты только посмотри, ну посмотри, что делается! И трещит! Может, ты злая?

— Я?

От неожиданности Настя растерялась и даже забыла, что собиралась включить кипятильник, чтобы сделать кофе.

— Ты, ты. Может быть, само помещение нормальное, просто твоя злоба дает такое поле.

— Все, хватит! — взорвалась она. — Мне это надоело! Немедленно загаси свечу, и начнем работать.

— Ну пожалуйста...

Голос капитана вдруг стал жалобным и очень серьезным. Он так и стоял перед ней, стройный, в ладно сидящей на нем форме зеленовато-коричневого цвета (ибо был капитаном не милиции, а внутренней службы), с грустными глазами и свечой в руке. Вид у него был совершенно дурацкий, но Насте почему-то не было смешно. Наверное, от злости.

— Ты можешь не верить, это твое дело, — тихо сказал Дюжин. — Но позволь мне сделать так, как я считаю нужным. Иначе я не смогу работать в этом помещении.

Злость ее неожиданно прошла, ей даже стало отчего-то жалко Павла.

— Ладно, делай как знаешь, — махнула Настя рукой. — Только тихо, не мешай мне.

Она налила себе большую чашку кофе и погрузилась в составление рабочей программы, которую к вечеру собиралась доложить Заточному. Дюжин куда-то уходил, возвращался, бродил по комнате то со свечой, то с бутылочкой, брызгая по углам водой. За окном быстро смеркалось, и единственная фраза, которую Настя произнесла за все время, была:

— Зажги свет, пожалуйста.

Прошло еще какое-то время, и наконец Дюжин возвестил:

— Все. Теперь можно жить. Смотри, какое пламя ровное. Не коптит и не трещит.

Настя подняла голову и посмотрела на свечу. Пламя и в самом деле было ровным, похожим на перевернутую каплю. Наверное, этому есть какое-то объяснение, но сейчас ее больше всего интересовала работа, которую поручил ей Заточный. Она не сердилась на капитана, но и объяснять ему смысл задания ей отчего-то расхотелось. Может, он и славный парень, но, как говорится, хороший человек — это не профессия.

— Уже шестой час, — сказала она Дюжину, снова утыкаясь в свои схемы, — давай начнем завтра.

— Давай, — охотно подхватил Павел и тут же убежал.

Вечером, докладывая Заточному программу, она все-таки набралась храбрости и спросила:

— Иван Алексеевич, у Дюжина с головой все в порядке?

— А в чем дело? Он плохо соображает?

— Пока не знаю, — призналась Настя, — на сообразительность я его еще не проверяла. Но тараканов у него в голове море. Поля какие-то, аура, свечи, святая вода... Сегодня я терпела, но завтра могу и взорваться. Не боитесь?

Заточный улыбнулся, откинулся в кресле и привычным легким жестом погладил пальцами виски.

— Вам придется терпеть это и дальше, Анастасия. Мне характеризовали Дюжина как толкового парня, но предупреждали, что он не без особенностей.

— Вот даже как?

— Не беспокойтесь, он не сумасшедший. С психикой у него все в полном порядке. Просто он от природы очень чувствителен ко всяким полям, так мне объясняли врачи. Я ведь консультировался с ними, прежде чем взять его к нам на работу. Есть такие люди, и их, кстати, вовсе не мало, которые остро чувствуют поля. Говорят же, что спать человеку лучше в строго определенном положении, головой на север или на запад, я уж не помню куда. Большинство из нас отлично спит там, где кровать стоит, и на все эти тонкости внимания не обращает. Но есть ведь люди, которые не могут спать, если положение неправильное. Короче, Анастасия, постарайтесь не обращать внимания на чудачества нашего капитана. Ваше дело — обучить его аналитической работе. Вот если он окажется к этому не способен, тогда будем думать, что с ним делать.

Нельзя сказать, что Настю это хоть в какой-то мере успокоило. Заточному хорошо говорить: он не псих, а на остальное внимания не обращайте. С этим «остальным» ежедневно придется иметь дело именно ей, а не генералу. И терпеть это, и мириться. И, самое главное, не злиться и не раздражаться.

Однако против ожидания чудачества капитана Дюжина Настю из себя не выводили. Хоть и было их немало, чудачеств этих, но Павел совершенно обезоруживал ее своей открытостью и веселым настроением. Более того, она ужасно удивилась, когда прислушалась к себе и внезапно обнаружила, что подсознательно пытается припомнить все, что когда-либо слышала или читала про биополя и про особо чувствительных к ним людей. Никаких систематизированных знаний в ее голове, конечно, не было, ибо проблемой Настя никогда специально не интересовалась, но из глубин памяти то и дело всплывали биопатогенные зоны и полосы, которые «есть проявление единой субстанции, пронизывающей всю Вселенную». Ей даже, хоть и не без труда, удалось вспомнить название книги, в которой об этом написано: «Космос и здоровье». Книга попалась ей случайно, и Настя бездумно листала ее минут сорок, пока ждала кого-то. Там же было написано и про Г-образные индикаторы, и про сетки полос Карри, и про многое другое, что в тот момент показалось ей ненужным, неинтересным и бездоказательным. Однако теперь, наблюдая за Павлом, она все чаще склонялась к мысли о том, что не могут люди, занимающиеся этой проблемой, все поголовно быть полными идиотами, а если ей, грубой материалистке, их наука кажется шарлатанством, то, может быть, дело не в науке, которая ей не нравится, а в ней самой, в ее незнании, в зашоренном мышлении?

Настя с детства (разумеется, под влиянием мамы и отчима) накрепко усвоила простую истину: если она о чем-то не знает, это совершенно не означает, что «этого» нет и быть не может. Поэтому ей всегда было смешно и немножко даже противно, когда приходилось выслушивать от кого-нибудь фразы типа:

— Этого не может быть. Я ничего об этом не слышал.

Подобные аргументы казались ей сродни знаменитому чеховскому «этого не может быть, потому что не может быть никогда». Она хорошо помнила презрительное недоумение следователя, которому передавала материалы по группе Саульяка. Саульяк и его люди использовали методы нейролингвистического программирования, выполняя заказы высокопоставленных чиновников, стремившихся убрать политических конкурентов. Следователь об этом методе никогда не слышал и счел Настины материалы полным бредом, о чем и не замедлил ей сообщить. А когда разразился скандал с врачом из Новосибирска, использовавшим в числе других и этот метод в весьма неблаговидных целях, недоверчивого следователя Генеральная прокуратура включила в состав бригады, занимавшейся этим делом. Настя до сих пор не могла без улыбки представлять себе его мину, которая должна была бы исказить строгое лицо. Она и сама до столкновения с Сауляком не слышала о нейролингвистическом программировании. Ну и что из этого? Обратилась к специалистам и все выяснила. Оказалось, даже в научно-исследовательском институте МВД России этой проблемой занимаются. Так что никакой псевдонаучной фантастики.

Неистребимое внимание Павла Михайловича Дюжина к биопатогенным зонам Настя, таким образом, стала воспринимать абсолютно спокойно, как только сказала себе, что незнание — не аргумент. И причина ее хорошего настроения была отнюдь не в этом, хотя первый толчок был дан, конечно же, капитаном. Она вдруг поняла истину настолько простую, что даже стыдно говорить. Эту истину знают все. Но знают как-то объективно, отстраненно, словно со стороны, не применяя ее к себе и не преломляя через собственное сознание. А истина действительно оказалась до чрезвычайности проста: все люди разные. И хотя вряд ли найдется человек, который будет с этим спорить, очень мало на свете людей, которые этой истиной руководствуются. Как-то так получается, что идею все признают, но почти никто ей не следует. А ведь если истину эту простую пропустить через себя и сделать частью своего миропонимания, то моментально изменяется все восприятие окружающей действительности. И многое становится не только понятным до полной прозрачности, но и смешным. И вот это смешное так веселило и развлекало Анастасию Каменскую, что настроение у нее было неизменно приподнятым.

Вопреки ее опасениям Павел Дюжин оказался человеком способным, и хотя сам никаких оригинальных идей не продуцировал, он по крайней мере понимал то, что объясняла ему Настя. Понимал легко, почти всегда с полуслова, и работа с ним доставляла удовольствие. Как обычно случается, частное задание выяснить, не является ли сын генерала Заточного объектом интереса преступников, быстро превратилось в обширную программу исследования «чистоты» милицейских вузов Москвы. А вузов этих три, не считая Академии. Так что работа предстояла большая и кропотливая. С одной стороны, слушатели: кто такие, чьи дети и племянники, кем направлены на учебу, каковы результаты психологического тестирования, и если результаты были неудовлетворительными, а человек все-таки учится... И так далее. С другой стороны, преподаватели. С третьей, финансово-хозяйственная деятельность вуза. Особое внимание — внебюджетным средствам. Откуда они берутся, кто выступает спонсорами. У кого закупаются продукты для столовой, оборудование для компьютерных классов, технические средства. Направлений — море, и понятно, что Настя вдвоем с бравым капитаном Дюжиным сделать почти ничего не смогут. Но это и не их задача. Им поручено составить развернутую программу, выполнять же ее будут другие сотрудники. Зато результаты их работы обобщать и анализировать придется все-таки Насте и Павлу.

— А это что? — спрашивал Павел, глядя, как Настя быстро набирает на компьютере какой-то текст, больше похожий на анкету.

— Это подсобный материал для тех, кто будет собирать информацию, — объясняла она терпеливо. — Чтобы им не пришлось держать в голове все вопросы, на которые нужно получить ответы, они при изучении личных дел учащихся будут заполнять анкету. Очень удобно. И нам потом анализировать будет проще. Введем данные в компьютер, он все посчитает, и получим наглядную картинку.

— Ну-ка дай глянуть.

Настя вернула текст в начало и отодвинулась, давая Дюжину возможность смотреть на экран. Павел быстро пробежал глазами пронумерованные пункты, потянулся к «мыши» и подвел стрелку к одной из цифр.

— Я бы сюда добавил юридическую историю фирмы. Нам ведь важно не только название организации, в которой работают родители слушателей, но и откуда она взялась. Слияния там всякие, разделения, переименования, дочерние фирмы.

— Верно, — кивнула Настя, — дело говоришь. Еще какие соображения?

— Соображений больше нет, остались только вопросы.

— Ну задавай.

Павел спрашивал, она отвечала подробно, не раздражаясь, ибо понимала, что должна его учить. Дай Бог каждому учителю таких учеников, как капитан Дюжин, грех ей жаловаться, мало того что мозги у Павла хорошо организованы, ему еще и интересно то, что они делают. Если бы только не его причуды...

Каждый раз на этом месте Настя улыбалась и останавливала себя. Ну что ей его причуды? Мешают работать? Нет. Несовместимы со званием офицера? Тоже нет. Надо же, как глубоко въедаются в голову стереотипы: офицер милиции должен быть эталоном нормальности. Да кто ее придумал, нормальность эту? Норма — это наиболее распространенная характеристика, то, что распространено меньше, считается «не нормой», но кто сказал, что «не норма» — это плохо? В норме у светловолосых людей должны быть голубые или серые глаза, реже встречаются зеленые, еще реже — карие, но у кого повернется язык заявить, что кареглазая блондинка — это некрасиво? Практика показывает, что как раз кареглазые блондинки считаются более эффектными и пользуются большим успехом у мужчин. Вот тебе и «не норма».

И точно так же каждый раз на этом самом месте Павел настороженно спрашивал:

— Чего ты смеешься? Я глупости говорю, да? Выгляжу в твоих глазах дураком?

— Ну что ты, Паша, — торопливо отвечала она. — Это я так, мыслям своим улыбаюсь. Настроение хорошее.

* * *

Опрос деда Немчинова Коротков провел в первые же дни после убийства Саши Барсукова, но глубоко не копал. Он был согласен с Настей: если дед замешан в убийстве внучкиного ухажера, то пугать его нельзя. Пока он не чует опасности, никуда не денется.

Навестить Леру Немчинову Настя решила тогда, когда Василия Петровича не будет дома. Надо своими глазами посмотреть, что это за девица, а уж потом подумать, как подбираться к ее дедушке.

Легенду она придумала незатейливую, но практически «непробиваемую». Настя знала, что в том институте, где учился Барсуков, заместителем начальника одного из факультетов работала женщина. Вот ею-то она и решила представиться. Даже если Александр и рассказывал о ней, то фотографию уж наверняка не показывал, а описанию — высокая блондинка лет под сорок — Настя вполне соответствовала. Только имя надо сменить, потому что имя начальницы Саша мог и назвать.

Квартира Немчиновых сверкала стерильной чистотой, и это отчего-то сразу не понравилось. Хотя что плохого в чистоте? Через две минуты Настя поняла: в этой стерильности не было уюта. Как будто живут здесь люди, каждый из которых поставил перед собой сверхзадачу не оставлять ни единой соринки, дабы не давать повода другому сделать замечание. Вынужденный порядок — вот точное определение.

— Какой у вас порядок, — заметила она, проходя в комнату. — Это ты такая хорошая хозяйка?

Лера не ответила. Она молча смотрела на Настю красиво подведенными глазами, и в глазах этих Настя не увидела ни страдания (все-таки близкий человек погиб), ни тоски, ни злости. В них не было ничего, разве что капелька раздражения плескалась и таяла в глубокой синеве.

— Меня зовут Александра Васильевна, я заместитель начальника факультета, где учился Саша Барсуков. Могу я задать тебе несколько вопросов?

— О чем? — холодно спросила Лера. — Меня уже допрашивали несколько раз, я даже к следователю ездила.

— Тебя допрашивали в связи с убийством, а у меня другие вопросы.

— Я ничего не знаю, — быстро ответила девушка. — Все, что я знала, я уже рассказала, ничего нового вы не услышите.

— Погоди, — остановила ее Настя, — я хотела спросить о другом. Видишь ли, Саша был в своей учебной группе ответственным за приобретение учебников и пособий. Все ребята сдавали ему деньги, а он потом покупал книги для всех. За два дня до гибели он собирал деньги на двухтомник учебника по уголовному праву. По шестьдесят тысяч с человека. Учебники купить Саша не успел, но в милиции мне сказали, что денег при нем не было. То есть были, конечно, какие-то деньги, но, вероятно, его собственные. Тысяч двести или триста. А на учебники было сдано почти два миллиона. Ты не знаешь, где эти деньги?

— Вы что, думаете, я их украла? — вспыхнула Лера. — Может, вы думаете, это я Сашу убила? Конечно, я убила, чтобы деньги взять. Давайте, зовите следователя или кого там полагается звать в таких случаях. Да как вы смеете!

— Стоп, стоп. — Настя подняла руку в примирительном жесте. — Никто тебя ни в чем не обвиняет, но поскольку ты дружила с Сашей и виделась с ним почти каждый день, то, может быть, ты знаешь, куда он девал эти деньги. Может быть, он купил подарок, например, тебе или еще кому-нибудь. Может, потерял или проиграл в моментальную лотерею. Но в любом случае, я уверена, он сказал бы тебе об этом. Вспомни, пожалуйста.

Девушка рассерженно отвернулась, но уже через несколько секунд взяла себя в руки. Теперь она снова смотрела на Настю спокойно и холодно.

— Я ничего не знаю ни о каких деньгах, — сказала она. — Саша не делал мне подарков.

— Как? Даже цветы не дарил?

— Нет.

— Почему?

— Он никогда цветы не дарил.

— А конфеты? Косметику? Может быть, диски, кассеты?

— Нет. Он был не по этой части. Даже представить себе не могу, — Лера слегка улыбнулась, — чтобы Саша что-нибудь принес мне в подарок. Он был совсем еще ребенок. Ухаживать толком не умел.

— Он младше тебя? — поинтересовалась Настя.

— Старше на год.

Понятно, подумала Настя. Девочка считает себя ужасно взрослой и умудренной опытом, а Саша Барсуков рядом с ней был просто сосунком. Ну и зачем, спрашивается в задачке, она с ним общалась? Можно было бы допустить, что девушка идет на подобный «мезальянс» от отчаяния. На безрыбье, как говорится... Можно было бы, если бы Лера была дурнушкой. Но она ведь хороша собой, и трудно поверить, что у нее недостаток поклонников. В очереди небось стоят за ее улыбкой. Так зачем же ей Саша Барсуков, который совсем еще ребенок и ухаживать толком не умел? Однако вряд ли уместно углублять это направление расспросов, хотя и очень хочется. Она — Александра Васильевна, подполковник милиции, пришла узнать насчет слушательских денег, собранных на учебники. Вот об этом и надо разговаривать.

— Лера, припомни, пожалуйста, не говорил ли Саша, что у кого-то из его друзей день рождения или какой-нибудь праздник.

— Не говорил, — тут же ответила Лера, не задумавшись ни на секунду.

— Но ты даже не пыталась вспомнить, — заметила Настя. — Я понимаю, ты хочешь, чтобы я побыстрее от тебя отстала, но я ведь пришла к тебе не ради развлечения. Мальчики сдали деньги, для них это очень большие деньги, и они должны понимать, получат ли свои учебники в конце концов или деньги пропали окончательно и нужно снова их собирать.

Лера немного помолчала, глядя в окно.

— Мне нечего вспоминать. Саша никогда не говорил со мной о своих друзьях. Совсем не говорил. Никогда. Вам понятно?

— Господи, ну что ты злишься? — Настя решила поиграть в квохчущую наседку. — Что я такого особенного спросила? Если парень встречается с девушкой, то совершенно естественно, что они разговаривают о своих близких, друзьях, родственниках. О чем же им еще говорить?

— А вы, конечно, думаете, что больше разговаривать не о чем, — презрительно бросила Лера. — У парня и девушки нет ни души, ни сердца, ни вкусов, ни интересов. Они только и могут говорить о людях, которые их окружают. Вы, старики, только себя считаете умными, а у тех, кто моложе вас, вообще мозгов нет.

Настя с трудом сдержалась, чтобы не улыбнуться. Девочка легко попадается даже на такую простенькую провокацию. Похоже, она сильно комплексует из-за своей юности, вернее, из-за того, что люди, которые ей интересны, считают ее еще маленькой. Она, разумеется, уже совсем взрослая и хочет, чтобы к ней относились соответственно. А ее отчего-то всерьез не принимают. Да, но при такой постановке вопроса ей уж точно нечего делать в обществе такого невзрослого Саши Барсукова. Она должна тянуться к мужчинам постарше, но мужчины эти, вероятнее всего, не ценят ее взрослости, отсюда и так легко выплескивающееся раздражение. Забавная девица... Нельзя быть к ней строгой, все-таки она пережила страшную трагедию, потеряв одновременно обоих родителей, да еще и деда. Деда, который виноват в ее несчастьях, который перестал быть ее любимым дедушкой и с которым ей теперь приходится жить бок о бок. При такой судьбе допустимы любые странности характера. Ладно, возвращаемся к основной теме беседы.

— И все-таки, Лера, подумай, куда могли деться деньги. Почти два миллиона. Саша не покупал в последние дни какие-нибудь кассеты, книги, одежду? Ну пожалуйста, постарайся мне помочь. Пойми меня, я сейчас вернусь в институт, а возле моего кабинета стоят тридцать парней и девушек и ждут, что я привезу им их деньги. Не у каждого из них есть папа с мамой, у которых можно снова попросить эти шестьдесят тысяч. Многие поступают в наш институт от бедности, потому что стипендия больше, чем в гражданском вузе, и форма бесплатная, так что на одежду в течение четырех лет можно тратиться минимально. Для таких ребят потерять шестьдесят тысяч — это катастрофа. И что мне им сказать? Что Лера Немчинова отказывается мне помочь, потому что она не в настроении? Лера Немчинова не знает, что такое проблемы с деньгами, поэтому ей наплевать на ваши жалкие тысячи?

Настя говорила почти автоматически, не задумываясь над словами. Сотни раз она проводила такие вот беседы, пытаясь «выудить» у опрашиваемого нужную информацию и забрасывая его при этом ворохом ничего не значащих и даже откровенно демагогических тирад. Ей не очень-то и нужны были сведения о финансовых делах Саши Барсукова, его убийством занимались ребята из ее бывшего отдела, а уж они своего не упустят и эту версию наверняка отработали. Ей нужен был дед Леры Немчиновой. Ей нужно было выяснить только одно: не пытался ли Василий Петрович втянуть Сашу в уголовные штучки, и если пытался, то была ли это собственная, так сказать, единичная инициатива деда (и тогда пусть этим продолжает заниматься Юра Коротков с командой) или же это было частью, одним маленьким элементом, одной крохотной ячейкой широкой сети, забрасываемой хорошо организованными преступниками в воды милицейской среды с целью вытащить и поставить себе на службу молоденьких и жадных до денег милиционеров. Вся комбинация с Лерой была затеяна для того лишь, чтобы вывести ее на разговор о деньгах, следом — на бюджет ее семьи, а далее, плавно и естественно, — на деда. Первый шаг в этом направлении был сделан, Настя подвела ситуацию к небрежно брошенной фразе о том, что девушка не знает проблем с деньгами. Посмотрим, как дело дальше повернется.

В ответ на «гневный» выпад Лера окатила Настю взглядом, полным презрения.

— Вы не имеете права так со мной разговаривать. Да, у меня есть деньги, и я могу жить, ни в чем себе не отказывая, но я слишком дорого за это заплатила. Я бы предпочла жить куда более скромно, но не быть сиротой.

Теперь она смотрела на гостью с вызовом и нетерпеливым ожиданием. Конечно, подумала Настя, девочка ждет вопросов, отвечая на которые она могла бы поставить меня, старую и никчемную, на место. Она расскажет мне о своей трагедии и будет с удовольствием наблюдать, как я корчусь в муках неловкости и стыда за свою бестактность. Она — такая несчастная, такая страдающая, такая непонятая, а я посмела ее в чем-то упрекать. Ай-яй-яй, как некрасиво...

— Да Бог с тобой, Лера, — произнесла Настя удивленно-примирительно, — ну что же ты все время сердишься? Я совсем не хотела тебя обидеть, поверь мне. Меня беспокоят мои слушатели, поэтому я, может быть, излишне эмоционально высказываюсь. Извини, если мои слова тебя задели. Кстати, будет очень нескромным, если я спрошу, откуда у тебя деньги, на которые ты живешь, ни в чем себе не отказывая?

Лера чуть заметно улыбнулась, и Настя поняла, что просчитала ситуацию правильно. Девушка ждала этого вопроса и горит желанием на него ответить. Ответ, собственно говоря, Настя прекрасно знала и без нее, но это был необходимый шаг на пути к заветной теме — Лериному деду. Придется потерпеть и выслушать.

— Вы, вероятно, не знаете, — начала Лера с нескрываемой гордостью, — что я дочь известного композитора Геннадия Немчинова...

Настя слушала вполуха, только чтобы не потерять нить беседы. Ничего нового Лера не рассказывала, все это было известно еще несколько дней назад. Пожилая родственница Немчиновых оформила опекунство над малолетней дочерью погибших и все годы, что они прожили вместе, исправно пользовалась счетами в Сбербанке, на которые постоянно начислялись авторские гонорары за исполнение песен отца Леры. Деньги были немалые, песен за свою жизнь Геннадий Немчинов написал великое множество, и подавляющее большинство из них в свое время были хитами. Потом наступил период затишья, в эстраде мода меняется быстро, о Немчинове забыли, но старых финансовых запасов пока хватало, благо родственница-опекунша тратила деньги аккуратно и с умом. А затем денежки снова «закапали» на счет, мода сделала очередной виток, и новое поколение исполнителей вернулось к почти забытым мелодичным и грустным песням. Точнее, исполнитель был только один — Игорь Вильданов, но он на сегодняшний день пользовался такой бешеной популярностью, что песни Геннадия Немчинова в его исполнении звучали на всех радиоволнах и по всем телеканалам, не говоря уж о концертах.

Делая вид, что внимательно слушает, Настя исподволь разглядывала комнату и наблюдала за юной хозяйкой. Какое-то несоответствие во всем... Красивая, бесспорно красивая девушка и явно неглупая. И не нищая, одета модно и недешево, в ушах золотые сережки с жемчугом, маленькие, но изящные, свидетельствующие о прекрасном вкусе, на пальце оригинальной работы кольцо с белым камнем. Вероятно, с фианитом, если бы это был бриллиант, то цена ему была бы почти запредельная. Такая девушка должна бы пользоваться несомненным успехом у молодых людей, среди которых могла выбрать того, кто ей придется по душе. Она считает себя совсем взрослой, и наверняка у нее есть и желание, и возможность проводить время с парнем постарше. Но почему-то Саша Барсуков. Почему-то она отдала предпочтение ему, а сейчас старается сделать вид, что это был вообще-то мезальянс и Саша ей совершенно не нравился. Ухаживать, видите ли, не умел. Ну и что? Выгнала бы к чертовой матери. Но ведь не выгнала. А на похороны не пошла, Коротков там был, отслеживал возможные связи, а Леры не было. Не пришла Лерочка проститься со своим другом-ухажером, словно бы вздохнула с облегчением, как вздыхают люди, когда незваный и засидевшийся сверх приличного гость наконец уходит. Хороший тон требует, чтобы гостя провожали до лифта, но в таких случаях хозяева нетерпеливо подают уходящему пальто и быстро захлопывают за ним дверь, чтобы он, не дай Бог, не завел разговор еще о чем-нибудь. Незваный и навязчивый гость. Незваный и навязчивый Саша Барсуков. Или навязанный? Например, дедом Леры... Ведь говорил же Юра Коротков, что Василий Петрович Сашу привечал и всячески подчеркивал, что это хорошая компания для его внучки.

А что? Версия, вполне пригодная для дальнейшей проработки. Василий Петрович Немчинов контактирует с рядовым милиции Александром Барсуковым, но для того, чтобы их встречи не бросались в глаза, подстраивает знакомство Саши со своей внучкой. Да, юноша ходит в этот дом, но ведь не к уголовнику же Немчинову он ходит, он за внучкой его ухаживает, а о том, что ее дедушка — убийца, отсидевший девять лет в колонии усиленного режима, мальчик и знать не знал. Лера ему об этом не говорила, стеснялась, что вполне понятно, а с дедом Саша и вовсе не общался. Что ему дед? Он же не за ним ухаживает. И к деду не прицепишься, и с Саши взятки гладки.

Или другой вариант. Дед только еще подбирался к Барсукову. Устроил знакомство парня с Лерой и терпеливо ждал, пока он прикипит к дому. Ждал, когда Саша созреет для доверия к деду своей возлюбленной, и тогда уж потихоньку начал бы прибирать милиционера к рукам. Тоже подходящая версия, но она отражает только последствия, а Настю интересует первопричина: зачем Василий Петрович это делал? Сам, по собственной инициативе, для каких-то своих темных дел, или по чьему-то поручению, для кого-то? К сожалению, Лера этого знать не может, надо подбираться к деду. Но как? Можно было бы и Лере задать множество вопросов, можно было бы, да нельзя. Кто такая Настя? Александра Васильевна, заместитель начальника факультета, где учился погибший юноша, пришла насчет пропавших денег. Разве может она на голубом глазу спрашивать, где и при каких обстоятельствах Лера Немчинова познакомилась с Сашей Барсуковым? Бывал ли Саша у них дома, когда в квартире был дед, но не было самой Леры? Да много всякого можно было бы спросить, будь Настя сотрудником уголовного розыска. Но она, увы, таковым не является ни по легенде, ни по официальным документам. По документам она эксперт-консультант, по легенде — сотрудник вуза. И объяснить свой интерес к деталям личной жизни Леры Немчиновой так, чтобы это было правдоподобно и не спугнуло деда, узнай он о содержании их беседы, ну просто никак невозможно.

— Какое у тебя красивое кольцо, — внезапно сказала Настя. — Можно взглянуть поближе?

Это было так по-женски — прервать скорбный рассказ собеседницы, чтобы поинтересоваться любопытной побрякушкой. Лера удивленно замолчала и протянула руку через стол. Настя буквально впилась глазами в камень, играющий радужными бликами под ярким светом люстры. Ну надо же... Чего только не бывает на свете!

Глава 4

Зотов с досадой отшвырнул ногой темно-синюю майку с аляпистой аппликацией, валявшуюся на полу прямо посреди прихожей. Из комнаты доносился звук магнитофона с музыкальным сопровождением новой песни. Игорь репетировал «образ».

— Опять у тебя бардак! — сердито прокричал Зотов,

приоткрыв дверь в комнату. — Шмотки по всей квартире на полу валяются.

Игорь Вильданов стоял перед зеркалом, внимательно
всматриваясь в свое отражение и подыскивая позу, наиболее подходящую для завершающих аккордов песни.
Обернувшись на голос Зотова, он весело улыбнулся и
махнул рукой.

— Ладно, не ори, Лерка придет — уберется. И вообще — привет. Хоть бы поздоровался для начала, вместо
того чтобы орать прямо с порога. Кассету принес?

— Принес, — кивнул Вячеслав Олегович. — На, посмотри, как мастера работают. Учись, пока есть у кого.

— Ой, да уймись ты со своими нравоучениями. —
Игорь скорчил ему рожу. — Я сам мастер, пусть у меня
учатся.

Зотов вздохнул и молча вставил кассету в видеомагнитофон. Самомнения у мальчишки — на роту солдат
хватит. Но и талант у него — дай Бог каждому. Еще бы
мозгов хоть самую малость, так цены бы Игорьку не
было. И почему природа раздает свои милости так не-
разборчиво? Зачем этому клиническому дураку такой
талантище? Зачем ему такая феноменальная музыкальность и потрясающий артистизм? Он же в обычной
жизни двух слов связать не может, и если им постоянно
не руководить, так и двух шагов не пройдет, чтобы не
споткнуться и не наделать глупостей. Одно слово —
дурак.

На экране появился известный американский певец.
Когда-то давно он был любимцем публики, ибо обладал
помимо голоса еще и смазливой мордашкой. С годами
он раздался и теперь весил никак не меньше полутора

центнеров, однако концертную деятельность не прекратил, его выступления по-прежнему собирали толпы поклонников. Тучность не позволяла ему сопровождать свои песни пританцовыванием и страстным размахиванием руками, он не хотел выглядеть смешным, и пришлось принципиально сменить репертуар и манеру держаться на сцене. Теперь он стоял практически неподвижно, подчеркивая содержание и эмоциональный настрой песни лишь выразительными движениями головы и мимикой, только изредка позволяя себе небольшой, но очень точный жест рукой. Его мастерство было действительно огромным — во всяком случае, и Зотов, и Игорь поняли абсолютно все содержание песни, хотя Игорь английского не знал совсем, а Вячеслав Олегович только читал хорошо, разговорной же практики у него не было и на слух он английскую речь не воспринимал.

Вильданов не отрываясь просмотрел всю получасовую запись.

— Не, Слава, мне так в жизни не сделать, — огорченно протянул он, когда экран погас. — Может, ну ее, эту новую редакцию? Буду петь «Реквием» как раньше, тоже хорошо было. Скажешь, нет?

— Нет, — покачал головой Зотов, — было хорошо, но ведь это в прошлом. Нельзя ехать столько лет на одном репертуаре. Если ты хочешь его сохранить, нужно периодически менять редакцию. В двадцать пять лет ты не можешь петь так же, как в восемнадцать, а в тридцать ты должен петь не так, как пел в двадцать пять.

— Почему это не могу? — возмутился Игорь. — Я же пою. Вот он я, и голос никуда не делся. Чего ты ко мне привязываешься?

Зотов налил в стакан минеральной воды, выпил залпом. Опять двадцать пять, опять все сначала. Ну почему этому безмозглому тупице нужно объяснять все по десять раз, пока он не поймет? Нет, тут же одернул он себя, нельзя так, нужно набраться терпения. Он сам добровольно взялся нести эту ношу, не годится бросать ее на полдороге. В конце концов, мальчишка не виноват, что у него мозгов нет. Мозги — они как талант, одному дано, а другому нет. Почему-то принято считать, что талант дается не каждому, но уж умными-то должны быть все. Отсутствие дарования воспринимается как данность, как цвет волос или глаз, а вот отсутствие ума — как дефект. Почему? Неправильно это, потому что все от природы, и талант, и интеллект. Если природа чем-то наделяет, человек должен быть благодарен, но если уж она обделила, то винить никого нельзя.

— Игорек, человек с возрастом набирается жизненного опыта и мудреет. Когда он читает книгу в пятнадцать лет, он видит и понимает в ней одно, а когда перечитывает в двадцать — уже другое, в тридцать — еще что-то, чего он не заметил или не понял раньше. За эти годы в его жизни происходят какие-то события, он их переживает и обдумывает, и когда вновь возвращается к уже прочитанной книге, то смотрит на нее совсем другими глазами. Понимаешь? И с песнями то же самое. Человек в пятнадцать лет слышит в песне одно, а станет старше — и слышит уже совсем другое. Но ведь и певец, исполнитель этой песни, не стоит на месте. В его жизни тоже годы идут, что-то происходит, он из-за чего-то страдает, мучается. Ты — живой человек, а не записанный раз и навсегда диск, ты становишься взрослее, и ты сам уже должен петь свои песни по-другому. Уловил?

— Не понимаю, чего ты цепляешься. — Игорь резко вскочил с дивана, подошел к широкому низкому столу, стоящему посреди комнаты, и схватил лежащую на нем охапку афиш. — А вот это что? Я тебя спрашиваю, что это такое? Воронеж, Нижний Новгород, Астрахань, Кемерово — это что, так, наплевать? Я пока еще выступаю, и, заметь себе, не перед пустым залом. У меня куча фанатов, они меня любят, обожают меня и приходят слушать мои концерты. Чего тебе еще надо?

Зотов молча встал и вышел на кухню. Здесь царил такой же беспорядок, как и всюду. Хорошо еще, что Лера приходит два-три раза в неделю и наводит чистоту, а то через месяц в этом жилище гения шагу нельзя будет сделать, чтобы не наступить на брюки, немытую чашку или брошенный на пол компакт-диск. Одно время Вячеслав Олегович подозревал, что у Игоря не все в порядке с головой, ибо его питомец казался существом абсолютно нецивилизованным. Он не читал книг, писал с ошибками и не понимал самых элементарных вещей вроде простых истин, что надо хотя бы иногда мыть за собой посуду и вешать одежду в шкаф. Несколько лет назад Зотов пригласил к Игорю знакомого психиатра, привел его под видом своего приятеля. Посидели, попили кофе, психиатр увлеченно болтал с Игорем обо всем на свете, а потом сказал Вячеславу, что с головой у парня все в порядке, никакой олигофрении в степени даже легкой дебильности не наблюдается. Есть такое понятие, сказал он, «конституциональная глупость». Вот именно это у Игорька и наличествует. Ну и дефекты воспитания в раннем возрасте, это уж как водится. Не приучили мальчонку сызмальства к порядку и чистоте, к вежливости и чтению книг, вот и результат. Зотов встретил Игоря, когда тому было уже пятнадцать, перевоспитывать было поздно. Маленький бродяга, убежавший из дома в девять лет и плавно чередовавший свободу со спецприемниками для несовершеннолетних и какими-то интернатами, успел забыть своих родителей давно и прочно, впрочем, как и они забыли о нем, окончательно пропив мозги. Зато за годы странствий Игорек прочно усвоил, что дороже всего на свете личная свобода. Она на первом месте, на втором — деньги, а посему жертвовать этой драгоценной свободой имеет смысл только ради денег, а не ради каких-то там сомнительных ценностей вроде образования, здорового образа жизни и чистой одежды. У Зотова Игорь остался только потому, что тот пообещал ему деньги. Большие деньги. Правда, предупредил, что нужно будет стараться, много работать, изучать нотную грамоту и учиться играть на пианино, сразу вокалом заниматься все равно нельзя, нужно подождать пару лет, пока закончится мутация голоса. Игорю это, конечно же, не понравилось, уж больно много условий было выставлено. Он капризничал, торговался, отказывался, убегал от Зотова, но в конце концов сдался, ибо Зотов выложил еще один козырь, на этот раз решающий. Это было уже серьезно, и Игорю ничего не оставалось, как признать правоту своего патрона. Повздыхав над утраченной свободой, он нехотя принялся учить ноты. Как давно это было...

Не умеет Игорь ставить перед собой большие цели. Не умеет, и все тут. Привык с детства довольствоваться малым, есть кусок хлеба и крыша над головой — и спасибо судьбе, а о ресторанах и дворцах и не помышлял. Да, деньги он любил и ради них готов был на определенные жертвы, но деньги-то ему нужны были только для одного: для обеспечения своей личной вожделенной и любимой свободы. Не для роскоши и праздности, не для власти и крутого бизнеса, а только лишь для свободы, для того, чтобы спать допоздна, не ходить на работу и трахать тех девок, которые понравятся, а не тех, на которых денег хватит. В убогое понятие свободы Игорь Вильданов вкладывал только такой вот скудный набор благ. Но откуда другому-то взяться? Он ведь умом и душой как был маленьким бродягой, так и остался.

Зато Зотов умеет большие цели ставить. И понимает, что потенциала у Игоря достаточно, чтобы эти цели оказались достигнутыми, но именно потенциала, который нужно вытащить из глубин Игорьковой умственной лени и умело задействовать. Сейчас он дает самые обычные концерты, за которые получает две — максимум три тысячи долларов, а нужно, чтобы он собирал целый стадион, спортивную арену. За такие концерты можно получить до двадцати тысяч. Нужны зарубежные гастроли. Нужны не тысячи поклонников, а миллионы. Но для этого надо работать, чтобы, приобретая новых фанатов, не терять старых. Пока Игорь так божественно красив, его будут любить все новые и новые генерации подрастающих девочек, но, если к этой красоте ничего не прибавлять, повзрослевшие девочки превратятся в замужних женщин и перестанут ходить на его концерты. Красивый мальчик с юношеской манерой исполнения больше не будет их привлекать, он будет казаться им наивным и простоватым. Певец должен взрослеть вместе с ними, и тогда те, кто однажды полюбил его, уже не покинут ряды слушателей, а новые поколения будут в них вливаться. Вот тогда будут и стадионы, и сотни тысяч долларов. Игорю с его скудным умишком эти сотни тысяч не нужны, но они нужны Зотову, получающему тридцать процентов с каждого концерта. Так они с Игорем договорились когда-то.

Но дело не только в деньгах. В них-то — во вторую очередь, а в первую — дело в том, что на Игоря Вячеслав Олегович Зотов поставил всю свою жизнь, все, что он умел и знал. Он подобрал пятнадцатилетнего грязного бродяжку с иконописными глазами и удивительным артистическим даром, вытащил его из дерьма, оставил жить в своей квартире, потому что разглядел в нем уникальный талант, такой талант, какого был лишен он сам. У Зотова было все: музыкальное образование, тонкий изысканный вкус, хороший голос и безумная, всепоглощающая любовь к пению. Не было только одного: способности заставить себя слушать. Он хотел петь, он готов был петь сутки напролет, но почему-то не находилось людей, которые так же сутками готовы были его слушать. Им быстро становилось скучно, они не слышали и не понимали тех чувств, которые вкладывал Слава Зотов в каждую пропетую им ноту. Сначала он с негодованием думал, что они просто тупые и лишенные музыкального чувства существа. Потом понял, что со слушателями его все в порядке, дело в нем самом. Ему только кажется, что он вкладывает в песню всего себя, всю свою душу. На самом деле этого никто не слышит и не может слышать, потому что у него нет дара сделать это слышимым. Он записывал свое пение на магнитофон и внимательно слушал. Это было пресным и действительно скучным, хотя и исполнено технически безупречно. Недаром же книга великого Карузо «Тайны вокальной речи» много лет была его учебником, который он выучил наизусть, да и учителя вокала у Славы были превосходные. Ему поставили голос и научили им владеть в совершенстве, но той маленькой детальки, без которой никогда не заработает механизм под названием «певец», они дать ему не смогли. И не потому, что не сумели или не захотели, а потому, что она от Бога. Она или есть, или ее нет. Если она есть, люди плачут, слушая песню, а если ее нет, они не слышат ни песню, ни певца.

У маленького бродяжки эта деталька была. Кроме того, был абсолютный слух, зачатки природной музыкальности и здоровые миндалины, что позволяло надеяться пусть на небольшой, но все-таки голосок. Мальчишка любил петь, он напевал постоянно, и казалось, петь для него — все равно что дышать. Правда, в пятнадцать лет голос уже ломался, и частенько вместо нормальной ноты из его глотки вылетал «петух», но Зотова это не смущало. Важно было другое: даже когда Игорек мурлыкал что-то вполголоса, у Вячеслава Олеговича порой слезы наворачивались. Это было главным, а все остальное — вопросы техники и образования.

И Зотов отдал мальчику все, что сам знал и умел. Он вкладывал в него нотную грамоту и посвящал в тайны владения голосовым аппаратом, заставлял до изнеможения играть гаммы, разрабатывая непослушные и непривычные к быстрым и точным движениям пальцы, запрещал громко петь, пока голос не станет крепким, учил напевать вполголоса под собственный аккомпанемент. Особенно «доставала» Игоря необходимость подолгу смотреть видеокассеты с записями концертных выступлений известных оперных певцов. Он не понимал, почему должен смотреть и слушать «эту муть старомодную, которую приличные люди уже давно не поют и тем более не слушают». Зотов, теряя терпение, изо дня в день объяснял, что учиться нужно у мастеров, а не у ремесленников, что надо с самого начала овладевать умением работать только голосом.

— Стоять практически неподвижно и в то же время уметь донести до слушателя смысл и настроение вокального произведения — это высший пилотаж, и ты должен им владеть, — говорил он. — А намахаться руками и набегаться по сцене ты всегда успеешь. Тут много ума не надо.

Но Игоря как раз и устраивал тот вариант, при котором не надо много ума. Во время принудительных сеансов перед видиком он дремал потихоньку или откровенно зевал. Его кумиром был непрерывно скачущий по сцене Майкл Джексон. Однако Зотов оставался непреклонен.

— Ты не будешь петь так, как он, и не будешь петь такие песни, как твой Джексон. Никогда. Понял? — жестко повторял он. — Джексонов — тысячи, и в Америке, и в России, и все скачут. Ты хочешь быть одним из них? Хочешь потеряться в толпе?

Игорек пожимал плечами, ибо совершенно не понимал, что в этом плохого и почему он не должен быть одним из них. Ну и пусть толпа, зато компания хорошая.

— Ты должен быть уникальным, единственным, только так можно заработать славу, а значит, и деньги.

Но до Игоря доходило только тогда, когда Вячеслав Олегович объяснял ему все на пальцах и с карандашом в руках.

— Когда ты один из многих, люди не понимают, почему они вдруг должны начать любить тебя, если они уже любят Тютькина и Пупкина и ходят на их концерты. Ну и ты точно такой же, так какая разница, кого слушать, а к ним они уже вроде как привыкли. Когда вас много, то люди, которым в принципе нравится такая манера исполнения и такой репертуар, разделятся между вами примерно поровну. Чем вас больше, тем на каждого из вас приходится меньше фанатов. Стало быть, меньше людей в зале, меньше денег от выступлений. А когда ты единственный, то все в нашей стране, кому ты понравишься, будут безраздельно твоими.

Объяснения на таком уровне до Игоря доходили, другое дело, что он далеко не всегда с ними соглашался. Зотов проявлял завидное упорство, тогда как юноша был не в состоянии долго упрямиться. И дело было отнюдь не в мягкости характера. Упрямство требует аргументации, как и любое отстаивание своей позиции, а с этим у Игоря явно были проблемы. Ему недоставало изобретательности и гибкости ума, чтобы приводить все новые и новые доводы в свою пользу, и в конце концов Зотову удавалось «додавить» его почти в любом вопросе.

Он и сейчас может убедить Игоря, в этом Зотов не сомневался.

* * *

Настя замерзла. Впрочем, ничего необычного в этом не было, зимой, осенью и весной она мерзла всегда. Всегда, когда было холоднее, чем плюс двадцать пять. Такое вот теплолюбивое растение. Однако в этой комнате было и в самом деле не жарко, двое находившихся здесь сотрудниц архива сидели в шубках, накинутых на плечи, и то и дело пытались согреть руки при помощи чашек с кипятком. В здании архива ГУВД что-то случилось с отоплением, и все мучились уже третий день.

Закрыв пухлую папку с приостановленным много лет назад уголовным делом, Настя застегнула меховую куртку, натянула перчатки и тут же засунула руки поглубже в карманы. Все, что хотела, она узнала, хотя ясности не прибавилось. Кольцо, которое она увидела на пальчике Леры Немчиновой, было очень похожим на то кольцо, которое было похищено при убийстве без малого десять лет назад. Примерно тогда же, когда погибли родители Леры, только на полгода позже. Но вот вопрос: это то самое кольцо или просто очень похожее? Тем убийством занимался отдел Гордеева, и Настя неплохо помнила все обстоятельства. Преступление, однако, осталось нераскрытым. Убитая женщина была супругой высокопоставленного чиновника из Министерства финансов, труп ее был обнаружен в подъезде дома, в котором она жила, в ходе первоначальных следственных действий очень быстро удалось установить, что дамочка давно уже соскучилась в своей размеренной и обеспеченной семейной жизни и предавалась вполне невинным развлечениям с молодыми и не очень молодыми людьми. Убитый горем супруг, обозрев имущество, сказал, что пропало кольцо с крупным бриллиантом, подаренное им жене на тридцатилетие. К сожалению, полностью круг любовников и случайных партнеров убитой установить не удалось, очень уж много было в этом кругу людей случайных. Однако пропажа дорогого ювелирного изделия позволила держаться строго в рамках версии убийства из корыстных побуждений, и оперативники, что называется, землю носом рыли в поисках пропавшей драгоценности. Но недели шли за неделями, а кольцо так нигде и не всплыло, ни у подозреваемых, ни у скупщиков краденого, ни в ломбардах, ни на таможне. Как в воду кануло. Были, конечно, коварные мыслишки о том, что кольцо вовсе не пропало, а было по каким-то соображениям спрятано мужем убитой, и эту версию отработали снизу доверху, но кольцо так и не нашлось. И вот спустя десяток лет оно появилось на тоненьком пальчике юной девушки. Или все-таки не оно, а просто похожее? В архивном деле Настя нашла и фотографии потерпевшей, на которых она была с этим кольцом на руке, и подробные словесные описания, данные мужем и родственниками, и даже карандашный рисунок, выполненный со слов тех, кто близко видел украшение и хорошо его запомнил. Индивидуальных примет в нем было предостаточно, вплоть до надписи, сделанной гравером по просьбе мужа убитой на внутренней стороне кольца. Дело за малым: снять колечко с нежной ручки Леры Немчиновой и внимательно его рассмотреть. Да так, чтобы она этого не заметила, иначе расскажет деду, а его роль во всей истории пока совершенно неясна...

По дороге из архива на работу Настя зашла в «Жажду» пообедать, совместив поглощение жареной картошки с чтением купленной возле метро газеты. Выпив кофе, она бодро зашагала в сторону особняка, в котором размещалось управление, и с некоторым удивлением думала о том, как изменилась ее жизнь. Ну надо же, она стала обедать почти каждый день, а вдобавок и прессу почитывать, чего прежде за ней не водилось. К политике Настя Каменская всегда была безразлична, переболев ею один-единственный раз в восемьдесят девятом году во время Первого съезда депутатов, и политические новости в газетах не читала, но ведь и кроме политики там была масса любопытного.

На рабочем столе ее ждала кипа документов. Конечно, декабрь, министерство готовит коллегию по итогам года, и в материалы должен быть подан раздел о результатах борьбы с организованной преступностью. Сначала нужно подготовить доклад для Заточного, а потом сделать из него сокращенный вариант аналитической справки для министра.

Настя чертила очередную таблицу, когда дверь распахнулась и на пороге возник смеющийся Коротков.

— Ну как картошечка? Хорошо пошла?

— А ты откуда знаешь? — удивилась она. — Опять подглядывал?

— Нет, мне Ванечка сказал, что ты уже изволила откушать картофеля жареного с грибами и отбыла.

— Ванечка? Кто это?

— Здрасьте! — Коротков одним движением пододвинул к себе стул и уселся на него верхом. — Официант. Ванечка — это официант из «Жажды», который тебя сегодня обслуживал.

Настя с недоумением уставилась на него. Официант

по имени Иван? Надо же, три месяца она ходит туда обедать, а имя официанта узнать не удосужилась.

— Мать, ты не перестаешь меня поражать своим невниманием к окружающей тебя жизни, — укоризненно произнес Юра. — Даже я уже знаю, что ты всегда садишься за дальний столик у окна, а этот столик обслуживают в одной смене Иван, в другой — Игорь. Они прекрасно тебя помнят и знают, что ты всегда берешь одно и то же — жареную картошку и капуччино. Я, проходя мимо, заскочил и спросил, была ли ты сегодня. Ванечка мне и доложил, что ты минут тридцать как отобедала. Стыдно, подруга! А еще сыщик называешься.

— Да какой я сыщик, Юра. — Настя с улыбкой махнула рукой. — Мне бы с бумажками возиться, с цифрами, схемами. Послушай, ты помнишь дело об убийстве Соловьевой?

— Это какое? — Коротков задумался, наморщив лоб. — В прошлом году которое было?

— Нет, в восемьдесят восьмом, в марте.

— О, махнула! Это ж сто лет назад было. Ну-ка напомни.

— Жена ответственного чиновника из Минфина. Там еще кольцо с крупным бриллиантом пропало, его так и не нашли.

— Ах, это... Что-то такое припоминаю, но смутно. А у тебя что, очередной приступ ностальгии по прошлому?

— Боюсь, что по настоящему. Юрик, я вчера была у Леры Немчиновой, прикинулась заместителем начальника факультета, на котором учился Саша Барсуков, и пыталась вытянуть из девочки хоть что-нибудь о финансовых делах ее поклонника. Подарки, покупки, траты и все прочее.

— И как тебе девочка? — оживился Коротков, поерзав на стуле и занимая позу поудобнее. — Правда, славная? Такая искренняя — просто чудо. Ей невозможно не верить.

— Очень даже возможно. Юрочка, эта девочка — прекрасная актриса. И не потому, что ей есть что скрывать, а потому, что она давно уже поделила все человечество на нужных ей людей и не нужных. Ты — мужчина, причем мужчина в хорошем возрасте, вокруг сорока, ты майор милиции, ты чертовски обаятелен, ты для нее потенциальный объект для флирта. Поэтому с тобой она была мила и прелестна. Я же ей не нужна, и со мной она была совсем другой.

— Да брось ты, Ася! — возмутился Коротков. — Какой флирт? Ты что, с ума сошла? Во-первых, я ей ни малейшего повода не давал, а во-вторых, мне, как ты сама сказала, вокруг сорока, а ей сколько?

— Так это ты знаешь, что она для тебя интереса не представляет, а ей-то откуда это знать?

— Но она же видела, сколько мне лет...

— И что? Ты сам про себя знаешь, что молоденькие девочки не для тебя, тебе с ними скучно, они еще слишком глупы и малоопытны. А Лерочка считает себя ужасно взрослой и интересной даже для мужчины среднего возраста. Впрочем, не одна она так думает, все девушки впадают в это заблуждение. Так что для тебя она постаралась быть замечательной. Но не это главное. Ты кольцо у нее на руке видел?

— Нет, внимания не обратил. А оно было?

— Не знаю, — Настя пожала плечами. — Может, и не было, когда ты с ней разговаривал. Но вчера оно было. Это к вопросу об убийстве Соловьевой.

Коротков медленно покачался на стуле и протяжно присвистнул.

— Однако! Ты уверена, что то самое?

— Да нет же, в том-то и дело, что не уверена. С виду похоже, но надо посмотреть внимательно. У меня не было повода попросить ее снять кольцо и дать мне. С какой стати?

— И то верно. Ты хочешь, чтобы я попробовал? Или, может, просто изъять его официально?

— Не хотелось бы. Дед меня пугает.

— Но, Ася, он не может быть причастен к убийству Соловьевой, он в это время уже в камере сидел за убийство сына и невестки. Чего ты боишься?

— Не знаю. — Она вздохнула и вытащила из пачки сигарету. — Не знаю, Юрик. Меня этот дед Немчинов как магнитом притягивает, и в то же время я боюсь его трогать. Знаешь, самые бредовые предположения в голову лезут.

— Например?

— Ну, например, Василий Петрович действительно связан с организованной преступной группой и целенаправленно втягивал в свои дела Сашу Барсукова, но коль это группа, то в ней, вполне вероятно, оказался человек, причастный к убийству Соловьевой и владеющий этим кольцом. В ходе каких-то взаимных расчетов кольцо перекочевало к Немчинову, а тот подарил его любимой единственной внучке. Если проявить неприкрытый интерес к кольцу, дед забеспокоится. А нам это надо?

— Нам это, натурально, пока не надо, — согласился Юра. — Но тебя послушать, так на деда этого даже дышать нельзя, хотя все твои предположения — не более чем полет фантазии. Он может оказаться абсолютно ни при чем и в то же время знать что-то полезное. И как ты предполагаешь раскрывать убийство Барсукова, если нужно все время избегать контактов с дедушкой Леры?

— Между прочим, раскрывать убийство Барсукова должен ты, а не я, — пошутила она. — Твой вопрос не по адресу. Мое дело — провести анализ криминальной пораженности вузов МВД, дислоцированных в Москве. Вот так сформулировано мое задание. На Москве я должна отработать методику сбора информации и ее анализа, а потом такое же обследование будет проведено во всех милицейских учебных заведениях. А убийство Барсукова — это только повод, толчок для постановки проблемы.

Настя сладко потянулась и выключила монитор компьютера. Пусть глаза немного отдохнут, а то к вечеру они становятся красными, как у кролика.

— Юра, как ты смотришь на то, чтобы послать к девушке Лере красивого молодого человека?

— Положительно, только смотря зачем. Колечко обозреть?

— Угу. Она нашего Мишаню видела?

— Видела, — вздохнул Коротков. — Кандидатура не пройдет.

— Может, Игоря Лесникова отрядить? — предложила Настя.

— Его нет в Москве, вернется недели через две, не раньше.

— Жалко. Кто у нас еще есть красивый? На некрасивого Лерочка не польстится.

— Извини, подруга, — Юра развел руками, — Ален-Делонами не запаслись. Доценко и Лесников — вот и весь стратегический запас нашего отдела. А этот твой... ну как его... ну странный этот, который со святой водой бегает. Может, его попросить? Он с виду вполне годится, высокий, стройный, и физиономия приличная, и возраст подходящий.

— Брось. — Она поморщилась и загасила сигарету. — Наш Павел Михайлович никогда опером не был. Он не сумеет.

— Все когда-то начинают, и у всех бывает первое дело, — философски заметил Коротков. — От него же ничего особенного не требуется, ни стрельбы, ни бега с препятствиями, ни внедрения в уголовную среду. Просто познакомится с девушкой, построит ей глазки, поговорит приятные слова и под благовидным предлогом посмотрит колечко. Всего и делов-то!

— Юра, он не обязан это делать, — упрямо возразила Настя. — Он работает в штабном подразделении, а не в розыске. Если он что-то сделает не так, с него даже спросить нельзя будет.

Юра резко поднялся, отшвырнул стул и сделал несколько шагов по кабинету, внимательно разглядывая Каменскую.

— Что ты на меня так смотришь? У меня прическа не в порядке? — пошутила Настя.

— Да нет, смотрю вот, какая ты стала.

— И какая же?

— Другая. Чужая. Незнакомая.

— Вот даже как?

— Ты стала до неприличия осторожной. Пропал азарт, рисковость. Что с тобой произошло, подруга? Тебя как подменили. Ты, кажется, даже поправилась.

— На два килограмма, — со смехом подтвердила Настя, — я тебе говорила об этом несколько дней назад, но ты не обратил внимания. Ежедневные обеды с жареной картошкой не проходят бесследно. И нервничаю меньше. Знаешь, куда приятнее заниматься любимой аналитической работой за зарплату и в соответствии с должностными обязанностями, нежели тайком и по личному разрешению начальства. А что до остального, то я всегда была жуткой трусихой и осторожничала даже в пустяках. Просто ты уже забыл, какая я, за те три месяца, что мы не работаем вместе. И между прочим, азарта я не утратила. Вот дед Немчинов мне покоя не дает — так я день и ночь о нем думаю, все прикидываю, что там у него случилось десять лет назад. Не могу его из головы выбросить.

— По-моему, ты делаешь глупую попытку увести меня в сторону, — резко заявил Коротков. — Признайся, у тебя роман с Заточным? Поэтому ты такая спокойная и счастливая, поэтому тебе нравится эта идиотская штабная работа с дурацкими никому не нужными бумажками и поэтому ты перестала быть сыщиком?

— Что?!

От изумления она потеряла дар речи и даже на какое-то мгновение забыла, что в руке у нее кружка с водой, в которую Настя собиралась вставить кипятильник. Кружка стала подозрительно наклоняться, и тоненькая струйка воды робко полилась на ее свитер и джинсы.

— Промокнешь, — зло бросил Юра, показывая на кружку.

Настя спохватилась, поставила кружку на стол и затряслась в истерическом хохоте.

— Юр, ты тоже не сыщик! Тебе надо юмористические тексты писать, а не убийц и насильников ловить. Твоей фантазии может позавидовать Сидни Шелдон вместе с Джеки Коллинз. Им до тебя далеко, ей-Богу.

— Докажи мне, что я не прав, и я успокоюсь, — упрямо сказал он.

— Да не стану я ничего тебе доказывать! — Настя вытерла платком выступившие от смеха слезы и включила наконец кипятильник. — Насчет Заточного — это все полный бред. Юрочка, ты же знаешь, Чистяков впервые сделал мне предложение, когда нам было по двадцать лет, а вышла я за него только в тридцать пять. Не для того я пятнадцать лет ему отказывала, чтобы после свадьбы крутить романы. Весь свой потенциал страстных влюбленностей я уже израсходовала до того. Ясно?

— На Петровке все считают, что ты любовница своего шефа.

— Ну и что? Пусть считают, если у них мозгов ни на что другое не хватает. Но ты-то, ты-то как мог такое подумать? Ты же меня знаешь тысячу лет. Ладно, давай по порядку. Как было сказано в фильме «Ширли-мырли», я готов разделить ваше горе, но по пунктам. С Заточным романа у меня нет. С этим вопросом все. Штабная бумажная работа вовсе не идиотская, но это мое личное мнение, и ты имеешь полное право его не разделять. Но и навязывать мне свою точку зрения не надо. Договорились? Теперь третье, относительно того, что я спокойная и счастливая. Да, это действительно так, и что в этом плохого? Юрочка, когда я вспоминаю прошлый год, у меня волосы на голове шевелятся от ужаса. Я чуть было не совершила кучу непоправимых ошибок сначала с папой, потом с Лешкой. И с огромным трудом выбралась из ямы, в которую сама себя радостно тащила. Хорошее познается только в сравнении с плохим, а когда сравнивать не с чем, то хорошее воспринимается как нечто само собой разумеющееся и постоянно подвергается критике и нытью. Сейчас все позади, с Лешкой отношения наладились, а ведь мы были практически на грани развода, и все из-за моей глупости. И теперь я имею полное право быть счастливой. Еще вопросы есть?

Коротков улыбнулся, протянул руку и легонько щелкнул Настю по носу.

— Все-таки ты ужасно смешная, Аська. Можно любить или не любить работу сыщика, можно быть преданным ей до мозга костей или люто ненавидеть, и то и другое легко понять. Но как можно любить бумажки и цифирьки? Это выше понимания любого нормального человека. Схемы какие-то бесконечные, диаграммы, проценты и еще черт знает что. Ну как, скажи ты мне, как можно это все любить? Это же все муть и скукотища.

— Тебе — скукотища, мне — удовольствие. Почему ты считаешь, что я должна быть похожа на тебя? Ты думаешь, что ты устроен правильно, а все, кто от тебя отличается, устроены неправильно и их нужно переделывать и перевоспитывать? А что будет, если я начну считать так же? И стану день и ночь талдычить тебе в уши, как прекрасна аналитическая работа, как нужна она прогрессу цивилизации и процветанию человечества, а тот, кто этого не понимает, просто недалекая и ограниченная личность. Понравится?

— Все-все-все, — Коротков поднял руки, — я сдался без боя. У тебя появились любопытные аргументы. Откуда? Новые знакомые или новые книжки?

— Павел Михайлович Дюжин, тот самый, которого ты считаешь странноватым. Я тоже первое время не успевала в себя приходить от изумления перед его выходками и тоже считала его странным и слегка придурковатым. Но чем больше с ним общалась, тем яснее понимала, что он не странный. Он другой. Понимаешь? Просто другой. Не такой, как мы с тобой. Но ведь с его точки зрения это мы с тобой странные, потому что не понимаем и не чувствуем того, что понимает и чувствует он. Ему может быть ужасно некомфортно в каком-то конкретном месте, и он искренне не понимает, как все остальные могут в этом месте спокойно работать и общаться и ничего особенного не чувствовать. Мы с тобой считаем себя правильными, а Дюжина — нет. А Павел считает наоборот, и кто из нас прав?

— Разумеется, мы с тобой, — засмеялся Коротков, — потому что нас двое, а он один. Нас, стало быть, больше, и наше мнение победит, это основа демократии. Будешь спорить?

— Буду. Демократию придумали люди, когда сорганизовались в общество. Придумали, чтобы как-то управлять этим обществом. А то, что мы все разные, — это от природы, от воспитания и от жизни, которую каждый из нас прожил, и хотим мы этого или не хотим, нравится нам это или не нравится, но мы должны это принять.

С этим ничего нельзя сделать, и никакой демократией различия между людьми не уничтожить.

— Ой, Ася, тебя куда-то в философию потянуло, — поморщившись, тяжело вздохнул Коротков. — Это уже не по моей части. Я человек простой и незатейливый, мыслю приземленными категориями и не задаюсь высокими вопросами о предназначении человечества. Мне бы убийство Барсукова раскрыть, вот о чем у меня голова болит. Так вернемся к твоему правильному Дюжину. Точнее, к проблеме Лерочкиного колечка. Могло ли быть так, что Саша Барсуков, через деда Немчинова или еще как-нибудь иначе, был связан с уголовниками и с ним за некоторые услуги расплатились этим кольцом, а Саша подарил его своей девушке?

— Могло, — согласилась Настя. — Вполне. Но все эти рассуждения хороши, только если кольцо то самое, принадлежавшее Тамаре Соловьевой. Если же нет, то все наши построения — на пустом месте.

— Вот и давай твоего Дюжина отправим к Лере на разведку. Надо прояснить вопрос раз и навсегда, чтобы не морочить себе голову дурацкими версиями, которые могут нас увести неизвестно куда. Зови Павла Михайловича сюда, сейчас мы его наладим.

Настю идея не воодушевила, она всегда с опаской относилась к любым случаям использования непрофессионалов в раскрытии преступлений, но, положа руку на сердце, не могла не признать, что и сама, бывало, так делала. Кого только она не привлекала себе на помощь! И мужа, и брата Александра, и его жену Дашеньку, и бывшего уголовника по кличке Бокр, и фотокорреспондента, и еще Бог знает кого. Ее смущала не сама идея как таковая, а кандидатура Павла. Хотя как знать, быть может, то обстоятельство, что он не похож на большинство окружающих, сыграет свою положительную роль. Как знать...

— Хорошо, — решительно произнесла она, — я сейчас позову Дюжина, и мы объясним ему, чего хотим. А к тебе у меня просьба. Мне нужен человек, который в последнее время появляется перед телекамерами вместе с Игорем Вильдановым.

— Вильданов? — недоуменно вздернул брови Юрий. — Это который? Певец, что ли?

— Что ли, — подтвердила Настя. — Поможешь?

— Помогу, только зачем? Ты же знаешь, подруга, я втемную не играю, это не мой профиль.

— Мне стало известно, что человек, которого сегодня часто видят рядом с Вильдановым, много лет назад постоянно бывал на даче у убитых супругов Немчиновых.

— И что с того?

— Я хочу поспрашивать у него насчет деда. Правда ли, что он не ездил на дачу, и почему приехал в тот единственный раз, когда застрелил сына с невесткой.

— Да зачем это тебе, Господи?! Дела давно минувших дней. Я еще понимаю, если бы то убийство надо было раскрывать. Но оно ведь раскрыто, более того, дед уже и срок отмотал, и вернуться успел.

Настя встала и молча принялась складывать в сейф бумаги, Коротков так же молча наблюдал за ней, ожидая объяснений. Объяснения будут, в этом он не сомневался. Все годы, что они проработали бок о бок на Петровке, никогда он не выполнял роль мальчика на побегушках, которого можно послать «туда, не знаю куда». И сам Коротков, и другие сотрудники отдела признавали, что голова у Каменской работает по каким-то одной ей понятным схемам, и частенько они не могли проследить цепь ее умозаключений, но Аська ни разу не позволила себе ничего такого, что могло бы быть истолковано как фраза типа «не понимаешь — ну и не понимай, тебе дали задание — твое дело выполнять». Она всегда все объясняла, подробно, дотошно, на пальцах и при помощи начерченных на бумаге стрелочек и квадратиков, объясняла до тех пор, пока человек не начинал удивляться своей глупости и тому, что сам до этого не додумался. Ведь это так просто и лежит на поверхности!

Наконец все лишнее было убрано со стола, оставшиеся документы разложены по папкам и аккуратно сложены в стопку. Настя критически оглядела наведенный порядок и снова уселась на свое место.

— Юра, дед Немчинов — одна из наших версий в деле об убийстве Барсукова. И мы должны знать о нем как можно больше, прежде чем начнем с ним разговаривать. Он может оказаться очень опытным и опасным преступником, и если мы его спугнем — прощения нам с тобой не будет. Главным образом, конечно, тебе, потому как я в этом деле сбоку припека. И есть еще одна деталь, которую я хотела бы прояснить. Василий Петрович Немчинов был задержан на платформе, когда ждал электричку, чтобы уехать в Москву. В уголовном деле есть план поселка, от дачи до платформы не больше пятисот метров по хорошей грунтовке. Стало быть, средним шагом можно дойти минут за десять, а быстрым — еще меньше времени нужно. Однако деда взяли на платформе, когда с момента убийства прошло почти полтора часа. Я хочу найти расписание движения поездов за тот год и убедиться, что в этот самый момент между электричками действительно был большой перерыв. В противном случае я, как говорят в Одессе, интересуюсь знать, почему он не уехал на первом же проходящем поезде и где болтался целых полтора часа. Нормальный человек должен ноги уносить с места преступления как можно скорее.

— Это было поздно вечером? — спросил Коротков, наморщив лоб. — Я не знаю подробностей.

— Нет, солнце мое, это был белый ясный день, по телевизору как раз «Семнадцать мгновений весны» показывали. И при этом суббота. У меня, конечно, дачи нет, но даже я знаю, что в выходные дни не бывает таких перерывов между поездами, в радиусе тридцати километров от Москвы электрички ходят каждые десять-пятнадцать минут. Повторяю, я найду расписание и уточню этот момент, но мне уже сейчас понятно, что тут не все гладко.

— Ясно, — кивнул Юра, — информацию принял, сомнения разделяю. Давай зови своего экстрасенса.

— Не вздумай так назвать Павла, он обидится, — предупредила Настя, снимая телефонную трубку.

Глава 5

Зотов любил обедать в дорогих ресторанах, причем именно обедать, а не ужинать. Днем всегда было мало народу, и от этого у него возникало ощущение изысканности и привилегированности, которое всегда исчезало, когда вокруг было много посетителей. Какая же это привилегия, если она доступна такому числу людей? Ужинал он обычно дома, а вот обедать предпочитал в «Англетере» или в другом ресторане такого же класса.

Подъезжая к угловому зданию на Лубянке, он быстро оглядел припаркованные машины и увидел темнозеленый «Сааб». Левченко уже здесь, притащился раньше времени, не терпится ему. Договорились же на два часа, а сейчас еще только без двадцати. Зотов с досадой сорвал с рук тонкие «водительские» перчатки и швырнул ни в чем не повинные кусочки кожи на пассажирское сиденье. Этот сукин сын Левченко в жизни никуда вовремя не пришел, и не потому, что не умеет быть точным, а потому, что любит, чтобы его ждали. Тот факт, что он заявился почти на полчаса раньше назначенного времени, говорит только о том, что дело, о котором пойдет разговор, для него сегодня важнее всего на свете, даже важнее его собственной значимости. Зотов многое отдал бы, чтобы и сегодня прождать своего знакомого лишние минут сорок, а то и час. Ему нечего ответить Левченко, пока нечего.

Закрыв машину, он неторопливым шагом двинулся к ресторану. Подтянутый швейцар, он же гардеробщик, с вежливой улыбкой принял у Зотова роскошную дубленку от Версаче, которую тот купил в Париже и придирчиво оглядывал каждый день в поисках пятнышка или хотя бы малюсенькой дырочки. Главное — не запускать процесс, считал Зотов, главное — вовремя среагировать, не дожидаясь, пока пятнышко уже нельзя будет вывести, а дырочка разрастется до размеров кулака.

Левченко, конечно, занял стол, который нравился Зотову меньше всего, да еще вдобавок сидел за ним спиной к стене, оставляя Зотову единственную возможность занять место спиной к залу. Ну не сукин ли сын! Ведь они уже трижды за последние месяцы обедали здесь, и каждый раз Зотов приходил первым и занимал один и тот же столик, за который садился всегда. И все три раза к слову упоминал, что это его любимое место, оно слегка на отшибе и в углу, так что оба собеседника имеют возможность сидеть спиной к стене и одновременно видеть весь зал. Это было важно для Зотова, очень важно, он не мог находиться спиной к двери и тем более к просторному залу, ибо был нервным и тревожным. Левченко, конечно, его слова мимо ушей не пропустил, потому сегодня приперся пораньше и занял такое место, чтобы Зотову уж и вовсе не по себе стало. «Глупо, право слово, — сердито подумал Вячеслав Олегович, двигаясь в сторону Левченко с сияющей улыбкой. — Если ты хочешь, чтобы человек для тебя что-то сделал, заставь его любить тебя, и он в лепешку расшибется. А ты заставляешь меня нервничать, как будто, если я распсихуюсь, дело пойдет быстрее. Не пойдет оно быстрее. Оно вообще никак не идет».

— Вы сегодня рано, — заметил он вместо приветствия, делая над собой усилие, чтобы не дать прорваться раздражению. — Прошу прощения, что заставил вас ждать, я был уверен, что приду первым.

— Ничего страшного, — снисходительно откликнулся Левченко. — Присаживайтесь.

Вот так всегда, с ненавистью подумал Зотов. Я пришел на двадцать минут раньше и в результате вынужден оправдываться, словно нашкодивший пацан. Господи,

Левченко, как же мне от тебя отделаться? Не отделаться, видно, никак, я завяз по уши. Утешает только то, что и ты в том же дерьме плаваешь.

По установившемуся много лет назад порядку деловые разговоры не начинались, пока официант не примет заказ. Однако сегодня Левченко, кажется, решил нарушить все возможные и невозможные правила, к которым сам же и приучил своих партнеров. Сначала явился без опоздания, а теперь и разговор начал сразу же, с места в карьер.

— Чем порадуете, Славочка? Когда я могу ожидать материал?

— Порадовать нечем, Николай Степанович, — вздохнул Зотов. — Идет сбой за сбоем, у меня ничего не получается. Честно говоря, я исчерпал все свои возможности выяснить судьбу материала. Мне горько вам это говорить, но, похоже, я вообще никогда не сумею это сделать. Нельзя ли решить вашу проблему как-нибудь иначе?

Левченко сверкнул глазами из-под кустистых бровей и нахмурился. Зотову стало страшно от собственной смелости. Никогда, никогда за все годы, что они знакомы, он не смел так разговаривать с могущественным Николаем Степановичем. С самого начала все было поставлено так, что Левченко формулировал задание, а Зотов из-под себя выпрыгивал, чтобы его выполнить. И выполнял. За что получал благодарность как на словах, так и в весьма овеществленной форме, поддающейся устному счету. Правда, их сотрудничество, начавшееся много лет назад и хорошо отлаженное, в последние годы замерло. То ли Зотов перестал его устраивать, то ли задания стали другими и их поручали другим исполнителям. Какое-то время Вячеслав Олегович даже тешил себя иллюзией, что Левченко больше нет на свете. Умер, например, или еще что нехорошее случилось. Ничего, однако, нехорошего с Николаем Степановичем не случилось, и вот он снова возник и требует достать материал, который ему нужен для каких-то политических козней.

— Вам горько говорить, Славочка, а мне горько слышать, что деньги, которые я в вас вкладывал, ухнули в пропасть. Вы что, забыли...

Ему пришлось прерваться, так как подошел официант, держа наготове блокнот и ручку. Зотов быстро сделал заказ, не глядя в меню, он наизусть знал все, что там написано. Левченко же, по обыкновению, возился, перелистывая страницы и без конца что-то уточняя у официанта. Наконец они остались одни, и Николай Степанович продолжил свою тираду точно с той же буквы, на которой остановился. Это была еще одна его особенность: никто и ничто не могло сбить его с мысли или с фразы.

— ...как пришли ко мне юным, нищим и глупым и попросились на работу? Вы ничего не умели, даже петь, хотя вас этому учили долгие годы хорошие учителя. Я нашел возможность вас использовать, да еще так, чтобы вы получали хорошую зарплату. Я учил вас работать и зарабатывать, я ввел вас в круг людей, благодаря которым вы и тогда жили безбедно, и сейчас имеете возможность пропихивать всюду своего бездарного протеже Вильданова. И что же в благодарность? Что я слышу от вас? Жалкие, беспомощные слова о том, что вам горько, но вы чего-то там не можете. Это не разговор, дорогой мой. Для беседы со мной вам следует тщательно проработать свой лексикон, чтобы я больше этих слов не слышал. Теперь к делу. Меня торопят, и потому я тороплю вас. Ситуация, к вашему счастью, не пожарная, еще три дня назад правительственный кризис казался неизбежным, и, если бы он разразился, материал понадобился бы срочно, но на этот раз все обошлось. Мои аналитики считают, что теперь наступит затишье до начала весны. Так что время у вас есть, но немного, не обольщайтесь. Я люблю запасаться оружием заранее и стараюсь ничего не откладывать на последнюю минуту. Вы меня поняли, Славочка?

— Я вас понял, — как можно тише произнес Зотов, чтобы не дать выплеснуться ненависти и злости. — Сделаю все возможное.

Принесли закуски, и некоторое время они молча поглощали изысканные деликатесы.

— О вас говорят забавные вещи, — вновь заговорил Николай Степанович, ловко кромсая щипцами клешни и хвост огромного лобстера. — Вы в курсе, Славочка?

— О чем вы?

— О вас и вашем мальчике, с которым вы не расстаетесь ни на минуту. Это правда?

Зотову стало противно, но он сделал над собой усилие, чтобы не дать лицу исказиться в гримасе отвращения. Что он понимает, этот грязный хитрый старик?! Для него существует только два вида близости между людьми: секс и деловое партнерство. Если двое мужчин не являются партнерами по бизнесу, но много времени проводят вместе, значит, тут секс, и никакие другие варианты даже не рассматриваются. Дружба, привязанность, уважение — все это недоступно пониманию Николая Степановича Левченко. И объяснять бессмысленно. Но и не ответить нельзя.

— Это глупости, — с деланным равнодушием сказал Зотов. — Мы действительно видимся ежедневно, иногда проводим вместе весь день с утра до вечера, иногда встречаемся всего на полчаса, это обусловлено графиком его репетиций, выступлений, записей и деловых встреч. Сколько нужно по графику, столько я и провожу времени с Игорем. Не говоря уж о том, что я просто с ним занимаюсь как педагог, и занимаюсь с самого детства, вы же это прекрасно знаете. Кроме того, вы точно так же прекрасно знаете, что в плане секса я люблю женщин, а вовсе не мужчин. Я ответил на ваш вопрос?

— Славочка! — Левченко мерзко захихикал и погрозил ему зажатыми в руке щипцами. — Я знаю и другое. Когда вы начали возиться с этим юным дарованием, у вас была какая-то жена. И где она теперь? Более того, вы потом женились еще раз, и ваша вторая супруга тоже растворилась в тумане. Женщины уходят, а мальчик остается. Согласитесь, картинка красноречивая. Кстати, дружочек мой, как поживают ваши дети? Или вы изгнали их из своей жизни вместе с очаровательной супругой?

— Дети здоровы, спасибо, — сдержанно ответил Вячеслав Олегович.

— Прелестные были ангелочки. — Левченко прикончил-таки лобстера-гиганта и тщательно вытер пальцы салфеткой. — Я вам всегда слегка завидовал, ибо мои сыновья приносят мне, увы, мало радости. Даже когда они были еще в нежном возрасте, от них были одни неприятности. Не успевал вытаскивать их из милиции за разные шалости. А уж когда выросли... Впрочем, неизвестно еще, что из ваших ангелочков получится. Сколько вашей старшей девочке? Насколько я помню, должно быть лет пятнадцать?

— Весной будет шестнадцать, — кивнул Зотов.

— А мальчику?

— Одиннадцать.

— Смотрите не упустите, — назидательно произнес Николай Степанович. — Возраст опасный, всякое может случиться. Да что я вам рассказываю, будто сами не знаете.

Слова прозвучали для Зотова как пощечина, нанесенная вымазанной в дерьме ладонью. Интересно, может ли он вообще о чем-нибудь разговаривать с Левченко, не испытывая отвращения и брезгливости? Казалось бы, нейтральная тема — дети, ан нет, и тут мерзкий старикашка ухитрился сказать нечто такое, от чего Зотова аж передергивает.

В целом обед прошел достаточно мирно, Левченко не давил и не запугивал, но, впрочем, справедливости ради следует сказать, что он этого, как правило, никогда и не делал. Он был непоколебим в уверенности, что его никто не осмелится ослушаться, а если кто-то чего-то не делает, то не по нахальству или бесстрашию, а лишь по нерадивости и забывчивости. Ну напомнить, ну пожурить — и достаточно. И что самое неприятное — он был прав. Его действительно не смели ослушаться.

Под конец, когда подали кофе, Зотов все-таки спросил:

— Николай Степанович, вы настаиваете, чтобы материал был именно этот, или вам подойдет любой, с помощью которого можно достичь той же цели?

Левченко зыркнул недоверчиво из-под кустистых бровей и хмыкнул:

— Меня устроит любой материал, лишь бы он был действенным. Не предполагал, Славочка, что вы обладаете столь обширными возможностями и связями, чтобы доставать разноплановый материал. Вы меня приятно удивили. Значит, мои уроки много лет назад не прошли даром. Дерзайте, мой нежный любвеобильный друг, ищите и несите мне в клювике. Я приму все. Но в первую очередь я хочу знать, где ТОТ материал и что с ним случилось, ибо деньги можно зарабатывать, как вам известно, не только на использовании материалов, но и на их неиспользовании. Многие обеспеченные люди сегодня много заплатили бы за достоверное знание о том, что материала больше нет на этом свете. А что касается других материалов, то, пожалуйста, проявляйте инициативу, работайте. Я вам в этом направлении рук не связываю. Вы довольны?

— В известном смысле. Если я не буду ограничен жесткими рамками, то, надеюсь, смогу вам помочь.

Левченко медленно поставил на блюдце миниатюрную чашечку, с трудом выдернув толстый палец из маленького фигурного отверстия изящной ручки. Глаза его перестали сверкать, словно перед лицом поставили матовый экран, гасящий блеск.

— Славочка, не надо себя обманывать, — сказал он с недоброй улыбкой. — Не надо надеяться, что вы сможете мне помочь. Это я вам помог когда-то, причем помогал неоднократно и серьезно, а теперь вы просто возвращаете мне долг. И вам не следует задаваться никчемным вопросом, сможете ли вы это сделать. Вы просто должны помнить, что вы должны. Вот и все. Вы должны сделать то, что я велю. Спасибо, голубчик, обед был восхитительным.

Он легко, несмотря на грузную фигуру, поднялся из-за стола и направился через зал к выходу. Зотов обернулся ему вслед, с неудовольствием поймав себя на мысли, что ведет себя как маленький нашкодивший пацаненок, который смотрит на отчитавшего его взрослого дядю в надежде, что тот сейчас улыбнется и приветливо махнет рукой, мол, все в порядке, забыли и проехали. Но Левченко ушел, не оглянувшись.

* * *

Лера Немчинова лежала на диване в своей комнате, слушая записи Игоря Вильданова, когда зазвонил телефон. Она торопливо схватила трубку. А вдруг это Игорь?

Это действительно был он.

— Привет, Киска! Все в порядке?

— Конечно, — счастливо улыбнулась она. — А у тебя?

— А у меня бардак, — весело сообщил Игорь. — Приходи, надо прибраться, у меня вечером гости.

— Конечно, — повторила Лера, — сейчас приеду.

— Значит, так, — голос его стал деловым, — я через десять минут убегаю, ты придешь, наведешь здесь порядок. И купи там чего-нибудь, чтобы было чем гостей кормить. Закуски, салатики, ну сама знаешь. Все, Киска, пока, я помчался.

— Подожди! — торопливо воскликнула девушка. — А ключи? У меня же нет ключей, а ты уходишь...

— Ах да, забыл. Но я не могу тебя ждать, у меня дела. Позвони Церберу-Славке, договорись с ним, лады, Киска? Целую страстно.

Лера сбросила теплую пижаму, в которой ходила дома, и начала одеваться. Конечно, можно особенно не напрягаться, выбирая туалеты, ее ведь позвали не на свидание, а для уборки. Игоря не будет дома, придет он, вероятно, не скоро и не один, ее на вечеринку не пригласили даже в качестве прислуги, поэтому сгодится одежда попроще. Джинсы и свитер, например. И макияж можно не делать. Но вдруг... Вдруг он забежит домой среди дня или позвонит, пока она будет приводить его квартиру в божеский вид, и попросит остаться, чтобы помочь с приемом гостей. Надо быть в форме, для Игоря надо всегда быть привлекательной и соблазнительной.

Она достала из шкафа узкие кожаные брюки и яркоалую шифоновую блузку с удлиненными полами, которые завязывались на животе, оставляя неприкрытой полоску кожи на талии. Лера знала, ее возлюбленному такой наряд нравится. Сочетание черного и красного, кусочек обнаженного тела, тонкая ткань, облегающая высокую грудь. И перед гостями появиться не стыдно. Уборку делать, правда, в таком виде не очень-то здорово, но она может снять все это и надеть какую-нибудь старую майку Игоря.

Тщательно накрасившись, Лера вышла в прихожую и стала надевать сапоги. Тут же из своей комнаты выполз ненавистный дед.

— Ты скоро вернешься? — спросил он.

— Не твое дело, — буркнула девушка, застегивая «молнию».

— Я спрашиваю, чтобы насчет обеда... Ты будешь дома обедать?

— Нет.

— А ужинать?

— Не знаю.

— Так ты хотя бы позвони, чтобы я знал, когда ужин готовить.

— Посмотрим, — неопределенно ответила она, запахнула шубку, схватила сумку и захлопнула дверь.

Шел мелкий мокрый снег, и Лера сразу же пожалела, что не выглянула в окно, прежде чем выходить из дома. Надо было взять очки, чтобы защитить глаза, вся косметика сейчас поплывет от снега. На такой случай у Леры были специально заказанные очки со слегка тонированными стеклами без диоптрий. Но не возвращаться же... Опять этот дед пристанет: почему вернулась да что случилось. И вообще, возвращаться нельзя — дороги не будет. Правда, говорят, эта примета не срабатывает, если посмотреть в зеркало, когда вернешься. Но она не будет рисковать.

Продукты она решила купить в своем районе. Как-то раз полгода назад она привозила Игорю закуски из магазина, расположенного неподалеку от ее дома, он тогда тоже ждал гостей и поручил ей всю подготовительную работу. Всем очень понравились крабовый салат, коктейль из креветок и сациви, никто не поверил, что это куплено в магазине, а не приготовлено опытной хозяйкой. Игорь тоже похвалил еду, и с тех пор каждый раз, когда он просил купить продукты, Лера заходила в этот магазин и потом тащила тяжелые сумки через весь город. Брать машину она боялась, очень уж много было разговоров о беспечных пассажирах, которых злые водители увозили в тихие темные места, грабили, насиловали, а то и убивали.

Она методично обходила огромный универсам, складывая в корзину все необходимое. Расплатившись, взяла у кассирши несколько больших пакетов и, отойдя в сторонку, уложила покупки. Получилось, конечно, многовато, пять мест, три в одну руку, два в другую. Ну ничего, ей не привыкать, довезет как-нибудь. Главное — чеки не потерять, Игорь, когда будет отдавать ей деньги, потраченные на продукты, проверит все до копейки. Это не потому, что он скупой, нет, Игорь очень щедрый и добрый, просто он терпеть не может, когда его обманывают и берут лишний рубль. Всегда проверяет и чеки, и счета. Денег ему не жалко, но лишнего никогда не даст.

Лера прошла уже полпути до ближайшего метро, когда услышала:

— Девушка, вы не уделите мне несколько минут?

Перед ней стоял привлекательный молодой человек с блокнотом и ручкой в руках. Высокий, синеглазый, с серьезным лицом. Несколько минут? Почему бы и нет, можно поставить сумки на тротуар и немного передохнуть, а то пальцы уже совсем онемели. Опасности никакой, двенадцать часов дня и оживленная улица.

— Я слушаю вас, — с милой улыбкой ответила Лера.

— Мне нужно задать вам всего один вопрос, но он может показаться вам настолько странным и даже пуга-

ющим, что я должен сделать предварительные поясне-
ния.

«Ну вот, — с внезапным ужасом подумала она, — я
так и знала. Странный и пугающий вопрос. Наверное,
маньяк какой-нибудь, сейчас спросит, как я отношусь к
групповому сексу или садомазохизму. Ничего, народу
кругом много, выкручусь как-нибудь».

— Я провожу исследование о влиянии на человека
разного рода излучений, — продолжал между тем синеглазый. — Уже давно установлено, что разного рода гео-
метрические конфигурации излучают по-разному. Вы
что-нибудь об этом слышали?

— Нет, — покачала головой Лера, слегка успокаиваясь.

— А о том, что в свое время было принято ставить на
комод семь слоников, расположенных по росту? Счита-
лось, что это приносит счастье.

— Конечно, — она рассмеялась, — это жуткое ме-
щанство. Сейчас, по-моему, этого уже никто не делает.
Это было модно во времена кружевных салфеточек.

— Вы правы, — кивнул синеглазый, — сегодня этого
не делают, и совершенно напрасно. Учеными установлено, что такой ансамбль слоников излучает, и излучение это уходит очень далеко. Причем даже необязатель-
но, чтобы это были именно слоники. Годятся любые
фигурки, а если их нет, можно сделать просто контуры,
изготовленные из проволоки. Главное — соблюдать ос-
новное правило: фигурки выстраиваются в один ряд по
ранжиру, то есть по мере увеличения их размеров, и их
должно быть три, пять, семь, девять или больше тринад-
цати. Вам интересно?

Интересно ли ей? Господи, еще как! Кажется, этот синеглазый красивый парень знает что-то особенное, и если она, Лера, тоже будет это знать, она сможет помочь Игорю. Сможет сделать его счастливым и удачливым, и если она это сумеет, то и сама станет для своего кумира талисманом счастья и удачи, и он уже никогда с ней не расстанется.

Она с готовностью кивнула.

— Продолжайте, пожалуйста, это довольно любопытно.

— Так вот, в ходе исследований выяснилось, что обладают излучением также многие эмблемы религиозных и политических движений. Например, звезды Соломона и Давида, католический и православный кресты. Они обладают излучением, которое направлено перпендикулярно их плоскости. То есть человек, который носит крест или звезду или просто видит их перед собой, испытывает на себе воздействие излучения, хотя крайне редко встречаются люди, которые его реально ощущают. Для этого надо быть человеком особо чувствительным, а их на земле не так уж много. Но если мы чего-то не ощущаем, это еще не значит, что этого нет. Понимаете?

— Понимаю, — снова кивнула Лера. — А какой пугающий вопрос вы хотели задать?

— Вот теперь мы подошли к нему вплотную.

Они стояли прямо посередине тротуара и явно мешали многочисленным прохожим, торопившимся к метро. Синеглазый оглянулся.

— Может быть, мы отойдем в сторонку? — предложил он. — Боюсь, вас тут затолкают.

Не дожидаясь ее согласия, он легко подхватил стоявшие на тротуаре объемистые пакеты, отнес их на три шага в сторону и прислонил к стене дома. Лера послушно двинулась за ним.

— Я жду ваш вопрос, — напомнила она.

— Есть данные о том, что свастика тоже излучает. Причем излучение у нее особенное, она с лицевой стороны излучает отрицательно, а с обратной — положительно. Тот, кто носит этот значок, облучает себя положительным излучением, а всех остальных — отрицательным. Эти данные пока еще не очень крепко подтверждены эмпирическим материалом, и я, собственно, этот материал и собираю.

— Зачем? Для чего вам это нужно?

— Потому что мою бабушку и еще четверых членов моей семьи сожгли в Освенциме. Конечно, меня тогда еще на свете не было, но мне это небезразлично. И я хочу понять, в чем притягательность, магнетическая сила фашизма.

— Я политикой не занимаюсь, — быстро ответила Лера, наклоняясь, чтобы взять сумки.

Как жаль! Она-то думала, что этот синеглазый даст ей в руки ключ к полному и бесповоротному завоеванию Игоря, а он какой-то политикой дурацкой занимается. Ладно, слава Богу, что хоть не сексуальный маньяк.

— Это не политика, милая девушка, это чистая наука. Я не изучаю политические движения, я занимаюсь только проблемами излучения. И потом, я даже не задал еще вам свой главный вопрос, а вы уже уходите.

«Сейчас телефон попросит или предложит поужинать сегодня вечером, — со скукой подумала она. — Сплошное разочарование».

— Ну задавайте, — вяло произнесла Лера. — Задавайте свой вопрос.

Синеглазый несколько секунд помолчал, потом выпалил:

— Вы в детстве рисовали свастику?

Краска бросилась ей в лицо, щеки запылали. Она явственно вспомнила, как будучи девятилетней девочкой нарисовала свастику на школьной доске. Ей отчего-то ужасно хотелось это сделать, она и сделала. Учительница вызвала в школу тетю Зину, потом тетя Зина долго вела с Лерой воспитательную работу, объясняя ей, как много горя причинил людям фашизм, доставала с полки тяжеленные тома «Нюрнбергского процесса» и показывала фотографии повешенных и расстрелянных. Массовые казни ужаснули девочку, раньше она ничего этого не знала. Но хуже всего было другое: даже после этих рассказов ей все равно хотелось рисовать свастику, и с этим ничего нельзя было поделать. И она рисовала. Только старалась, чтобы никто не видел ее художеств. Возьмет мел, улучит момент, когда в классе никого нет, нарисует и тут же тряпкой сотрет. Оглянется воровато, снова нарисует и моментально сотрет. Ей было стыдно, но она не могла справиться с собой, потому что испытывала чувство какого-то необъяснимого восторга и одновременно ужаса, когда рисовала. Через некоторое время это прошло, наступили летние каникулы, и целых три месяца под рукой не было доски и мела. Лера пробовала рисовать свастику на бумаге, но чувство восторга и удовлетворения не появлялось, и она оставила это занятие, а к сентябрю и само приятное ощущение как-то забылось. Больше девочка к этому не возвращалась.

— Вы молчите, — констатировал синеглазый, — значит, мой вопрос попал в цель. Вам сейчас неловко, и вы не знаете, что мне ответить. Не нужно смущаться, огромное количество детей и подростков через это прошли. Я сам тоже рисовал свастику, когда мне было двенадцать или тринадцать. И испытывал от этого просто неземную радость, хотя про фашизм как таковой мало что знал. Немного по книгам, немного по фильмам, но ведь в этом возрасте плохо понимаешь чужое горе. Вы рисовали на стенках подъездов или на заборах?

— На доске в классе, — тихо призналась Лера. — А вы?

— А я в подъезде. На бумаге рисовать пробовали?

Она вздрогнула. Он что, ясновидящий? Как он догадался?

— Пробовала.

— И как? Не понравилось?

— Послушайте, откуда вы...

— Но это же только подтверждает теорию. — Он весело улыбнулся. — Я тоже прошел через попытки рисовать в тетради, но у меня ничего не вышло. Ощущение было не то. А знаете почему? Излучение идет в направлении, перпендикулярном плоскости линий. Я вам уже говорил об этом, но вы, наверное, не поняли. Когда рисуешь на вертикальной поверхности — на стене, заборе, на классной доске, — излучение идет на вас и вы подвергаетесь его воздействию. Если же рисовать в тетради, которая лежит на столе, то есть на горизонтальной плоскости, то излучение идет вверх и вниз и вас не задевает. Вы только вдумайтесь, сегодня в Москве трудно найти дом, где стены подъезда или кабина лифта не были бы разукрашены свастикой. И так было всегда, сколько я себя помню. Глупо же объяснять это тем, что у нас такое огромное количество последователей идеологии фашизма, тем более что это дети и подростки, а не взрослые люди. Значит, должно быть другое объяснение. Вы согласны?

Лера молча кивнула, слушая его как завороженная. Ей было понятно все, что он говорил, потому что она сама прошла через это. Неужели она зря стыдилась и у ее детских поступков было такое любопытное объяснение? С ума сойти!

— Вместе с тем эта теория объясняет и тот факт, что люди, носившие на груди свастику, испытывали чувство психологического комфорта, а те, кто ее не носил, общаясь с человеком со свастикой, ощущали разные негативные эмоции, в частности, необъяснимый страх. Я ведь упоминал уже об особенностях свастики: она излучает отрицательно с лицевой стороны, то есть с той, которая повернута к собеседнику, и положительно — в сторону того, кто ее носит. Вот я и собираю материал, хожу по улицам и спрашиваю разных людей, рисовали ли они в детстве свастику, а если у них есть дети — рисуют ли они и как это объясняют.

— А у самих подростков вы спрашиваете?

— Конечно. Простите, я вас задержал, вы, наверное, торопитесь. Но в качестве компенсации за потраченное на меня время я хотел бы сделать вам подарок.

— Подарок? — удивленно-недоверчиво переспросила

Лера. — Вы мне подарите брошюру про излучение или купите цветы?

— Ну зачем же, это банально, — рассмеялся синеглазый. — Цветы и брошюры дарят обыкновенным девушкам, а вы — необыкновенная, и вас ждет совсем особый подарок.

— С чего вы взяли, что я необыкновенная? — спросила она, стараясь не показать, что польщена.

— А я, видите ли, отношусь как раз к той немногочисленной категории людей, которые обладают особой чувствительностью к излучениям и некоторым другим вещам. Я, конечно, не экстрасенс, врать не стану, но что-то близкое к этому. И я чувствую, что у вас излучение не такое, как у других. Вы очень особенная, вы совершенно ни на кого не похожи. Вам это говорили?

Нет, этот синеглазый парень ей определенно нравился. Всю жизнь ей приходилось самой подчеркивать свою необыкновенность, чтобы привлечь внимание тех, кто ей нравился или на кого хотелось произвести впечатление. А этот красивый стройный молодой человек сразу понял, что она не такая, как все. Она решила пококетничать, тем более время есть, еще только полдень, а гости к Игорю придут, как обычно, не раньше десяти вечера. Она еще сто раз успеет убраться в его квартире, приготовить еду и накрыть стол. Если ей удастся очаровать этого исследователя, то, глядишь, и сумки поможет довезти.

— Мне иногда говорили, что я особенная, но я не верила. А что вы видите во мне необыкновенного?

— Я не вижу, я чувствую, — поправил ее собеседник. — А необыкновенное в вас все. Абсолютно все, начиная с имени и заканчивая судьбой. У вас должно быть редкое, малораспространенное имя. И судьба у вас совершенно необычная. Боюсь накликать беду, но мне кажется, что ваша жизнь полна трагедий. Я прав?

* * *

Кажется, он все делает правильно, девушка не спешит от него отделаться, хотя шла с сумками в сторону от дома к метро, то есть собиралась куда-то ехать. Ему удалось ее заинтересовать.

— Меня зовут Валерия, — сказала она. — Это имя действительно встречается не так уж часто, тут вы правы. А что касается моей судьбы, то моих родителей убили, когда мне было восемь лет, а недавно убили моего жениха. Кажется, надо мной висит какое-то родовое проклятие, потому что погибают все, кого я люблю.

Голос ее дрогнул, на глазах появились слезы.

— Если хотите, мы можем попробовать разобраться в этом, — предложил Дюжин. — Меня зовут Павлом, и, если у вас есть время, давайте поговорим о вашей судьбе более подробно. Если же вы торопитесь, то я просто сделаю вам обещанный подарок и не буду больше занимать ваше время.

Лера взглянула на часы и улыбнулась.

— Пожалуй, какое-то время у меня есть. Мы можем с вами поговорить, только не очень долго, потому что мне сегодня надо еще многое сделать.

Павел спрятал блокнот и ручку и поднял ее многочисленные сумки, тихо изумляясь тому, как эта девочка сумела повернуть дело. Как будто не она в нем заинтересована, а он в ней, и она всего лишь милостиво делает ему одолжение, уделяя толику своего драгоценного времени. Наверное, этим талантом обладают все красавицы.

Через несколько минут они уже сидели в небольшом зале уютного бара. Музыка звучала, пожалуй, излишне громко, но Павлу это было даже на руку: можно было вполне оправданно сидеть поближе к своей новой знакомой, почти касаясь головой ее пышных волос. Пока все было несложно, знакомиться с девушками он умел, поддерживать беседу — тоже, но ведь задача его не только в том, чтобы познакомиться с Лерой Немчиновой. Нужно заставить ее снять кольцо и показать ему, чтобы он мог взглянуть, нет ли на внутренней стороне надписи. Впрочем, он уже придумал, как это сделать. Главное — не потерять ее интереса к проблеме излучения.

Они пили кофе, и Лера рассказывала ему о своей несчастной судьбе. Рассказ произвел на Дюжина впечатление, но он все время помнил о главной цели, ради которой было затеяно это знакомство.

— Я не могу изменить вашу жизнь, то, что случилось, — уже случилось, — сказал он, — но я могу попробовать дать вам совет.

— Какой?

— Вы неправильно носите кольцо. Его надо носить по-другому, и вам станет легче.

— Как это? — изумилась Лера. — Почему? При чем здесь кольцо?

— Видите ли, — принялся объяснять Павел, — кольцо — это замкнутый контур, он испускает сильное излучение. Если контур имеет выступ или подвеску, направленную вниз, то этот выступ излучает всегда отрицательно, и это очень плохо для здоровья и вообще для эмоциональной жизни того, кто носит такую конструкцию на себе. А когда выступ или подвеска направлены вверх, то излучение всегда положительное. На вашем кольце камень в оправе расположен не в центре ободка, по замыслу ювелира это цветок, поднимающийся вверх над самим кольцом. Так почему вы носите его камнем вниз?

— Не знаю, — девушка пожала плечами. — Мне так больше нравится.

— А напрасно. Я вам сейчас покажу, о чем идет речь.

Он достал из кармана кусок медной проволоки и маленький рулончик изоляционной ленты. Изогнул проволоку так, что получилась петля с двумя ручками. Открыв блокнот, Павел вырвал листок и оторвал от него две тонкие полоски.

— У вас есть спички? — обратился он к Лере.

— Нет, я не курю.

— Я тоже, но спички все равно нужны. Сейчас я достану.

Он отошел к стойке бара и через минуту вернулся со спичечным коробком в руках.

— Что вы делаете? Вы хоть объясняйте, чтобы я понимала, — попросила Лера.

— Я делаю петлевидный индикатор излучения. Вот сама петля, я сделал ее из куска медной проволоки. Можно пользоваться стальной проволокой или алюминиевой, это все равно. Теперь мне нужно подзарядить индикатор допингом, для этого требуется фосфор от коробка спичек. Вот эти тонкие полоски бумаги я натираю фосфором, видите? Потом обматываю пропитанную бумагу вокруг ручек индикатора и сверху накладываю изоленту.

— А зачем?

— Чтобы изолировать свои руки от излучения. Я ведь говорил вам, я очень чувствителен, и если я буду держаться незащищенными пальцами за индикатор, то наберу все измеряемое излучение. Будет голова кружиться, и вообще буду плохо себя чувствовать. Ну вот, готово. Снимите кольцо, пожалуйста.

Лера послушно сняла кольцо и протянула ему.

— Теперь смотрите. Если излучение положительное, индикатор упадет в мою сторону, то есть в сторону того, кто держит ручки. Если же отрицательное — то в сторону кольца.

Лера внимательно наблюдала за его манипуляциями, но выражение недоверия так и не сошло с ее красивого личика.

— Видите? Кольцо в положении камнем вверх излучает положительно, а когда камень направлен вниз — отрицательно.

— Слабо верится, — покачала она головой. — А вдруг это просто фокус? Может, вы сами этот индикатор поворачиваете, куда нужно.

— Пожалуйста, — Павел с готовностью протянул ей самодельный приборчик, — попробуйте сами. Только помните, когда вы проводите опыт над кольцом с камнем, направленным вверх, вам нужно смотреть на верхнюю точку петли, а когда камень будет направлен вниз, смотрите в сторону.

— В какую?

— Все равно в какую, только не на индикатор.

— А почему?

— Это сложно, Валерия, мне придется потратить несколько часов на дополнительные объяснения. Поверьте мне на слово. Есть определенные правила измерения положительных и отрицательных излучений.

Девушка повторила эксперимент, теперь на ее лице недоверие уступило место растерянности.

— Ничего не понимаю, он действительно падает в разные стороны, — сказала она, недоуменно разглядывая индикатор. — Так вы считаете, что мне нужно носить кольцо камнем вверх?

— Непременно, — твердо ответил Дюжин. — От несчастий с вашими близкими это, конечно, не убережет, но вам лично прибавит и здоровья, и чувства уверенности в себе, и радости жизни. Кстати, обратите внимание, мужчины, которые постоянно носят костюмы и сорочки с галстуками, гораздо менее здоровы и гораздо более нервозны, чем те, кто галстуков не носит и одевается демократично. Просто присмотритесь к людям, которых вы знаете, и поймете, что я прав.

— А почему? — снова спросила Лера совсем по-детски.

— А потому, что завязанный галстук есть не что иное, как замкнутый контур с отвеской, направленной вниз.

— Да, действительно, — пробормотала она, широко раскрыв глаза. — А еще что-нибудь расскажите про это.

Павел от души рассмеялся, настолько непосредственной и естественной была реакция этой девушки, которая еще полчаса назад старалась выглядеть взрослой и значительной.

— Ладно, еще одну вещь скажу. Когда человек складывает вместе и поднимает вверх ладони, образуются положительные излучатели. Это ведь тоже замкнутый контур с выступом, направленным вверх. Ну-ка попробуйте.

Лера послушно сомкнула ладони перед собой.

— И что дальше?

— Дальше ничего, читайте молитвы. Это же традиционная молитвенная поза католиков и магометан.

— Ой, и в самом деле... Надо же, никогда не подозревала, что у вашей теории есть столько подтверждений.

— Это не моя теория, проблемой излучений занималось и занимается великое множество ученых. А я так, дилетант-любитель, меня в основном свастика интересует. Хотя, конечно, знаю я про эти излучения немало. Ну а теперь обещанный подарок. Возьмите этот рисунок.

Дюжин снова открыл блокнот, вырвал из него еще один листок и стал рисовать несложный орнамент, состоящий из перпендикулярных друг другу линий.

— Что это?

— Это древнегреческий меандр. Такие орнаменты применялись при отделке помещений. Этот рисунок излучает перпендикулярно плоскости, в которой он расположен. Если из такого узора сделать бордюр на стенах, то всю комнату можно прикрыть сверху горизонтальным излучением. Получится что-то вроде зонтика, который защитит комнату от биопатогенных полос. В такой комнате у вас намного реже будет плохое настроение и самочувствие.

Лера взяла листок, покрутила в руках.

— И что мне с этим делать?

— Что хотите. Но я вам советую попробовать использовать это в помещении, в котором у вас чаще всего возникают конфликты. Подумайте как следует, вспомните, ссоритесь ли вы со своими близкими и где чаще всего это происходит. Или в каком месте квартиры у вас чаще всего болит голова, падает настроение. Если хотите, предложите поэкспериментировать своим друзьям. Одним словом, я вам сделал подарок, открыл маленький, но очень важный секрет, а уж как им распорядиться — решайте сами.

Он расплатился и помог Лере одеться.

— Куда же вы с такими сумками собрались? — сочувственно спросил Дюжин, глядя на тяжелые пакеты. — Далеко?

— Далеко.

— Донесете сами или хотите, чтобы я вам помог?

— Ну только если до метро, — разрешила Лера. — Дальше я сама поеду.

— Может, поймать вам такси?

— Нет, я поеду на метро, — повторила она.

— Как скажете.

Дюжин взял сумки, испытывая облегчение от того, что девушка не попросила проводить ее до места назначения. Это совершенно не входило в его планы, ему хотелось как можно скорее вернуться на работу или хотя бы позвонить Каменской и сообщить, что усилия даром не пропали. На внутренней стороне кольца с крупным бриллиантом было выгравировано: «Моей любимой».

Глава 6

— И что будем делать дальше? — спросил Юра Коротков, переводя взгляд с Насти на Дюжина.

— Выяснять, откуда у Леры кольцо, — вздохнула Настя.

— Интересное кино! — возмутился он. — А как ты собираешься это делать, хотел бы я знать? Дедушку трогать нельзя, внученьку трогать тоже нельзя, потому что она может рассказать дедушке о наглых вопросах плохих дяденек из милиции.

— Ребята, — вступил в обсуждение Дюжин, — а может, вы переборщили? Лера чудесная девушка, я не верю, что она может быть в курсе уголовных дел своего деда. И потом, у нее такое горе и она так переживает...

— Какое это, интересно, у нее горе? — нахмурилась Настя.

— Сначала родителей убили, потом жениха. Она без слез не может даже говорить об этом.

Коротков хмыкнул, а Настя ехидно рассмеялась, не сдержавшись.

— Паша, ты тоже попался. Родителей ее убили десять лет назад, любой нормальный человек от этой травмы давно уже оправится и перестанет плакать. А что касается убитого жениха, то это вранье чистой воды.

— А что, его не убили? — несказанно удивился капитан. — Неужели наврала? Зачем?

— Убили, убили, — сказал весело Коротков. — Только не жених это был, а просто поклонник, которого изредка, вероятно, допускали до тела. Она даже на похороны не соизволила явиться, а в разговоре с Аськой заявила, что и в качестве поклонника не воспринимала юношу всерьез.

— Зачем же тогда... — недоуменно повторил Дюжин. — И слезы были такие натуральные.

— Паша, эта девочка привыкла всю жизнь спекулировать на своей трагедии. Ах, вы не понимаете, как это ужасно — потерять родителей, да еще от руки собственного деда, да еще теперь с этим противным дедом жить под одной крышей. Ах, никто меня не понимает, такую необыкновенную, никто меня не ценит, такую особенную, куда вам всем до меня, вы же не пережили такого горя, как я. Вот так примерно, — спокойно объяснила Настя. — Лера Немчинова хорошая девочка, с этим никто не спорит, вполне вероятно, она добрая и не подлая, но при всем том она привычная спекулянтка. И она не хочет понимать, что прошло уже десять лет и ее попытки казаться убитой горем просто смешны. Она тщательно культивирует из себя трагическую и непонятую фигуру. А тут еще смерть Барсукова подвернулась, как удачно, можно и на этом поиграть, можно сказать, что погиб жених, и пустить светлую девичью слезу.

Дюжин с осуждением посмотрел на нее.

— Слушай, Каменская, ты потрясающе цинична. Не может быть, чтобы все было так, как ты говоришь. Почему ты во всех людях видишь только плохое? Почему ты сразу начинаешь подозревать их в неискренности?

Настя с интересом глянула на коллегу. Вот уж в ком она не предполагала такой трепетности, так это в Павле, который казался ей простым и незатейливым, как пряник.

— Знаешь, Пашенька, лучше изначально думать о

людях плохо и потом радоваться, что они оказались лучше, чем ты думал, нежели сразу доверять им и потом локти кусать, — примирительно произнес Коротков. — Считай это проявлением нашей сыщицкой профессиональной деформации. А на Аську ты напрасно бочку покатил, она не циничная, а рациональная. Значит, так, сердечные мои, пока вы тут копошитесь в сомнениях, я вношу предложение и прошу его не обсуждать.

— Какое? — тут же спросил Дюжин.

Коротков не ответил, а Настя задумчиво сказала:

— Пожалуй, ты прав, Юра. Другого выхода у нас пока все равно нет, коль мы приняли решение проявлять максимальную осторожность в отношении деда Немчинова.

— Какое предложение-то? — нетерпеливо повторил капитан. — Вы о чем говорите?

Коротков театрально развел руками и скорчил клоунскую рожицу.

— О предложении. Я же сказал, что оно вносится, но не обсуждается. Так что вопрос закрыт.

— Но я...

— Иди, Паша, — негромко сказала Настя, — это уже не наше с тобой дело. Мы преступлений не раскрываем. Мы с тобой теперь бумажные крысы. Юра знает, что делает.

Дюжин ушел, обиженно насупившись. Насте было неловко, ситуация, на ее взгляд, сложилась не очень-то красивая. Когда Павел был нужен — привлекли его к делу, послали выполнять задание, а теперь темнят, отстраняют от обсуждения. Любой бы на его месте обиделся.

— Ну что ты так смотришь? — взорвался Коротков. — Пашеньку твоего обидели? Подумаешь, нежный какой. Да он девушке Лере через пять минут обо всех наших сомнениях расскажет, и что мы будем делать тогда?

— Почему ты думаешь, что расскажет?

— Да потому, что он втюрился в нее по уши, это же невооруженным глазом видно! И она для него теперь свет в окошке и кладезь всех мыслимых и немыслимых добродетелей. Между прочим, он женат?

— Не знаю, — пожала плечами Настя. — Это имеет значение?

— Вполне возможно. Если он влюбился...

— Да с чего ты это взял?!

Коротков пододвинул стул к ее столу, взял Настины руки в свои, поцеловал ее пальцы.

— Дорогая моя, я всегда знал, что обожаю тебя, но никогда не мог понять почему. И вот только теперь наконец понял.

Она смягчилась и тепло улыбнулась ему.

— И почему же?

— Потому что ты — святая. В самом прямом смысле этого слова. Ты в любом человеке всегда видишь в первую очередь личность, ум и характер, а о том, что этот человек имеет еще и половые признаки, ты вспоминаешь, когда выясняется, в какой туалет он ходит, в мужской или женский. Это прекрасное качество, и я тебя за это искренне люблю. Ты не умеешь флиртовать и не понимаешь, когда это делают другие. И именно поэтому ты не умеешь видеть признаки влюбленности, которые человеку опытному просто в глаза бросаются.

— А человек опытный — это, конечно, ты? — поддела его Настя.

— И я в том числе, и подавляющее большинство населения нашей планеты. Дюжин влюбился в Леру Немчинову, и если ты этого не заметила, то просто поверь мне на слово.

— Хорошо, — согласилась она, — поверю. И в ответ на твою небывалую искренность скажу, что флиртовать я умею будь здоров как, а тот факт, что ты об этом так и не узнал до сих пор, свидетельствует только о том, что я умею это очень хорошо скрывать.

— Серьезно?

— Абсолютно. Между прочим, как с моей просьбой?

— Нашел я тебе твоего дяденьку. — Коротков полез в бумажник и достал оттуда квадратный зеленый листочек. — Держи, здесь имя, адрес и телефоны. А что мне за это будет?

— Кофе с венскими булочками, бескорыстный мой. Устроит?

— Более чем.

* * *

Вячеслав Олегович Зотов собирался на деловой ужин. Разговор не сулил ничего особо приятного, и Зотов откладывал его вот уже две недели, отказываясь от встречи под разными благовидными предлогами. Он бы и дальше отказывался, если бы не Левченко. Припер его к стенке, и придется теперь форсировать события.

Встречаться ему предстояло с женщиной, и Зотов, добираясь до назначенного места, пытался заранее составить схему разговора и определить, следует ли ему быть очаровательным, сексапильным или, наоборот, строгим и жестким. «Ладно, — подумал он, въезжая на охраняемую стоянку, — приму решение по ходу дела».

Одного взгляда на Ингу оказалось достаточно, чтобы он понял: жесткость и строгость сегодня не пройдут. Дама, с которой Зотову предстояло поужинать, была одета в длинное вечернее платье с глубоким декольте и источала аромат дорогих духов. Она еще не успела сказать ни одного слова, а он уже услышал: ну будь душкой, давай договоримся, ты же понимаешь, что это к обоюдной выгоде. Ну что ж, душкой так душкой, будем договариваться.

Инга протянула ему холеную руку для поцелуя, и Зотов отметил превосходные изумруды, украшающие браслет и перстень. Не бедствует Ингуша, молодец, сама себя сделала. Интересно, как бы жизнь сложилась, если бы Зотов в свое время женился на ней? А ведь все к тому шло...

— Здравствуй, милый, — произнесла она глубоким красивым голосом, за которым угадывалась певица. — Наконец-то мы встретились. Мне даже стало казаться, что ты меня избегаешь.

Он прильнул губами к нежной руке и вдохнул давно знакомый запах ее кожи. Господи, как он ее любил когда-то! И куда, интересно, все девается? Чувства уходят, память уходит, даже желания пропадают. А ведь как мучился, страдал, ночей не спал.

— Ты выглядишь потрясающе, — искренне сказал Зотов. — И если бы я тебя не избегал, дорогая, то наделал бы кучу глупостей и испортил тебе всю карьеру и семейную жизнь. Какой у тебя нынче муж по счету? Четвертый?

— Пятый. — Она рассмеялась чуть хрипловато и элегантно села на стул, придвинутый предупредительным официантом. — Ты не следишь за событиями.

— Хочешь побить рекорд Лиз Тейлор?

— Что ты, куда мне до нее! Мои мужья никогда не будут моложе меня, у меня нет тяги к мальчикам. А ты, насколько мне известно, после второго развода так и не женился?

— Увы, — он шутливо вздохнул, — я даже еще и не развелся. Мы просто разошлись, но развод не оформляли.

— Что так?

— Необходимости нет. Нужно будет — оформим. Я занят, жена все время в разъездах, первое время было трудно собраться вместе и дойти до загса, а теперь уж и привыкли как-то.

— Это не есть правильно, как сказали бы англичане. Юридическая сторона любого вопроса — дело первейшее и наиважнейшее. Который час? — внезапно спросила Инга.

Зотов бросил взгляд на часы, удивляясь вопросу. Может быть, она кого-то еще ждет к ужину? Плохо, что не сказала заранее, значит, не рассчитывает на легкую победу и готовит тяжелую артиллерию.

— Без двадцати восемь. Ты кого-то ждешь?

— Никого. — Инга улыбнулась, демонстрируя отличные зубы. — В восемь здесь начинается то, что они называют живой музыкой. Это будет безвкусно и оглушительно, но позволит поговорить на деликатные темы. А пока расскажи мне о себе.

До восьми они непринужденно болтали, вспоминая общих знакомых и свою молодость. Ровно в восемь часов на подиум вышли музыканты и с деловым видом принялись готовиться, а в две минуты девятого грянула музыка столь оглушительная, что Зотов не слышал не только Ингу, но и самого себя. Народу в ресторане было много, столы стояли довольно близко друг к другу, и разговаривать на деликатные темы, повышая голос, было бы глупо и неосмотрительно. Вячеслав Олегович встал и протянул руку Инге. Они пошли танцевать.

Инга сразу приступила к делу. Положив красивые руки на плечи партнера и почти прижавшись щекой к его щеке, она сказала:

— Слава, мне поручено предложить тебе договор.

— Кем поручено? Кого ты сегодня представляешь? — спросил он, заранее зная ответ.

— Ох, милый, сегодня я представляю многих, как и каждый день. Ты же знаешь, это моя специальность — вести переговоры на деликатные темы от имени людей, которые такие переговоры вести не могут. Ежедневно я работаю на двух-трех доверителей. Но во время нашего с тобой романтического ужина я выступаю от имени Стеллы. Тебе понятно, о чем пойдет речь?

— Эта старая грымза хочет получить молодого мужа? — полуутвердительно спросил Зотов.

— Ты догадлив, милый. С одной небольшой поправкой: она не старая. Ей еще нет пятидесяти, а выглядит она просто роскошно, больше сорока двух никто не дает.

— Какая разница, сколько ей дают, если вся страна

знает, сколько ей на самом деле. Поколение тридцати-
летних прекрасно помнит, что она пела, когда они еще в
колыбели лежали, и это значит, что ей не может быть
двадцать пять.

— И не надо, — тихо рассмеялась Инга, прижимаясь
к Зотову. — Пусть все знают, что ей пятьдесят, и точно
так же все будут знать, что в свои пятьдесят она настолько
хороша, умна, красива, сексуальна и талантлива, что в
нее без памяти влюбился двадцатипятилетний красавец
певец. Это пробудит интерес к ней, она ведь уже почти
два года не выступает.

— Да, — согласился Зотов, — Стелла безумно талан-
тливая баба, с этим трудно спорить. Но она всем уже
надоела. За тридцать-то лет беспрерывных выступлений...

— Вот именно, милый, — проворковала Инга. —
Имидж нужно освежить. И для этого ей необходим молодой муж, существенно моложе ее. Но не просто какой-
нибудь юный Ромео, а личность популярная и извест-
ная. Стелла не хочет давать повод говорить о том, что
молодой проходимец женился на стареющей звезде,
чтобы получить ее деньги. Молодой красавец тоже должен быть звездой. Конечно, не такой величины, как
сама моя доверительница.

— Почему же? — спросил Зотов, притворяясь наивным.

Схема была ему хорошо знакома, ее использовали,
насколько он знал, неоднократно в Голливуде, да и здесь,
в Москве, уже было несколько случаев. Отдать Игоря
этой ненасытной щуке! Еще два дня назад он резко ответил бы: «Ни за что!» Но то было два дня назад, а сегодня...

— Потому что Стелле нужно иметь резерв для своей деятельности. Зачем ей звезда, которую уже не надо раскручивать?

— Тогда скажи точнее: зачем твоя Стелла певцу, которого не надо раскручивать? Что она может дать ему, если у него и так все есть?

— Умница ты моя, — губы Инги легко коснулись мочки его уха, — как приятно иметь с тобой дело. Ну так что, перейдем к финансовой стороне договора?

Танец закончился, и Зотов проводил даму к столику. Сейчас они немного выпьют, что-нибудь съедят, а потом снова выйдут на площадку перед эстрадой. Нужно обсудить еще массу вопросов.

* * *

Веселье было в разгаре. Как обычно, Игорь ввалился в квартиру вместе со всей компанией около десяти вечера, и по громким голосам Лера безошибочно определила, что все они где-то уже выпили, причем выпили прилично. К их приходу она привела квартиру в идеальный порядок, приготовила закуски и напитки и терпеливо ждала, втайне надеясь, что хотя бы на этот раз Игорь пригласит ее поучаствовать в общем веселье. Это означало бы, что он перед друзьями признает ее своей девушкой. Пока что этого ни разу не произошло, но может быть... когда-нибудь...

Она сидела в гостиной, причесанная, с ярким макияжем, в обтягивающих кожаных брючках и вызывающей алой кофточке, и ждала. Но чуда и на этот раз не произошло. Едва переступив порог квартиры, Игорь заорал:

— Лерка, ты тут?

Она пулей вылетела в прихожую и постаралась улыбнуться гостям как можно лучезарнее. Она всегда надеялась на то, что кто-нибудь из молодых людей скажет:

— Какая красавица у тебя, Игорек! Почему ты прячешь от нас такое сокровище?

И Игорь ответит:

— Это моя Лера, знакомьтесь. Лера, принимай гостей, будь хозяйкой.

Но этого все не случалось и не случалось. Лера выбегала навстречу и улыбалась, и Игорь отдавал ей принесенные с собой бутылки, вот и все. Мужчины, оказавшиеся здесь впервые, обычно замечали красивую девушку и окидывали ее оценивающим взглядом, на что Игорь бросал:

— Не пялься, она еще маленькая. По хозяйству мне помогает.

Со второго раза ее переставали замечать. Маленькая так маленькая, взрослых мало, что ли?

— На, держи, — Игорь протянул ей сумку с бутылками, — брось пока в холодильник. Валечка, кошечка моя, раздевайся.

Лера поняла, что Игорь привел свою очередную пассию, и исподлобья бросила быстрый взгляд на соперницу. Красивая, конечно, но разве она, Лера, хуже? И лицо у нее глупое какое-то, и вообще она противная. Ну когда же это кончится? Когда же он образумится и поймет, что лучше Леры нет никого на свете?

Взяв бутылки, она поплелась на кухню. И вдруг почувствовала, как устала. Сначала носилась по магазинам, потом тащилась через весь город с неподъемными сумками, потом вылизывала до стерильного блеска эту огромную бестолковую квартиру. Теперь нужно обслуживать гостей допоздна, а завтра чуть свет подниматься и бежать в институт.

Засунув бутылки в холодильник, она принялась составлять на поднос уже приготовленные тарелки с закусками, но внезапно поставила поднос обратно на стол, села на табуретку и расплакалась.

— Лерка! — раздался голос Игоря. — Подавай!

Она заплакала сильнее. Годами копившиеся обиды и горечь, которые Лера не просто терпела, а гнала от себя, старалась не замечать, вдруг выплеснулись слезами, да еще в самый неподходящий момент, когда у Игоря гости.

— Эй! — снова послышался его голос. — Ну в чем дело? Народ проголодался! Давай неси!

Лера торопливо вскочила и кинулась к раковине. С макияжем придется распроститься. Ну что она за дура такая! Нашла время реветь. Она должна быть очаровательной и любезной, только тогда она имеет право надеяться на благосклонность своего божества. Все эмоции — дома, только дома, там можно плакать, отчаиваться, сердиться, бить посуду. Ее отношениям с дедом это только на пользу пойдет. А здесь она должна держать себя в руках, иначе рискует потерять Игоря навсегда.

— Это еще что?

Она испуганно обернулась и увидела Игоря. За шумом воды она не услышала, как он вошел в кухню.

— Извини, — забормотала Лера виновато, — мне что-то в глаз попало, слезы потекли. Я сейчас, одну минуточку. Сейчас лицо вытру и все принесу.

— Давай побыстрее, неудобно, люди ждут. Накрывай на стол и уматывай, поздно уже.

— Еще только десять часов, — слабо запротестовала она, прекрасно зная, что это бесполезно. Так было всегда: купи, сделай уборку, подай на стол и выметайся, завтра придешь посуду помыть и убрать квартиру после гостей. Он каждый раз отправлял ее домой, ни разу не предложил остаться на ночь. И Лера понимала, что на ночь с ним остается кто-то другой. Точнее, другая.

— Уже поздно, — холодно повторил Игорь, — тебе еще добираться целый час. Молодая девушка не должна в позднее время ходить одна.

Ни разу он не вызвал ей такси, и не потому, что был скупым, а оттого лишь, что это не приходило ему в голову. С какой это стати? Пусть вообще будет довольна, что ей разрешают приезжать. А не нравится поздно возвращаться, так пусть и не приходит сюда, Игорь и без нее обойдется.

Ну уж нет, хватит. Пока она нуждалась в нем, она была покорной и выполняла все его приказы. Теперь же он сам нуждается в ней, и больше она не будет беспрекословно подчиняться.

— Мне бы хотелось остаться и поговорить с тобой, — решительно сказала Лера, отбрасывая со лба прядь густых вьющихся волос.

— О чем говорить-то? Ты достала?..

— Пока нет, но нужно кое-что обсудить.

В глазах Игоря мелькнул недобрый огонек. Кажется, она зря надеялась, ничего у нее не получится. Он не так прост, чтобы можно было обмануть его при помощи такой примитивной приманки.

— Посиди здесь пока, я сам отнесу, — сказал он, решительно взял со стола уставленный тарелками поднос с закусками и вышел.

Вернулся он минут через десять, и Лера сразу поняла, что он успел еще выпить. Глаза его блестели, на лице сияла улыбка.

— Пойдем-ка.

Игорь взял ее за руку и повел в спальню. Спальня у Вильданова была просторной, с огромной кроватью, накрытой красивым покрывалом. Каждый раз, когда Лера делала уборку, она подолгу сидела на этой кровати, гладила покрывало и подушки и мечтала о том, что будет засыпать здесь и просыпаться, будет лежать, прижавшись к плечу своего обожаемого кумира, своего принца из детских снов. Как ни странно, несмотря на то что Игорь спал с ней вот уже год, они ни разу не занимались любовью в спальне. Где угодно — в гостиной, на полу, на кресле, на кожаных диванах, в ванной, в комнате, которую Игорь называл кабинетом, но в которой на самом деле стояли зеркала и кабинетный рояль и в которой он репетировал, даже в кухне. Но никогда в спальне. А ей так этого хотелось! Лере казалось, что любовь на кровати в спальне — это уже почти супружество, во всяком случае, признак и символ чего-то официального и долговечного. Но Игорь, который, по всей видимости, чувствовал, что она думает именно так, секса в спальне избегал.

Заведя девушку в спальню, Игорь плотно притворил дверь и оперся на нее спиной.

— Ну, говори, чего ты там хотела.

Лера торопливо вытащила из кармана листок, который днем дал ей случайный знакомый.

— Возьми, это должно помочь.

— Что это?

Игорь развернул сложенный вчетверо листок из блокнота и недоуменно поглядел на узор из прямых перпендикулярных друг другу линий.

— Что за ерунда? Откуда ты это притащила? От знахарки?

— Ты не понимаешь, — горячо заговорила Лера, — это древнегреческий меандр. Если такой рисунок нанести на стены, он будет защищать от вредного излучения.

— И что из этого?

— Ну как что... — растерялась она. — Все должно быть хорошо. Тебе будет легче петь, неприятностей не будет...

— Да пошла ты! — вспылил он. — Как это не будет неприятностей, когда они уже есть! А ты, вместо того чтобы мне помогать, носишься со всякой дурью. Ты что-нибудь полезное сделала для меня? Ну скажи, сделала? Нет, ничего ты не сделала. Вот и не выступай. Давай вали домой, меня гости ждут.

Лера не ожидала такой вспышки. Почему он так с ней разговаривает? Разве Игорь не видит, не понимает, что она старается изо всех сил? И разве она виновата, что у нее ничего пока не выходит? На глаза снова навернулись слезы, она судорожно сглотнула и сделала глубокий вдох. Игорь не любит, когда она плачет, ему нравится, когда его подружка веселая и беззаботная.

— Игорь, почему ты не хочешь поговорить с дядей Славой? Мне кажется, ты напрасно упрямишься. Дядя

Слава умный, у него есть связи, и вообще... Он бы что-нибудь придумал. Мне кажется...

— Кажется ей! — снова вспыхнул Вильданов. — Крестись, когда кажется. Слава и так за каждым моим шагом смотрит, всю жизнь мной руководит, как будто я слепой котенок. Хватит, надоело! Если я буду бегать к нему за советом по каждому поводу, он вообще возомнит о себе черт знает что, тогда я уже в уборную без его разрешения сходить не смогу, поняла? Он только и ждет, чтобы вцепиться мне в глотку и сесть на шею. Ножки свесит и начнет понукать. Ты этого хочешь?

Лера не знала, хочет ли она этого, но ей, по большому счету, было все равно, руководит дядя Слава Зотов Игорем или нет. Для нее важным было только одно: чтобы Игорь был с ней, любил ее и проводил с ней как можно больше времени. Все остальное интересовало девушку постольку поскольку. Она не понимала глупого упрямства Игоря, который наотрез отказывался посоветоваться со своим учителем, с человеком, который, в сущности, заменил ему отца и мать одновременно, приютил, кормил, поил, воспитывал, учил. Лера догадывалась, что Игорь пытается бороться за свою самостоятельность и доказать, что может решать свои проблемы без помощи вездесущего Зотова, но полагала, вполне, впрочем, разумно, что за самостоятельность можно и нужно бороться не в ущерб всему остальному и уж конечно не тогда, когда в угоду самолюбию на карту ставится карьера и репутация.

— Конечно, если ты не хочешь... — тихо сказала она. — Я буду стараться, Игорек, честное слово, но я не знаю как. Я не знаю, что мне делать. Ты же видел, я де-

лала, что могла, Сашку тебе привела, но я же не виновата, что его убили.

— Другого Сашку найди, — раздраженно ответил
певец, — или сама давай уж как-нибудь. Старайся, Киска,
старайся, помни, что это и в твоих интересах. Если я не
буду выступать, тебе папочкины авторские капать не
будут, и на что тогда ты станешь жить? На стипендию?
Так ты давно уже забыла, как живут на стипендию. Или
ты рассчитываешь, что я буду тебя содержать?

— Ну что ты, — испуганно отозвалась девушка, —
мне не нужны твои деньги, ты не волнуйся, я не буду
тебе обузой.

— Ладно, — Вильданов успокоился и вновь обрел хорошее расположение духа, — я не буду волноваться, но
тогда уж волнуйся ты, Киска. Шевелись, делай что-нибудь, потому что пока эта гадость не рассосется, я выступать не смогу, ты поняла? Его надо найти и заткнуть
навечно, чтоб пасть не разевал.

Он дежурно поцеловал Леру, но она была счастлива
и этим, хотя знала, что, когда уйдет, Игорь будет развле-
каться с хорошенькой куколкой Валечкой.

Вагон метро был полупустым, Лера уселась в уголке,
прикрыла глаза и снова углубилась в горестные мысли о
том, как же помочь Игорю.

* * *

Проходя по коридору мимо кабинета Заточного, Настя
на мгновение остановилась, нерешительно покосилась
на дверную ручку, но все-таки прошла мимо. Однако на
обратном пути решилась и зашла.

— Иван Алексеевич, у меня появилась гипотеза, которую я бы хотела проверить в первом приближении.

Генерал коротко взглянул на нее, с явной неохотой отрываясь от документов, над которыми работал.

— В чем проблема?

— Мне нужно еще раз поговорить с вашим сыном.

— Анастасия, вам для этого не нужно мое разрешение. Перестаньте быть маленькой и работайте.

— Так я могу с ним встретиться?

— Разумеется. Вы хотите зайти к нам домой?

— Как скажете.

Иван Алексеевич отложил ручку, которой что-то подчеркивал в бумагах, и рассмеялся.

— Вы неисправимы. Почему вы постоянно спрашиваете моего разрешения? Вы что, не в состоянии принимать решения самостоятельно?

— Вы — начальник, — лаконично ответила она. — Как скажете — так и будет.

— И что, даже если я не прав, вы сделаете, как я скажу? — иронично поинтересовался он.

— Конечно. Вы же начальник, я обязана выполнять ваши приказы.

Заточный встал и прошелся по кабинету, потом подошел к Насте и легонько коснулся ее плеча.

— Сядьте, Анастасия. Между людьми не должно быть недомолвок, если они хотят сохранить уважение друг к другу. Что случилось?

— Ничего. — Она послушно села на стул возле стола для совещаний. — Пока еще ничего. Вот я и не хочу, чтобы случилось. Вы меня просили быть максимально осторожной и деликатной, потому что дело может коснуться вашего сына, поэтому я сочла, что лучше спросить разрешения на беседу с ним.

— Перестраховщица, — усмехнулся генерал. — Впрочем, я знаю вас достаточно давно, чтобы не удивляться этому. Осторожность никогда не помешает и никогда не бывает излишней. Ваша беда в другом. Почему вы никак не повзрослеете, а? Вам уже тридцать семь лет, а вы ведете себя как стажер, который пришел прямо из института и боится показаться глупым. У вас за плечами приличный стаж, через три месяца вы, Бог даст, станете подполковником, о вас по министерству ходят легенды, а вы все еще боитесь сделать что-то не так и вызвать недовольство начальства. Когда это кончится?

Настя вздохнула и посмотрела на свои руки. «Пора маникюр делать, — вдруг совершенно некстати мелькнула мысль, — лак уже облез, хожу как позорище».

— Наверное, никогда, — ответила она. — Характер такой. Вот вы говорите, что про меня легенды ходят, а я не верю. То есть я знаю, что они действительно ходят, и мне их даже пересказывали, но я никак не могу поверить, что это про меня. Не могу поверить, что это про меня говорят, будто и в самом деле я что-то там гениально придумала или фантастически угадала. Это про кого-то другого. Я все время помню, сколько раз ошибалась.

— Вы должны помнить не об этом, а о том, сколько раз вас пытались переманить из отдела Гордеева. Кто будет переманивать сотрудника, от которого мало толку, а? Почему вы считаете других глупее себя?

— Я не считаю, — улыбнулась Настя. — Совсем наоборот, я считаю их умнее. Поэтому и боюсь показаться дурой.

Заточный осуждающе покачал головой, и его солнечная улыбка не могла обмануть Настю. Она ясно видела, что начальник недоволен.

— Вам это не нравится, я понимаю, — удрученно сказала она. — Но я такая, какая есть, и вы прекрасно это знали, когда приглашали меня к себе работать. Жалеете?

— Никогда. Буду вас перевоспитывать.

— Не надо, — взмолилась Настя, — я уже старенькая для педагогических экспериментов.

— Вот видите, вспомнили о возрасте. То вы маленькая, то старенькая. Ладно, скажите лучше, что вы там придумали.

Настя с облегчением перевела дух. Ну вот, воспитательные меры позади, а о деле говорить куда приятнее.

— Понимаете, — начала она, — засылать в наши вузы своих мальчиков и девочек — дело рискованное. Ведь абитуриент, даже если он уже в эти годы сволочь отъявленная, совсем не обязательно останется таким же через четыре года, когда его будут выпускать на практическую работу. Четыре года в юном возрасте — это ужасно много, человек может стать совсем другим. Где гарантия, что за эти четыре года он не переменится? Поэтому, я думаю, если раннее внедрение и имеет место, то лишь в крайне редких случаях. Есть другой путь, более эффективный и верный.

— Какой?

Иван Алексеевич отошел от Насти и снова сел на свое место. Правильно, лирика закончилась, началось дело.

— Нужно вербовать мальчиков примерно курса со

второго или старше, выискивать тех, кто падок до легких денег и не особенно расчетлив, и подсаживать на компре. Понимаете?

Заточный погладил длинными сухими пальцами виски, кивнул.

— Продолжайте, я вас слушаю внимательно.

— Идем дальше. Кто может лучше других знать, какие мальчики для этого дела годятся? Кто пользуется у слушателей доверием? Кто может сделать так, что мальчик в учебное время будет заниматься неизвестно чем? Ответ примитивно прост: курсовые офицеры. Я специально выясняла, откуда их берут, и оказалось, что огромное их число — это не милиционеры, а армейские. Сокращенные, оставшиеся без жилья, обиженные на армию, которая отняла у них лучшие годы молодости и взамен ничего не дала. Им катастрофически нужны деньги, потому что пенсия, если она вообще есть, мала, а они еще достаточно молоды, чтобы удовольствоваться сидением на печке. Курсовые офицеры, особенно пришедшие из армии, — это самое слабое звено. Сначала подсаживают их, а потом они в свою очередь вовлекают слушателей. И тогда слушатель, даже если к моменту выпуска из института он опомнится и решит жить честно, уже никуда не денется, на нем соучастие, и не одно, пусть в мелочах, но зато много. Я знаю, как это все проверить на уровне статистики, но, чтобы не тратить попусту время, мне хотелось бы поговорить с вашим сыном, чтобы уточнить гипотезу.

— Вы полагаете, он может об этом знать?

— Не знаю. Но я не собираюсь его об этом спрашивать. Если не знает — так и не знает, а если знает, то мои вопросы поставят его в сложное положение. Товарищей закладывать, знаете ли... Малоприятно.

Заточный помолчал немного, потом снова кивнул.

— Хорошо, Анастасия, приходите к нам сегодня часов в восемь, заодно и поужинаем. У вас все?

— Все.

— Тогда идите. Нет, минутку. — Он поднял руку, словно желая остановить Настю. — Еще один вопрос. Что там с убийством слушателя? У ваших друзей что-нибудь двигается?

Настя отрицательно покачала головой.

— Ничего. Ни с места. Но есть возможность подобраться к деду Немчинову, мы это сейчас отрабатываем.

— Почему так долго? Он в бегах?

— Да что вы, никуда не делся. Но я его боюсь.

— Вот даже как? Отчего же?

— Не знаю. — Настя легко рассмеялась и пошла к двери. — Он мне внушает какой-то священный ужас. Боюсь его спугнуть и Юру Короткова этим страхом заразила.

— И Дюжина тоже, — усмехнулся генерал. — Нехорошо, Анастасия.

— Ай-яй-яй, — протянула она саркастически, — Павел Михайлович уже успел стукнуть? Тоже нехорошо.

— Согласен. Вы можете не спрашивать у меня разрешения, но докладывать все-таки надо. Договорились?

— Извините, — пробормотала Настя и выскользнула из кабинета.

Ну Дюжин, ну гад! Речевое недержание у него, что ли? Конечно, ничего запрещенного Настя не сделала, отправив его познакомиться с Лерой Немчиновой. Это была дружеская просьба, а не приказ, уговаривать Павла не пришлось, он с удовольствием взялся выполнить поручение, ему и самому было любопытно попробовать, как это бывает. А потом вернулся и прямиком отправился к начальству.

Первым побуждением Насти было тут же зайти к Дюжину и высказать ему все, что она думает. Идя по коридору, она уже почти дошла до кабинета, где сидел капитан, и вдруг опомнилась. Зачем? Что она ему скажет? Что он поступил неправильно? А почему, собственно, неправильно? Кто сказал, что он не должен был так делать? Павел поступил так, как считал нужным, то есть с его точки зрения он поступил совершенно правильно, и что по этому поводу думает его наставник Каменская, ровно никакого значения не имеет. У него такой характер, у нее другой, так какой смысл высказывать претензии? У Дюжина не меньше оснований упрекать ее в том, что она сама не доложила Заточному.

Поймав себя на этих мыслях, Настя расхохоталась и почти вприпрыжку помчалась к себе. Нет, поистине мысль о том, что все люди разные, приносит массу веселых минут. Особенно когда самого себя ловишь на привычке мерить других по собственным меркам. Очень полезная мысль. Крайне, можно сказать, плодотворная.

* * *

Домой в этот вечер Настя возвращалась поздно, ужин у Заточного затянулся, и теперь ей предстояло пройти несколько сотен метров от автобусной остановки до дома по неосвещенным пустынным дворам. Этого участка пути она всегда боялась, особенно после того, как однажды ее здесь чуть не убили. Можно было бы из метро позвонить Лешке и попросить встретить, но ей не хотелось беспокоить мужа. «Экая я, однако, стала стеснительная», — подумала она с усмешкой.

Весь вечер Настя расспрашивала Максима Заточного о существующих в институте порядках, о том, какую роль выполняют курсовые офицеры и что нужно, чтобы без уважительной причины пропускать занятия. Она не задала парню ни одного каверзного вопроса, отвечая на который ему пришлось бы «закладывать» своих однокурсников или курсовое начальство, но и без того по его свободному рассказу было видно, что он ничего не знает. Это в определенном смысле подтверждало выстроенную ею гипотезу: отличников не трогают, потому что отличники видят перед собой цель и планомерно к ней идут, мало шансов сбить их с пути истинного. Отличник, особенно если он и в школе хорошо учился, хочет чего-то добиться, например, остаться после получения диплома в институте и писать диссертацию, а потом заниматься преподавательской работой. Или, как вариант, получить хорошие знания в области экономики, гражданского и финансового права, потом немножко поработать в милиции, пока призывной возраст не истечет, и покинуть милицейские ряды, чтобы стать юристом в большой фирме, где платят по сравнению с милицией просто миллионы. Или же, как еще один вариант, специализироваться в международном праве и иностранных языках и после выпуска получить престижную работу в Бюро Интерпола или в Управлении международных связей министерства. Причины для отличной учебы могут быть и другими, но в любом случае понятно: слушатель видит цель и идет к ней, и размениваться на глупости вряд ли станет. Быть отличником в вузе далеко не просто, дисциплин много, и они настолько разные, что невозможно получать пятерки по всем предметам, не прилагая никаких усилий и выезжая исключительно на общей сообразительности и эрудиции. Надо много заниматься, порой отказывая себе в таких приятных вещах, как дискотеки, встречи с друзьями и девушками и даже простой отдых. И если человек умеет на протяжении длительного времени себе в этом отказывать, то бессмысленно соваться к нему в попытках толкнуть на глупые поступки, которые его самого потом же и свяжут по рукам и ногам, и все усилия, которые он прилагал, чтобы быть отличником, пойдут насмарку. Пустая трата времени, ничего не выйдет.

А вот троечники — совсем другая песня. Особенно те из них, кто пошел учиться в милицейский вуз не по призванию, а исходя из других соображений. Убежать от армии, например. Некоторым вообще все равно, где учиться, они и учатся там, куда родители сумели пристроить. Немало и таких, кто выбирает вуз поближе к дому, чтобы не тратить время на дорогу с утра пораньше. Обучение бесплатное, стипендия в пять раз выше, чем в гражданском вузе, — поди-ка плохо! И учиться не пять лет надо, а всего четыре. А диплом в итоге выдают такой же, как в университете.

И кто же лучше других знает слушателей? Конечно, курсовой офицер. Он для них и надзиратель, и контролер, и отец родной. Может отпустить с занятий. Может разрешить пропустить утреннее построение. Может не заметить опоздания. А может и не отпустить, не разрешить, не закрыть глаза на проступок, пусть и мельчайший. Все слушатели находятся в зависимости от курсовых. И курсовые этим пользуются, причем некоторые — совершенно беззастенчиво, а про некоторых вообще известно, что без бутылки к нему ни с одним рапортом, ни с одной просьбой не подходи, даже если просьба твоя совсем незначительная, а в рапорте ты просишь отпустить тебя с занятий на один день по причине более чем уважительной.

Слушатели ведь не слепые, они прекрасно видят, что для одних пропуск занятий или иное какое нарушение моментально оборачивается взысканием, а другие нарушают дисциплину и распорядок систематически и долгое время — и ничего не происходит. В некоторых случаях списывают это на влиятельных родителей нерадивого слушака, а в некоторых... Догадываются, что их покрывает курсовой офицер.

Максиму повезло, он на своих курсовых не жаловался, но справедливости ради надо бы заметить, что он и повода им не дает к себе придираться. Отличник по всем предметам, дисциплинированный, подтянутый, вежливый. Поэтому в долгом разговоре с Настей он не дал ей в руки ни одного факта, он о них просто не знал, зато рассказал много такого, что сделало для нее понятным, какую информацию нужно искать, где искать и кого об этом имеет смысл спрашивать. Цель ее беседы с сыном генерала состояла именно в этом.

Заново мысленно прокручивая все только что услышанное, Настя и не заметила, как добрела до своего подъезда.

После темной тихой улицы квартира обрушилась на

нее обилием света и водопадом звуков и запахов. Она всегда поражалась способности своего мужа работать при включенном на полную громкость телевизоре, сама Настя не выносила ни малейшего шума и моментально раздражалась, когда над ухом что-нибудь жужжит. Чистяков же невозмутимо сидел спиной к двери и работал на компьютере, одновременно слушая полуночный выпуск новостей по НТВ. Мир мог перевернуться, но новостные программы профессор математики смотрел (или слушал, это уж как придется) все и по всем каналам. Одно время Настя пыталась понять, зачем ему это нужно, но потом бросила сие пустое занятие. О вкусах, в конце концов, не спорят, и информационные потребности у всех людей разные. Вот она же вообще никакие новости не слушает, и ничего. С одной стороны, пока жива и никакой катастрофы не случилось, а с другой — Лешка ведь не пытается понять, почему она не интересуется новостями.

— Леш! — крикнула она во весь голос из прихожей, стараясь перекрыть голос телеведущего. — Можно дверь взломать и вынести всю квартиру вместе с тобой, а ты и не услышишь. Сделай потише, будь добр!

Звук телевизора тут же уменьшился, а через мгновение в прихожую вышел Алексей. Глядя на его усталое лицо и рано поседевшие волосы, Настя вдруг вспомнила слова Заточного: «Вы все еще считаете себя маленькой». Генерал, конечно, почти прав, ей давно пора перестать считать себя молоденьким малоопытным милиционером. Через три года исполнится сорок, а когда исполняется сорок — это уже называется «пятый десяток». Они ровесники с Чистяковым, когда-то за одной партой сидели, а ведь Лешка уже наполовину седой и с недавнего времени носит очки. У него начала развиваться дальнозоркость, а это, как известно, признак возраста.

— Ты ужинал? — спросила она, снимая сапоги.

— Ну я же не ты, — усмехнулся муж. — Это ты у нас не можешь есть, когда находишься дома одна. Но могу и тебя накормить, если хочешь.

— Нет, спасибо, меня покормили. Какие новости?

— Какие могут быть новости у скромных профессоров? Конец года, научные отчеты, все как обычно. Это у вас, борцов с организованной преступностью, каждый день свежие трупы и свежие новости.

— Издеваешься, да?

Настя прошла в комнату, уселась на диван и с наслаждением вытянула ноги. Господи, как хорошо дома! Конечно, давно пора сделать в квартире ремонт, хотя бы минимальный, косметический, раньше на это денег не было, теперь Лешка стал хорошо зарабатывать, но руки все равно не доходят. Оба целыми днями работают, в выходные, как правило, тоже. Но все равно маленькая однокомнатная квартирка на окраине Москвы была и есть для Анастасии Каменской самым теплым и радостным местом.

— Леш, — неожиданно спросила она, — как ты думаешь, мы с тобой старые или молодые?

Чистяков снял очки и расхохотался.

— Тебе полезно ходить в гости к генералам, Асенька! В твоей чудесной головке рождаются философские вопросы. С чего вдруг?

— Нет, ты скажи, — упрямо повторила она, — мы с тобой старые или молодые?

— Не провоцируй меня на комплимент. Женщина всегда остается молодой, если таковой себя ощущает. Ты это хочешь услышать?

— Да нет же, Лешик, я хочу объективную оценку. Вот я смотрю на тебя и вижу твою седину, морщинки, вспоминаю, сколько учебников ты написал и сколько твоих учеников защитили диссертации, и понимаю, что ты, наверное, мужчина в зрелом возрасте. Но я же твоя ровесница, всего на полгода моложе тебя, а чувствую себя на службе как первоклашка. Все время боюсь сделать что-то не так, боюсь, что начальство ругать будет, и даже когда уверена, что знаю о чем-то лучше, чем кто бы то ни было, все равно не могу отстаивать свое мнение, потому что они вроде как старше и опытнее. У меня пиетет перед чужим возрастом, стажем и регалиями. Мне и Колобок всегда говорил, что пора становиться большой девочкой, и Иван сегодня повторил это. Они же не могут оба ошибаться, правда? Значит, я действительно веду себя как-то неадекватно, по их представлениям. А мне кажется, что все нормально, что я и в самом деле еще молодой специалист и должна слушаться старших.

— Понятно, — кивнул Алексей. — И какова моя задача в этой ситуации? От меня-то ты чего хочешь?

— Как всегда, — вздохнула она с улыбкой, — я хочу, чтобы ты поставил мне мозги на место. Ты — единственный авторитет для меня, тебя я слушаюсь, как покорная овца, признавая безусловное превосходство твоего могучего интеллекта над моими хилыми женскими мозгами.

— Тогда пойдем пить чай.

Чистяков протянул руку, помогая ей подняться. Настя резко встала, обхватила мужа за шею и прижалась щекой к его плечу.

— Леш, когда я в последний раз говорила, что люблю тебя?

Он ласково погладил ее по спине и по волосам.

— Не помню. Наверное, давно, а может, и никогда. У тебя приступ нежности?

— Угу.

— Очень любопытно. Я со своей математической точностью давно заметил, что особенно нежной ты бываешь после неформальных встреч со своим любимым генералом. И если бы я был патологически ревнив, то сделал бы неутешительный вывод, что ты мне изменяешь и каждый раз после свиданий тобой овладевает комплекс вины.

Настя подняла голову и поцеловала его в щеку.

— А ты ревнив не патологически?

— Нет, в пределах нормы.

— Норма — это сколько? — лукаво поинтересовалась она.

— Норма означает, что мне будет, безусловно, неприятно, если я застану тебя в постели с другим мужчиной. Этот вопиющий факт, наглядно свидетельствующий о твоей неверности, не оставит меня равнодушным. Но до тех пор, пока этого не случилось, у меня нет оснований предполагать, что это может иметь место. Как формулирую, а? Пошли, пошли, чаю хочется.

Алексей заварил свежий чай, и Настя с удовольствием сделала большой глоток горячего ароматного напитка.

— Если ты ревнив в пределах нормы, то я, так и быть, скажу тебе правду. Иван — просто невероятный мужик. Умница редкостная. Улыбка — с ума сойти можно. Умеет быть вкрадчивым, обаятельным и сексуальным. И каждый раз, когда я сталкиваюсь со всем этим джентльменским набором, поданным в одной посуде, я думаю о том, что, если бы в моей жизни не было тебя, я влюбилась бы в Заточного по уши и пронесла бы это светлое чувство через всю свою непутевую жизнь.

— А я, стало быть, тебе мешаю?

— Конечно. — Она рассмеялась. — Ты же за двадцать два года нашего знакомства заставил меня полюбить тебя так прочно, что никакому другому чувству к другому мужчине просто втиснуться некуда. Вся моя душа полностью занята тобой, ни одного свободного уголка не осталось. А если серьезно, то каждый раз, когда я ловлю себя на том, что восхищаюсь Иваном, я начинаю невольно вас сравнивать и тут же понимаю, что ты все равно лучше. Он великолепен, а ты все-таки лучше, понимаешь? И эта мысль так меня радует, я так отчетливо начинаю понимать, какой классный у меня муж и какая я дура, что периодически забываю об этом, что меня охватывает приступ любви к тебе. И никакой это не комплекс вины, а просто бурное проявление задавленных работой эмоций. А я как формулирую?

— Замечательно. Видна моя школа. Еще чаю налить?

— Ни в коем случае. Ты хочешь, чтобы утром я была отечная, как с похмелья?

— Подумаешь, большое дело. Или у тебя утром ответственная встреча? — спросил Чистяков, подливая себе чай.

— Ну, может, и не очень ответственная, но встреча. Надо выглядеть прилично.

— И кто счастливец?

— Какой-то воротила шоу-бизнеса. Ты в современной эстраде разбираешься?

— Не больше, чем ты. Но поскольку телевизор я все-таки смотрю чаще, то кое о чем осведомлен.

— Певца Игоря Вильданова знаешь?

— Конечно. Он один из немногих, кого еще можно слушать в моем возрасте. Не дрыгается, не трясет длинными лохмами, не вопит и не бормочет себе под нос. У него хоть голос есть, в отличие от многих других, и вкус безупречный.

— Вкус? — удивилась Настя. — Это в чем же выражается?

— В репертуаре. Песни у него мелодичные, красивые, и в них, опять-таки в отличие от подавляющего большинства песен, есть нормальные человеческие слова, скомпонованные во вполне приличные рифмы. Ты собираешься его озарить светом своего сыщицкого внимания?

— Да ну ты что! — Настя всплеснула руками. — Зачем он мне? Меня интересует его администратор.

— О, наконец-то управление по организованной преступности добралось до шоу-бизнеса, — удовлетворенно заметил профессор математики, размешивая ложечкой сахар. — Вам что, заняться больше нечем? Лучше бы раскручивали тех, кто пускает в оборот бюджетные средства, вместо того чтобы этими деньгами платить зарплату шахтерам и учителям. Настоящую опасность для государства представляют голодные бунты, а не разбогатевшие администраторы, неужели это не понятно? Ася, я вообще не понимаю, зачем ты сменила работу. В уголовном розыске ты хотя бы точно знала, что и зачем делаешь. Есть труп, и нужно обязательно найти убийцу, кто бы он ни был, потому что лишать людей жизни нельзя никому. В такой постановке мне задача понятна. А вот чем твоя новая контора занимается, не понимаю не только я один. Этого не понимает никто, в том числе и ты сама. Я прав?

— Почти прав. Организованная преступность как таковая на самом деле состоит из множества отдельных действий, которыми с успехом может заниматься и уголовный розыск, и наши коллеги-экономисты, и налоговая полиция, и таможенники. Те, кто занимается борьбой с организованной преступностью, все время вынуждены делить горшки с розыском и другими службами, потому что совершенно непонятно, кто чем должен заниматься. И мы постоянно путаемся друг у друга под ногами и только мешаем. Но это не к ночи будет сказано, Леш, уже спать пора, а проблема сложная и разговор длинный.

— Согласен, — Чистяков залпом допил чай и поставил чашку на блюдце, — выходит, что я прав. А почему «почти»?

— Да потому, что шоу-бизнесом мы не занимаемся. Мне нужен конкретный человек, который много лет назад был вхож в одну семью, он совершенно случайно оказался администратором известного певца, а мог бы быть слесарем или военным.

Алексей, собиравшийся было уже идти в комнату, при ее последних словах снова сел за стол. Он внимательно посмотрел на жену и нахмурился.

— Минуточку, я что-то не понял, что происходит. Ты меня уверяла, что ушла к Заточному, чтобы заниматься своей любимой аналитической работой и в качестве бесплатного приложения к этому удовольствию еще и получить звание подполковника. Работа у тебя бумажная, а не оперативная. Я ничего не путаю?

— Пока ничего. А что тебя смущает?

— Так почему же ты вдруг интересуешься некоей семьей, в которую много лет назад был вхож какой-то там музыкальный деятель?

— Ребятам помогаю, — Настя пожала плечами и улыбнулась. — Самое обычное дело. У них есть труп и есть подозреваемый, но подозреваемый настолько туманный и непонятный, что хорошо бы узнать, каким он был много лет назад, и администратор Вильданова, вполне возможно, сумеет меня на эту тему просветить. Вот и все. Чего ты испугался, Лешик? Я тебе клянусь, не будет никакой стрельбы и вообще ни малейшего риска для жизни.

— Крутишь ты, как всегда, — проворчал Алексей. — Ладно, пошли спать, от тебя все равно правды не добьешься.

Глава 7

Вячеслав Олегович Зотов смотрел на Настю чуть настороженно, но в общем доброжелательно.

— Почему вас интересуют такие давние дела? — спросил он. — Столько лет прошло...

Она улыбнулась и взяла сигарету.

— Старший Немчинов вернулся, и мы, вполне естественно, хотим знать, чего можно ожидать от него. Нормальный милицейский интерес. У него внучка, у внучки поклонник, почти жених. Этого жениха убивают, и первое, о чем думают работники милиции, это о дедушке, который однажды уже совершил убийство и отсидел за это девять лет. Разве вам это кажется странным?

— Нет, в такой постановке вопроса все понятно. Но я не верю.

— Во что вы не верите? — удивилась Настя. — В то, что Василий Петрович Немчинов может убить во второй раз?

— И в это тоже.

Зотов вскочил с кресла, в котором сидел, вальяжно развалившись, и начал нервно ходить по комнате.

— Поймите же, я и тогда не понимал, и сейчас не понимаю, зачем отцу убивать своего сына. Для меня это было полной неожиданностью, да и для всех, кто знал Гену и Свету Немчиновых. У них никогда не было конфликтов с отцом. Я просто не представляю, из-за чего они могли бы поссориться, и так серьезно, так крупно, чтобы дело дошло до убийства.

Настя с любопытством наблюдала за Зотовым. Красивый рослый мужчина чуть старше сорока, прекрасные манеры, хорошо поставленный голос. Он, наверное, отлично смотрелся бы на сцене. Или во главе стола, за которым идут серьезные переговоры. А вместо этого он занимается устройством дел молодого певца. Ладно еще если бы Зотов работал в продюсерской фирме и профессионально занимался менеджментом, организовывая концерты и выступления многих музыкантов. Но он представляет только самого себя и работает только для Вильданова. Почему? Вильданов — не Паваротти, у которого концерты расписаны до 2005 года, и вполне понятно, что великий тенор при своей бешеной популярности и загруженности должен иметь собственного администратора. На организацию дел Игоря Вильданова не нужно столько времени и сил. Почему бы Зотову не заняться еще чем-нибудь, не взять под крыло еще каких-нибудь исполнителей? Создал бы собственную фирму и денег бы заработал больше.

— Значит, вы утверждаете, что отношения у отца и сына Немчиновых были хорошие, — полувопросительно сказала Настя.

— Хорошие, — подтвердил Вячеслав Олегович.

— А близкие?

— Что — близкие? — не понял он. — Вы имеете в виду других родственников?

— Нет, я имею в виду отношения. Отношения ведь бывают хорошими, но не близкими, как, например, с приятелями, с которыми вы видитесь редко, но к которым по-доброму расположены. А бывают отношения близкие, но крайне плохие, как у ненавидящих друг друга супругов. У отца и сына Немчиновых были близкие отношения?

— Ну... — Зотов задумался. — Я думаю, да. Все-таки отец и сын, не чужие ведь.

— А у вас с Геннадием?

— Мы были очень дружны, — просто ответил он.

— И часто виделись?

— Часто. Каждую неделю, иногда по два-три раза.

— Геннадий разговаривал с вами о своем отце?

Зотов снова задумался, потом слегка усмехнулся.

— Да, пожалуй, вы правы. Гена почти не говорил о нем, и от этого у меня сложилось впечатление, что у них все в порядке. Знаете, как это бывает: когда люди часто конфликтуют, то постоянно рассказывают об этом своим друзьям, а если не рассказывают, тогда создается впечатление, что и конфликтов нет.

— А самого Василия Петровича вы знали?

— Шапочно. Несколько раз встречались, но мельком. Поверьте мне, это всегда происходило в присутствии Гены или его жены, и ни разу я не заметил ни тени недовольства или какого-то напряжения. Обычные отношения.

Настя помолчала немного, обдумывая услышанное. Похоже, зря она надеялась на этого Зотова, он тоже совсем не знал Немчинова-старшего и, кажется, не в курсе сути конфликта. А конфликт был, это же очевидно. Не может такого быть, чтобы первая внезапная ссора на фоне в общем-то хороших отношений привела к стрельбе. Напряжение должно было накапливаться в течение долгого времени. Но из-за чего оно возникло, напряжение это?

— Скажите, Вячеслав Олегович, где происходили ваши встречи с отцом Геннадия? В городской квартире или на даче?

— Как ни смешно, на улице. Мы выходим от Немчиновых, а Василий Петрович идет домой, или наоборот.

— Вот даже как?

— Видите ли, я редко встречался с Геной у него дома. Он не особенно любил, когда к нему в городскую квартиру приходили гости. А вот дача — совсем другое дело, там я бывал часто, потому что Гена проводил там больше времени, чем в Москве. Творческая личность нуждалась в тишине, покое и природе.

«Ничего себе тишина и покой, — подумала Настя. — А сосед по даче Белкин утверждал, что у Немчиновых постоянно собирались гости и устраивались шумные пьянки. И, между прочим, как раз во время этих пьянок Белкин и видел там господина Зотова. Что ж, можно понять желание человека не омрачать память погибшего друга».

— Правильно ли я поняла, что Геннадий Немчинов проводил на даче много времени и ваши частые встречи с ним происходили как раз за городом?

— И да, и нет. Мы с Геной встречались и в Москве, я ведь работал в то время в Управлении культуры, и нам часто приходилось решать множество проблем, связанных с его творчеством. Не забывайте, какое время было. Цензура во всем, в том числе и в музыкальном творчестве. Чтобы певец мог публично исполнить новую песню, авторы этой песни должны были провести свое творение через комиссию, которая ее либо одобрит и разрешит к исполнению, либо запретит как безнравственную и не соответствующую идеологии, либо выдаст целый список рекомендаций по переделке. В основном переделка относилась, конечно, к тексту, а не к музыке, но все равно дело касалось обоих авторов.

— А кто был вторым автором? — поинтересовалась Настя. — Кто писал тексты к его песням?

— Разве вы не знаете? — удивился Зотов. — Тексты

писала Света, его жена. Она была талантливым поэтом. У нее даже сборники стихов выходили.

— Я этого не знала. Но это к делу не относится. Скажите, пожалуйста, Василий Петрович часто приезжал на дачу?

Зотов задумался. Он стоял перед Настей, покачиваясь с пятки на носок и заложив большие пальцы рук за пояс джинсов. Он так и не сел обратно в кресло, и от этого Настя испытывала определенное неудобство, потому что ей приходилось смотреть на него снизу вверх. Можно было бы, конечно, тоже встать, но очень не хотелось. Слишком уж удобные были кресла в квартире у Вячеслава Олеговича.

— А вы знаете, вот вы сейчас спросили, и я вдруг понял, что Василий Петрович там, кажется, и не бывал. Во всяком случае, я его там ни разу не видел. Хотя он, наверное, приезжал в другое время. Просто мы с ним не сталкивались.

— Геннадий ничего вам по этому поводу не говорил? Не объяснял, почему отец не приезжает за город?

— Да нет... Мы ни разу это не обсуждали. А почему вы так упорно этим интересуетесь?

— Просто так. Хочу понять, почему человек не ездил на свою дачу годами, а потом вдруг приехал и убил сына и невестку. А вы сами разве не хотите это понять? Ведь Геннадий был вашим другом.

— Постойте, — Зотов предупреждающе поднял руку, — вы подтасовываете факты. Так не годится.

— А как годится? — спросила Настя.

Ей все-таки удалось сделать над собой усилие и встать. Они были примерно одного роста, и теперь она могла смотреть прямо в глаза собеседнику. А глаза у Зотова были удивительные. Непростые глаза. В какой-то момент ей показалось, что в них таится бездна тоски и чего-то еще недоброго, но уже в следующую секунду это ощущение пропало. Глаза как глаза, большие, красивые, темно-серые.

— То, что я не встречал отца Гены на даче, вовсе не означает, что он там совсем не бывал. Он мог приезжать когда угодно, просто его приезд ни разу не совпал с моим. Может такое быть?

— Может, — согласно кивнула Настя, — с точки зрения теории вероятности вполне может быть. И меня бы устроило это объяснение, если бы вы приезжали на дачу к другу один раз в два месяца и всего-то в течение года. Тогда я с вами согласилась бы. Но вы ездили туда на протяжении нескольких лет не реже раза в неделю, правильно? Очень уж затейливо должна повести себя вероятность, чтобы признать, что Василий Петрович на даче бывал, а вы ни разу его там не видели.

— Ну хорошо.

Настя видела, что Зотов начал раздражаться. Она сама виновата, по привычке ведет разговор так, словно обвиняет его в чем-то и пытается уличить, поймать на лжи. Вот и с полковником Белкиным недавно произошло в точности то же самое, она вела себя так, будто заранее подозревала его в ложных показаниях. Немудрено, что Белкин сердился. И этот тоже сердится...

— Хорошо, вы меня убедили. Не стану упорствовать. Я готов признать, что отец Гены на дачу не приезжал. Не приезжал на протяжении нескольких лет! Вы понимаете, о чем это говорит?

— Понимаю. Это говорит о том, что отец и сын избегали друг друга.

— Вот именно, — с внезапной горячностью подхватил Зотов. — Гена не просто приезжал на дачу, он фактически убегал из дома, потому что не хотел находиться рядом со своим отцом.

— Или отец не хотел, чтобы сын находился рядом с ним, — подсказала Настя.

— Да, или отец не хотел, — повторил за ней Вячеслав Олегович. — Значит, между ними давным-давно что-то произошло. Может быть, в детстве или юности Гена поссорился с отцом так сильно, что они не смогли помириться, а с годами ситуация только усугублялась. Они вынуждены были жить вместе, потому что квартира была кооперативная, купленная на деньги отца, и разменивать ее он не стал бы ни при каких условиях, а купить собственную квартиру Гена не мог, у него денег не было на это.

— Разве? — Она скептически приподняла брови. — А у меня сложилось впечатление, что Немчинов получал очень приличные авторские.

Зотов нахмурился.

— Это так. Но Гена катастрофически не умел накапливать деньги. Он их проматывал мгновенно. Самые дорогие коньяки, изысканная еда, бесконечные поездки на такси, если не мог воспользоваться своей машиной. Обожал поездки на два-три дня в Прибалтику или на море, причем самолетом, а это ведь тоже недешево. На море, правда, они со Светой ездили только в теплый сезон, зато в Прибалтику — круглый год. Вы же помните, наверное, в то время для всех нас поехать в Вильнюс или в Таллин было равно поездке за границу. Красивые, чистые старинные европейские города с булыжной мостовой, узенькими улочками, готическими зданиями и бесчисленными кафешками. Если уж в настоящую Европу не вырваться, так хоть видимость себе создать. Гена очень любил туда ездить, так что деньги у него улетали моментально.

— Но машина все-таки была? — уточнила Настя. — Почему же он вместо покупки автомобиля не вступил в кооператив, если дома царила невыносимая обстановка?

Зотов снова сделал паузу. Он глядел куда-то поверх Настиной головы, и ей показалось, что он сейчас не здесь, в своей квартире, а где-то далеко-далеко, за много лет и километров отсюда.

— Я бы непременно спросил у Гены об этом, если бы знал в то время, что у него в семье неладно, — наконец ответил он сухо. — Но я, как вы понимаете, ни о чем не догадывался. А Гена мне никогда не рассказывал о ссоре с отцом. Могу только предположить, что ему очень хотелось иметь свою машину.

— Только предположить? — переспросила она. — Или вы знаете точно?

— Я знаю точно. Машину он покупал на моих глазах. Если бы вы его тогда видели... Он весь светился счастьем и говорил о том, что мечтал об этой минуте с самого детства. Гена гонял на ней как сумасшедший, пешком совсем ходить перестал. Если бы можно было в туалет ездить на машине, он бы ездил. Но мне тогда казалось, что все нормально, я же не знал, что у него проблемы с отцом...

Зотов посмотрел на часы и покачал головой.

— Я прошу прощения, мне нужно позвонить.

Аппарат стоял здесь же, на столике, но Вячеслав Олегович вышел из комнаты. Через несколько секунд Настя услышала его приглушенный голос:

— Ты еще не встал? Урод. Опять нажрался? Ладно, потом объяснишь, мне некогда. Вставай, приводи себя в порядок и начинай заниматься. Прими там что-нибудь от похмелья... да не пиво, кретин, а таблетку, «Алка-зельцер», например. Нет? Ну пошли свою дуру в аптеку, пусть сбегает. Не морочь мне голову, аптечный киоск есть в метро. Все, Игорь, у меня нет времени с тобой рассусоливать, вставай и занимайся делом. Я приеду через час, будет серьезный разговор. Серьезный, ты слышал? И чтобы никаких девок к моему приходу в квартире не было. Ясно? Давай.

Ничего себе, однако! Уж не с Вильдановым ли так строг господин Зотов? Странно. Если судить по только что услышанным репликам, популярный певец злоупотребляет спиртным и девочками, ленится и не соблюдает распорядок дня. И в то же время Лешка утверждает, что у парня безупречный вкус и серьезная классическая манера исполнения. Как одно с другим увязывается? А впрочем, кто их знает, людей искусства, может, у них и увязывается, причем легко.

Прислушиваясь к голосу Вячеслава Олеговича, Настя воспользовалась отсутствием хозяина и быстро оглядела комнату. Во время разговора ей было как-то неудобно это делать. Совершенно очевидно, здесь поработал хороший дизайнер. Цвета пола, коврового покрытия, мебели и обоев прекрасно сочетались друг с другом, создавая гамму, которая порождала чувство глубокого покоя и защищенности. Никакого модерна, ничего металлического и блестящего, даже обычной люстры нет. Все светильники расположены на стенах — одиночные и двойные бра, подсветки для картин, оригинальный торшер рядом с креслом и еще один, точно такой же, с другой стороны мягкого углового дивана. Интересно, сколько нужно денег, чтобы привести квартиру в такой вид? Настя с удовольствием пожила бы в такой обстановке, но Лешкиных гонораров, пожалуй, на такое не хватит. А жаль. Спросить, что ли? Да нет, тут же одернула она себя, неудобно. Совсем с ума сошла, пришла к человеку чуть ли не допрашивать его, а потом будет задавать вопросы про ремонт.

Увлекшись мыслями о бытовом комфорте, она не заметила, как вернулся Зотов.

— У вас еще есть вопросы ко мне? — спросил он. — Мне скоро нужно будет уходить.

— Вопрос только один, — быстро ответила Настя. — Вы можете назвать людей, которые были дружны с Немчиновыми и могут знать о конфликте между Геннадием и его отцом?

Зотов задумчиво покачал головой.

— Пожалуй, нет. Я был наиболее близок с Геной, но если даже я не знал...

— А дочь Немчиновых?

— Лера? Да побойтесь Бога, ей же было восемь лет, когда это случилось... Я имею в виду смерть ее родителей. А сам конфликт, я уверен, произошел и развивался намного раньше. Возможно, до ее рождения, даже до женитьбы Гены.

— Ладно, Вячеслав Олегович, не буду больше вас задерживать. Но вы все-таки подумайте над моей просьбой и, если кого-то вспомните, не сочтите за труд позвонить, хорошо?

Настя быстро написала на листке свои телефоны — домашний и служебный.

— И передайте господину Вильданову, что поклонники его ценят за хороший вкус и элегантную манеру держаться на сцене.

На лице Зотова промелькнуло странное выражение не то снисходительного сочувствия, не то сдержанной насмешки.

— Мне приятно это слышать, спасибо, Анастасия Павловна. Но Игорю я не стану передавать ваши слова.

— Почему? Ему надоели комплименты?

— Отнюдь, — Вячеслав Олегович усмехнулся, — он их жаждет, как дитя малое сладкую конфетку. Но ребенку нельзя есть слишком много сладкого, от этого портятся зубки. Игорь еще слишком молод, чтобы правильно относиться к комплиментам. Он их принимает за чистую монету и перестает стремиться к совершенству, полагая, что уже достиг всех мыслимых высот.

— Ну что ж... Вам виднее.

Настя застегнула теплую куртку и подняла повыше меховой воротник, стараясь закрыть уши. Шапки она не носила никогда, даже в самые лютые морозы, в крайнем случае надевала куртку с капюшоном. Но сегодня случай был еще не крайний, термометр показывал минус тринадцать, а Настя Каменская любила держать голову в холоде. Если бы только при этом все остальные части тела можно было держать в тропической жаре...

* * *

Едва Зотов переступил порог квартиры Игоря, в ноздри ему ударила смесь отвратительных запахов, застоявшихся еще с вечера. Оставленные на столе недоеденные закуски источали ароматы лука, уксуса и маринада, из недопитых бокалов испарялся алкоголь, и все это было круто замешено на табачном дыме и специфической вони невыброшенных окурков. «Хоть бы форточку открывал на ночь, урод, — с неожиданной злобой подумал Зотов. — Никогда плебею не стать патрицием, хоть годами держи его во дворцах с прислугой».

— Открой окно! — громко крикнул он в сторону кухни, откуда доносились звуки льющейся воды. — Устроил тут газовую камеру.

— Не выступай, — донесся до него слабый голос Вильданова, — и без тебя тошно.

Зотов повесил дубленку на вешалку и быстро прошел в кухню. Игорь выглядел отвратительно, лицо опухло, как всегда после пьянки, глаза были больными и красными. Он стоял в одних трусах и жадно пил большими глотками воду из стеклянной двухлитровой пивной кружки.

— Я тебе что велел? Я позвонил полтора часа назад и велел через час быть в порядке. А ты? Урод недоделанный, ты опять спать завалился? Только что встал?

— Не твое дело, — буркнул Игорь, судорожно допивая остатки воды. — Чего привязываешься?

— Ага, ты еще скажи, что болеешь. И пожалостней, как алкаши по утрам говорят. Никакого зла на тебя не хватает, честное слово. Да поставь ты кружку, что ты в нее вцепился! На вот, выпей.

Зотов достал из кармана и швырнул на стол лекарство, которое купил по дороге. Трясущимися пальцами певец стал ковырять пластмассовую крышечку флакона, и Зотов отвернулся, не в силах справиться с отвращением. Чудовище, идиот, придурок! Полжизни уходит псу под хвост сначала на гулянки, потом на приведение себя в чувство, и это вместо того, чтобы заниматься, репетировать, работать над новыми песнями. Артист — это труд, адский ежедневный труд, а не сплошной праздник успеха, водки и девочек. Но разве этому кретину объяснишь? Он и слова-то такого — «труд» не знает, только и думает об удовольствиях.

Достав из шкафчика кофемолку и банку с кофейными зернами, Вячеслав Олегович принялся за дело. Пока варится крепкий кофе, надо оттащить этого похмельного суслика в ванную и засунуть его под контрастный душ. Сначала кипяток — потом ледяная вода, потом снова кипяток — и снова ледяная. Ему очень хотелось махнуть рукой на Игоря и уйти, хлопнув дверью. Пусть выкарабкивается из своего похмелья как знает. Но нельзя. Он взял на себя эту ношу много лет назад и теперь должен ее нести, как бы трудно ни было.

Через полчаса Игорь, заметно посвежевший и повеселевший, сидел на кухне, закутавшись в теплый махровый халат, и пил вторую чашку кофе.

— Слава, позвони Лерке, чего-то она не идет, — попросил он.

— А вы договаривались?

— Ну.

— Что — ну? Говори членораздельно, — раздраженно потребовал Зотов.

— Я ей вчера еще сказал, чтобы она утром пришла убраться.

— А она не пришла, — ехидно констатировал Вячеслав Олегович.

— Ну, — кивнул Игорь, не почувствовавший иронии, и продолжал совершенно серьезно: — Я думал, она раненько прибежит и все сделает, пока я еще сплю. Ну как обычно. А тут встаю — кругом бардак, ногу некуда поставить. Черт знает что. Может, она заболела? Позвони, Слава, а?

— Сам позвонишь, не маленький. А еще лучше — возьми ноги в руки и сам убери, твоя же квартира, не ее. Ты что же думаешь, Лера всю жизнь будет за тобой грязь подтирать? У нее ничего интереснее не будет, кроме как тебя, урода, обслуживать?

— Много ты понимаешь, — хмыкнул Игорь. — Она меня любит.

— Любит, — согласился Зотов, — а ты этим нагло пользуешься. Сделал из девчонки домработницу. Если бы у тебя хоть ума хватило не спать с ней...

— А чего такого-то? Ей в радость, да и мне приятно.

— Дурак ты, — вздохнул Вячеслав Олегович. — А представь себе, что завтра она рожать надумает от тебя. И что тогда? Жениться будешь?

— Еще чего!

— Правильно. Значит, что? Ссоры, скандалы, в результате она от тебя уходит и занимается только ребенком, а кто будет тебя обслуживать? Кто будет ходить за продуктами, подавать на стол и мыть посуду?

— Подумаешь, другую найду. Делов-то...

— И опять правильно. Найдешь другую — и все сначала. Любовь, постель, хозяйство, потом беременность, требования жениться, ссора, разрыв. И все по новой. Только имей в виду, Игорек, ни одна другая не станет терпеть то, что терпит Лера. Ты сначала найди вторую такую же, а потом разговаривать будем. Чтобы была молодая, красивая, умная, прекрасная хозяйка, тебя любила безумно и безоглядно и готова была бы ради тебя забыть и себя, и свою гордость, и свое достоинство. Думаешь, они на каждом углу стоят, такие-то? Думаешь, пальчиком поманишь — и любая твоя?

— Ну а чего? Вон их сколько возле подъезда ошивается.

— Так они для чего ошиваются, ты подумал?

— Как для чего? Со звездой потрахаться хотят. Скажешь — нет?

— И снова ты прав, именно этого они и хотят. А грязь за тобой выносить они хотят? Пепельницы вытряхивать, посуду мыть, полы драить? Трусы твои стирать? Девок твоих бесконечных терпеть они хотят? Они хотят быть при тебе, появляться с тобой в обществе и — как апофеоз мечтаний — выйти за тебя замуж. Вот что им нужно. И ты, придурок необразованный, Бога должен благодарить с утра до ночи, что у тебя есть такая, как Лера. Потому что в твоей жизни назревают большие перемены, и только Лера сможет вынести их вместе с тобой.

Игорь поставил на стол пустую чашку и настороженно глянул на наставника.

— Какие такие перемены? Ты о чем?

— Нам нужно серьезно поговорить, Игорь. Постарайся выкинуть из головы все свои глупости хотя бы на час, потому что вопрос очень важный.

— Да ладно пугать-то, — сказал Игорь, но, впрочем, как-то неуверенно. — Что стряслось?

Зотов помолчал, собираясь с мыслями. Не так-то просто заявить человеку, что собираешься его продать, как раба на торгах. Но Зотов согласился с предложением Стеллы, переданным через Ингу, не только ради денег. Ради самого же Игоря. И нужно сделать так, чтобы Игорь это понял.

— Тебя надо раскручивать как следует, — начал он. — Ты должен стать настоящей большой звездой. Пока что ты еще маленькая звездочка, но я не хочу, чтобы ты довольствовался этим. Тебе нужно большое поле, но моих сил не хватает на то, чтобы дать тебе то, чего ты заслуживаешь. На настоящую хорошую раскрутку нужны большие деньги, большие связи и большая слава того, кто тебя подает. Понятно?

— Ну, более или менее, — осторожно ответил Игорь. — И дальше что?

— Тебе нужно жениться, Игорь.

— Щас, шнурки поглажу и в загс побегу, — фыркнул Вильданов. — Ты что, совсем охренел, старик?

— Нет, дорогой мой, это ты охренел, если думаешь, что все так примитивно. Ты должен жениться на женщине, которую знает вся страна. На женщине знаменитой и богатой. Которая вложит деньги в твою раскрутку и использует для этого собственную славу и собственные организаторские возможности.

— Ага, и где ж ты возьмешь молодую и знаменитую, которая захочет тратить на меня свои денежки? У молодых и знаменитых есть богатые любовники, которые сами на них тратятся.

Вячеслав Олегович рассмеялся. Очень уж прямолинейно мыслил его подопечный.

— Кто сказал, что она будет молодой?

— А что, старой, что ли? — искренне изумился Игорь. — Совсем обалдел? Хочешь, чтобы я женился на старухе? Да никогда в жизни!

— Погоди, — Зотов поморщился. Он почувствовал, что снова начал раздражаться, и постарался взять себя в руки. Ну чего сердиться на него, в самом-то деле? Дурак — он и есть дурак, и он в этом не виноват. Надо набраться терпения и спокойно все объяснить. Подробно и доходчиво, чтобы ему все было понятно. — Женщина в пятьдесят лет совсем не старуха, если она прекрасно выглядит и полна энергии и желания жить и действовать.

— Пятьдесят?! — Брови Вильданова поползли вверх. — Да ей в гроб давно пора, а не замуж выходить.

— Заткнись! — грубо крикнул Зотов, не сдержавшись, и тут же устыдился своей вспышки. — Что ты понимаешь? Молодую и красивую ты можешь искать для любви, а Стелла нужна тебе для дела, для карьеры.

— Стелла?

— Да, именно Стелла. Она может быть девяностолетней развалиной без единого зуба и без единого волоса, все равно ты должен на ней жениться, потому что так надо. И скажи спасибо, что ей не девяносто, а всего сорок девять.

— Ну спасибо, — усмехнулся Игорь. — Спасибо тебе, Вячеслав Олегович, отец родной, что нашел мне жену помоложе. И что я с этого буду иметь?

— Славу. Настоящую славу. А значит, и настоящие деньги. Тебе мало?

— А она, что она будет иметь? Я так понимаю, она готова платить деньги, но за что? За то, что я буду каждую ночь ее отоваривать? Молодого тела захотелось?

— Дурак ты, дураком и помрешь, — махнул рукой Зотов. — На хрен ей твое тело? Она и получше может найти, если нужно. Такая женщина, как Стелла, может иметь любого мужчину, какого захочет, и совершенно бесплатно. Мужики за счастье почитают быть ею замеченными. А заметит она из всех одного тебя. Понял?

— Не-а, — покачал головой Вильданов. — Ни черта не понял. Зачем я ей?

— Для репутации. Ты всем будешь рассказывать, как влюбился в нее без памяти, потому что она красива, талантлива и умна, сексуальна и желанна. А она, так и быть, не устоит перед напором твоих чувств и уступит тебе, потому что ты, в отличие от многих, тоже умен, талантлив и сексуален. Таким образом, вы будете создавать друг другу имидж, репутацию. Тебя начнут замечать те, кто раньше тебя в упор не видел, но был поклонником Стеллы, потому что если ты смог заинтересовать такую женщину, то в тебе, стало быть, что-то такое есть, и ум, и талант, и неординарность. А о ней начнут говорить, что если она в свои сорок девять смогла влюбить в себя парня вдвое моложе, то, выходит, она ого-го! На нее снова станут посматривать с интересом те, кто уже начал ее забывать и кому она поднадоела.

— Твою мать! Репутация, имидж! Слова-то какие выучил! А трахать ее кто будет, ты? Ты меня продаешь старой бабе, которая из меня по ночам все соки будет выжимать! Импотентом меня сделать хочешь? Это же все, хана, крест на всей моей жизни! — заорал Игорь. — Я не смогу с ней спать, и она будет унижать меня и пилить целыми днями. Приставит ко мне своих церберов, и я даже налево сбегать не смогу.

Зотов не выдержал. Он вскочил со стула, схватил Игоря за отвороты халата и слегка приподнял.

— Теперь послушай меня, маленький уродец, — прошипел он. — Послушай и напряги свои скудные мозги, чтобы вникнуть в то, что я говорю. Никто тебя не заставляет трахать Стеллу, более того, даже если ты вдруг раскусишь, какая это роскошная баба, и захочешь с ней переспать, она тебя и на три метра к себе не подпустит. У нее своя жизнь, у тебя своя. Ваш брак — это договор, контракт. Вы оба делаете вид, что вы — счастливая супружеская пара. Вы разыгрываете на глазах у всех страстную и вечную любовь. Все. Ее обязательства — сделать из тебя настоящую звезду. Твои обязательства — слушаться ее и меня, много работать и поменьше пить. Сборы от твоих концертов поступают Стелле до тех пор, пока она не покроет вложенные в тебя затраты. Потом будете делить доходы по-другому, тебе достанется больше. Но это не сразу. Что касается личной жизни, то иметь ее не возбраняется, но все должно быть прилично. Никакой демонстративности, ничего не делать на глазах у других людей. Можешь иметь одну бабу, но очень аккуратно. Баба должна быть проверенная, такая, которая совершенно точно тебя не подставит и никому не сболтнет о том, что ты с ней спишь. Потому что если информация просочится, об этом мгновенно узнает вся Москва, а потом и вся страна, и ваш договор со Стеллой потеряет силу. Ты разрушишь ее репутацию женщины, которая сумела завоевать сердце молодого талантливого красавца, и превратишь свою жену просто в стареющую тетку, которая позволила молодому альфонсу себя одурачить. После этого тебе останется только сдать в чистку свой лучший черный костюм, чтобы было в чем тебя в гроб класть, потому что Стелла тебе этого не простит. Дошло, придурок?

— Отпусти, — прохрипел Игорь, — больно же. Да отпусти ты!

Зотов резко разжал пальцы, и Вильданов рухнул на стул.

— Бешеный, — пробормотал он. — Чего ты взъярился-то? Сразу не мог объяснить?

— Только таким идиотам, как ты, эти вещи нужно объяснять. Остальные понимают с полуслова. И Леру ты береги, только она сможет остаться рядом с тобой, когда ты женишься на Раисе.

— Это еще кто?

— Стелла — сценический псевдоним, ее настоящее имя — Байдикова Раиса Ивановна. Я же тебе сто раз говорил.

— Ну забыл я, — заныл Игорь. — Что я, обязан все помнить, что ли? Раиса так Раиса. Какая разница? Все равно я на ней не женюсь.

Зотов снова встал и отошел к двери, ведущей в коридор. Опершись рукой о косяк, он прищурившись смотрел на Игоря.

— Как ты сказал?

— Я сказал, что не женюсь ни на какой Стелле. Ты что, оглох?

— А кто тебя, недомерка, спрашивать будет? Откажешься — в два счета найдешь себя на помойке. Ни одного концерта больше не будет, ни одной записи. Я просто перестану тобой заниматься — и все, дорогой мой, ты кончился. Ты ведь даже не знаешь, куда нужно ткнуться, с кем поговорить, чтобы организовать себе выступление, потому что всегда это делал я. И не жди, что к тебе будут в очереди стоять и умолять выступить, ты пока еще звезда в такой стадии, когда тебя нужно пристраивать. Так что не ссорься со мной, Игорек, если хочешь жить в квартире и кушать вкусную еду, а не бомжевать, как в юности.

Игорь, казалось, не слушал его, уставившись неподвижными глазами куда-то в окно. Потом он медленно поднялся и, не говоря ни слова, вышел из кухни. Хлопнула дверь спальни, и наступила тишина.

Зотов удовлетворенно улыбнулся и полез в холодильник за минеральной водой. Отпивая маленькими глоточками ледяной нарзан, он думал о том, что, конечно, передергивал. Но делал это из самых лучших побуждений. Игорь пользуется достаточной известностью и популярностью, чтобы продюсеры могли делать на нем деньги, и, если он, Зотов, бросит своего подопечного-ученика, тут же найдутся желающие поэксплуатировать талант. К Зотову уже неоднократно обращались представители разных фирм с вопросом, почему бы Игорю Вильданову не воспользоваться их услугами, они могли бы вложить деньги, устроить хорошую рекламу и хорошее концертное турне. По арифметике выходило, что Зотов в этом случае получил бы если не больше, то столько же, но Вячеслав Олегович не соглашался. Он сам, своими руками сделал Игоря, и он не собирался никому отдавать результаты своего труда. Продюсеры — воронье, слетающееся на готовенькое, на то, что гарантированно принесет прибыль. Никто не хочет рисковать и делать ставку на неизвестных начинающих. А Зотов рискнул. Он взял в дом маленького бродяжку, каждую минуту ожидая, что тот просто-напросто сбежит, прихватив с собой деньги и ценности, которых в семье было немало. Он изначально поставил под угрозу свой брак, и первая жена в конце концов ушла от него, забрав детей, потому что не вынесла присутствия в квартире этого маленького чудовища, которому муж посвящал все свое время и отдавал все силы. Спустя некоторое время Зотов женился во второй раз, но и вторая жена не смогла смириться с тем, что ее муж занимается только Игорем, а не семейной жизнью. Вячеслав Олегович поставил под угрозу даже свою репутацию, ибо все поголовно считали его связь с Игорем сексуально окрашенной. Никакого секса там и в помине не было, оба они были традиционно ориентированными мужчинами, но о Зотове долгое время упорно говорили. И сейчас еще говорят. Вон Левченко, например, старая сволочь, каждый раз намекает.

Никакой продюсерской фирме он Игоря не отдаст. А Стелле — отдаст. Во-первых, потому, что Стелла уже однажды такой фокус проделывала, и весьма успешно, то есть доказала заинтересованной общественности, что она умеет выполнять условия контракта. Она раскрутила молодого, никому не известного певца, вывела его на большую орбиту и отпустила. И не ее вина, что долго он на той орбите не продержался, сам виноват, да и талантика не хватило. Отдать Игоря Стелле означает отдать в надежные руки, надо только отстоять свое право остаться его художественным руководителем, потому что со вкусом у Стеллы дело обстоит плоховато, а у Игоря-то его и вовсе никогда не было. Это во-первых. А во-вторых... Он бы никогда не согласился на этот договор. Если бы не обстоятельства.

Минут через двадцать Зотов решил, что Игорь уже все обдумал и можно возвращаться к прерванной беседе. Он без стука вошел в спальню. Певец лежал на широкой кровати поверх небрежно брошенного покрывала, заложив руки за голову, и смотрел в потолок.

— Ну как, одумался? — миролюбиво спросил Зотов, присаживаясь на край кровати.

Игорь молчал, не шелохнувшись. Можно было даже подумать, что он не заметил присутствия Вячеслава Олеговича.

— Игорек, поверь мне, так будет лучше. Так надо для тебя же. Я прошу тебя, возьми себя в руки, оденься, и давай начнем заниматься. А вечером встретимся с представителями Стеллы и договоримся о первых шагах. Все нужно делать обдуманно и грамотно, чтобы контракт принес наилучшие результаты.

Губы Игоря чуть шевельнулись.

— Я не могу, — почти прошептал он.

— Чего ты не можешь?

— Я не могу на ней жениться.

— Почему?

— Я не могу.

Зотов отечески похлопал его по руке.

— Глупости, Игорек. Что значит «не могу»? Почему ты не можешь?

— Ты сам сказал, что главное условие в этой истории — репутация. Сказал?

— Сказал. И что дальше?

— Ты сказал, что, если я не буду соответствовать этой репутации, Стелла меня убьет. Сказал?

— Сказал. Конечно, сама Стелла тебя не тронет, но у нее есть люди, которые это сделают. Ты боишься сорваться, наделать глупостей и потом за это поплатиться?

— Да. Я боюсь. Я не уверен, что смогу соответствовать.

— Ну что ты, Игорек, — ласково заговорил Зотов, — ничего не бойся. Я все время буду рядом с тобой, как был все эти годы, и в случае чего всегда сумею тебя удержать. Не надо бояться, это не должно тебя останавливать. Ну так что, я звоню и договариваюсь о встрече сегодня вечером?

— Нет!

Игорь подскочил на кровати как ужаленный и схватил Зотова за рукав.

— Нет! Не звони. Я не смогу. Нет, пожалуйста, нет, не надо...

Лицо его исказилось, голос срывался. Зотов сильным толчком в плечи уложил его обратно.

— Прекрати истерику! — строго произнес он. — Что происходит, в конце концов? Тебе, кретину тупоголовому, предлагают деньги и славу, и причем совершенно бесплатно. У тебя есть девушка, прекрасная, добрая, умная, красивая девушка, которая любит тебя до самозабвения и которая поймет все и останется рядом с тобой.

У тебя есть друг и учитель, который всегда помогал и будет помогать тебе готовить репертуар и репетировать. Что тебя останавливает? Чего ты испугался?

— Я боюсь, что Стелла узнает... — тихо сказал Игорь. — И не только она одна. Тогда конец репутации.

— О чем она узнает?

— Ну... О том. Ты сам знаешь.

— Откуда она узнает? Ты ей не расскажешь, ты же не полный идиот. Я тоже не расскажу. А больше некому.

— Есть кому. Кто-то еще знает.

— С чего ты взял?

— Меня шантажируют, — прошептал Игорь и вдруг заплакал.

Глава 8

Пообещав накануне вечером прийти к Игорю на следующий день и убрать в квартире после вечеринки, Лера Немчинова совсем забыла, что завтра зачет по теме «Органы пищеварения». Вспомнила она об этом только рано утром, когда проснулась от надсадного стрекота будильника. Звонить Игорю ей не хотелось, она знала, что в такое время он еще крепко спит, и скорее всего не один. «Ничего, — подумала она, судорожно запихивая в сумку тетради с конспектами и учебники, — пойду отвечать первая, отстреляюсь и быстренько поеду к нему. Все равно Игорь раньше двенадцати не встанет, я как раз успею заехать к дяде Славе за ключами и убраться».

Но все вышло не так, как планировалось. Преподаватель запустил всю группу в аудиторию и начал нудно и подробно спрашивать всех и по всем вопросам темы, не ставя зачет никому. Лера нервничала, постоянно отвлекаясь от органов пищеварения на мысли о том, как Игорь проснется и обнаружит неубранную квартиру. Он будет сердиться и думать, что Лера ни на что не годна и от нее никакого толку. Она не только не может помочь ему решить его проблему, но и даже вовремя прийти и сделать уборку. Зачем она ему такая?

Отвечала она невпопад и зачет в итоге не получила.

— А вы, Немчинова, — сказал преподаватель, раздавая студентам зачетки, — позанимайтесь сегодня в анатомичке как следует и приходите сдавать завтра с другой группой.

Лера выскочила из аудитории и бегом помчалась в вестибюль к телефону-автомату. По домашнему телефону Зотова никто не ответил, пришлось звонить на мобильный, но дядя Слава разговаривал с ней суховато и сказал, что приезжать к Игорю сейчас не нужно, он очень занят.

— А как же уборка? — растерянно спросила она. — Игорь рассердится, я ведь обещала все сделать, пока он не встанет.

— Он уже встал, и скоро к нему придут люди. Мы сами тут приберем, а ты позвони вечерком, — ответил Зотов и отключил связь.

Лера чуть не плакала от досады. Ну надо же, как глупо все получилось! А ей так хотелось быть у Игоря утром. Она любила эти минуты, вкладывала в них все свои надежды и каждый раз ждала, что случится чудо, примерно так же, как ждала чуда каждый раз, когда Игорь приводил гостей. В ее представлении чудо выглядело следующим образом: Игорь просыпается и видит рядом с собой опухшую и помятую от водки и бурной ночи девицу с растрепанными волосами и нечищенными зубами. Накинув халат, он выходит из спальни. Кругом чистота и идеальный порядок, воздух свежий, из кухни доносится запах свежесваренного кофе. И Лера, красивая, причесанная и накрашенная, источающая тонкий запах хороших духов, улыбающаяся и нежная. И он понимает, каким дураком был, что постоянно пренебрегал ею ради каких-то сомнительных девок. Он тут же пинками выгоняет свою случайную подружку, подхватывает Леру на руки и несет в спальню, а потом делает ей предложение... Сказка иногда воплощалась в жизнь, но как-то убого и однобоко. Игорь выходил из спальни, при взгляде на свежую юную девушку глаза его начинали плотоядно поблескивать, и тогда он чуть ли не силком запихивал свою партнершу в душ со словами: «Жди меня, я сейчас к тебе приду» и набрасывался на Леру, как правило, не снимая халата и не давая ей раздеться. Просто задирал ей юбку и, обдавая запахом перегара, заваливал на ближайшую горизонтальную поверхность, будь то стол, пол или диван. Все заканчивалось очень быстро, после чего Игорь запахивал халат, быстро произносил дежурное «Киска, ты прелесть» и бежал в ванную. Это было мерзко и унизительно, но Лера радовалась и этому и терпеливо ждала того дня, когда все случится именно так, как ей мечтается. Терпение и еще раз терпение, говорила она себе. Ведь с Игорем все начиналось, когда у нее вообще не было никаких шансов, но она закусила губы и ждала и дождалась-таки своего счастья. И сейчас дождется. Жаль только, что не в этот раз. И все из-за зачета какого-то дурацкого!

Она медленно побрела в гардероб за шубкой. Одеваясь перед большим, во весь рост, зеркалом, Лера придирчиво оглядела себя. Стройная, с высокой грудью и длинными ногами, с красивыми каштановыми вьющимися волосами, она, бесспорно, выглядела прекрасно. Ну что Игорю еще нужно? Ну почему он такой... Нет, решительно одернула она себя, он лучше всех. Он замечательный. Он самый красивый, самый талантливый и самый любимый. Надо только уметь ждать, и все получится.

Застегнув шубку, девушка вышла на улицу. Зимнее солнце сияло по-летнему ослепительно, и Лера тут же достала из сумки и надела темные очки — она берегла глаза и боялась преждевременных морщинок. В анатомичку она пойдет попозже, вечером. Днем там идут занятия, а по вечерам занимаются все, кому нужно. Домой возвращаться не хотелось, ненавистный дед сегодня выходной, к Игорю ехать нельзя, друзей, к которым можно забежать на чашку кофе, у нее нет. Не задавшийся с самого утра день оказался разбитым и каким-то несуразным. Не в кино же ей идти! И не в музей.

Она не спеша шла по Комсомольскому проспекту, разглядывая витрины и вывески и прикидывая, как бы убить время. Внимание ее привлекла надпись «Салон красоты», и Лера решительно толкнула входную дверь. Конечно, в хороших салонах все по предварительной записи, но вдруг клиент не пришел и у кого-то из мастеров освободилось «окно». Ей было совершенно все равно, куда идти — на прическу, маникюр, массаж или косметику. Где будет свободно — туда и пойдет.

Свободным оказалось место в косметическом кабинете, две девушки занимались клиентками, третья пила кофе рядом со стойкой администратора и читала свежий номер «Космополитена». Она попыталась сделать вид, что не видит Леру и не слышит ее вопроса, однако под суровым взглядом администратора нехотя поднялась со стула.

— Пойдемте.

Через несколько минут Лера, раздетая по пояс, уже лежала на высоком массажном столе, накрытая толстым махровым полотенцем. Справа и слева от нее на таких же столах, отгороженных друг от друга ширмами, возлежали дамочки с косметическими масками на лицах. Дамы в масках молчали, зато довольно громко звучало радио, а девушки-косметологи вовсю щебетали, перемывая косточки всем московским знаменитостям. Лера закрыла глаза и предоставила свое лицо в полное распоряжение Наташи — любительницы «Космополитена».

— Так, значит, снимаем макияж, делаем массаж, витаминную масочку, потом увлажняющую, потом свежий макияж. Что-нибудь еще? — спросила Наташа.

— Как хотите, — пробормотала Лера, почти не разжимая губ. — Сделайте еще что-нибудь, если время будет.

На нее внезапно навалилась усталость, накануне она легла поздно, вскочила чуть свет, перенервничала с этим зачетом, расстроилась из-за того, что не попала к Игорю. Ей смертельно захотелось просто полежать, ни о чем не думая, и, если удастся, подремать.

Наташины руки ловко порхали вокруг лица, снимая макияж мягкими губками, смоченными лосьоном, и Лера расслабилась. Через короткое время она почувствовала, что погружается в приятную дремоту, сквозь которую до нее доносятся словно приглушенные голоса. Она даже начала смотреть какой-то смутный сон, когда услышала голос Игоря. Нет, он, конечно, не вошел сюда, в салон красоты. Голос его звучал по радио. Лера мгновенно очнулась. Девушки-косметологи тут же переключили беседу на то, что слышали.

— Ой, Вильданов! — замурлыкала одна из них. — Обожаю! В последний раз была на его концерте — чуть не умерла от восторга.

— А он в жизни такой же красивенький, как по телику? — поинтересовалась другая.

— Да ты что! — возмутилась первая. — Он в жизни еще лучше. От него такая волна идет... Ты не представляешь! Вот кому дала бы бесплатно.

— А он что, не берет? — насмешливо спросила Наташа.

— Берет, говорят, и еще как. Кстати, у меня на днях клиентка была, так она рассказывала, что ее подруга была у Игоря дома. Ночевала у него. Я спрашиваю, подруга красивая? А она и говорит, что, мол, страшная, как смертный грех. Так что Вильданов не очень-то разборчив.

Лера мысленно улыбнулась. Значит, она права, девки Игоря слова доброго не стоят, и дело вовсе не в ее ревнивом взгляде, тут уж оценка объективная.

— А что еще твоя клиентка рассказывала? — снова спросила Наташа. — Как у него дома, какая квартира, какой он в постели?

— Ее подруга была в полном восторге. Такой, говорит, простой, без претензий, поржать любит, анекдоты похабные рассказывает. А в постели не очень...

— Ну да, — подала голос другая девушка, — какой в жизни, такой и в постели. Простенький.

— Да ладно тебе, вечно ты ехидничаешь! — возмутилась первая, и Лера ощутила что-то вроде благодарности к этой невидимой ей девушке, которая пыталась хоть как-то защитить Игоря. — Совершенства не бывает, даже на солнце есть пятна. Зато как он поет! Ты не поверишь, я всегда рыдаю, когда слушаю «Реквием». Песня обалденная, и поет он ее просто невероятно.

— А я слышала, что у него домработница есть. Она работает бесплатно, только за то, что он ее иногда трахает, — сказала Наташа. — Твоя клиентка ничего не говорила об этом?

— Говорила. Представляешь, как классно? Где бы мне мужичка найти, который делал бы всю работу по дому, а я бы ему изредка давала в виде большого одолжения.

Девушки дружно расхохотались. Лера готова была провалиться сквозь землю. Это же о ней они говорят! О ней. Домработница, которую Игорь иногда в виде поощрения позволяет себе приласкать. Но это же неправда! Неправда! Она не домработница, она подруга, настоящая подруга, возлюбленная, давняя, и когда Игорь ее ласкает, он не одолжение ей делает, он просто понимает в эти минуты, что она лучше всех и что ему никто, кроме нее, не нужен. Это все девки его слухи распускают. Мерзавки! Злятся, что Игорь не держит их около себя дольше недели, а она, Лера, с ним уже не один год, вот и сплетничают злобно.

— Слушай, — снова послышался голос Наташи, — а эта домработница у Вильданова — какая она? Молодая, старая?

— Да соплюшка какая-то, чуть ли не школьница, — пренебрежительно ответила самая осведомленная. — Страшненькая, маленькая, глупенькая, из этих фанаток, которые готовы пуговицу от пиджака своего кумира оторвать и носить в потном кулачке. За счастье почитает, что ее вообще в дом впускают. Моя клиентка говорила, что она в рот Игорю заглядывает, приказаний ждет.

— Надо же так унижаться, — вздохнула Наташа, — неужели самой не противно?

— А может, она не понимает, — возразила та, которая была настроена наиболее скептически и называла Игоря «простеньким». — Ты же говоришь, она маленькая совсем.

— Ну конечно, не понимает она! Как в постель ложиться, так все понимает, — категорично заявила Наташа. — Нет, девчонки, все она понимает. Просто есть такая порода людей, которым надо было с самого начала рождаться не людьми, а собаками. Для них быть абсолютно преданными, любить хозяина, каким бы он ни был, и заглядывать ему в глаза — это смысл жизни. Они по-другому жить не могут и не хотят. Видно, эта девочка как раз из таких. Между прочим, из них самые лучшие жены получаются. Мужики — они же создания примитивные и недалекие, они лучше всего себя чувствуют рядом с той бабой, которая ему в рот смотрит и каждое слово ловит, и никогда не критикует, и терпит все его выходки. Он ей, конечно, изменяет направо и налево, но никогда не бросит. Никогда, помяните мое слово. Вот увидите, Вильданов ваш еще женится на этой своей домработнице.

Лере хотелось кричать. Боль пронизывала все ее тело раскаленным штырем. Первым порывом было соскочить со стола и убежать куда глаза глядят, но тогда все поняли бы, что речь идет именно о ней, иначе с чего бы ей так разволноваться. Нет, ни за что не даст она понять, что только что услышанное касается непосредственно ее. Господи, какой стыд! Неужели вся Москва думает о ней то же самое, что сейчас говорили эти девушки? Как хорошо, что она с самого начала никому не говорила о своей близости с Игорем Вильдановым. Как хорошо, что удержалась, никому не похвасталась. Конечно, сделала она это из совершенно других соображений: ей нужна была тайна, которая реально сделала бы ее отличной от других, не такой, как все, особенной, избранной. Лере тогда совсем не хотелось, чтобы все знали о ее знакомстве со звездой эстрады и кумиром молоденьких девушек. Ей отчего-то казалось, что факт, ставший достоянием гласности, не сделает ее особенной. Да, ей будут завидовать одноклассницы, да, в глазах юношей-одноклассников она поднимется на несколько ступеней, потому что на нее обратил внимание сам Вильданов, но что ей одноклассники? Разве их мнение что-нибудь значит для нее? Разве их оценки важны? Они еще маленькие и не заслуживают того, чтобы на них оглядываться. Для Леры Немчиновой важны были совсем другие люди, взрослые, значительные, а они-то как раз могут с насмешкой посмотреть на девушку, влюбленную в известного певца. Много их, таких девушек, и известные артисты меняют своих подружек с легкостью необыкновенной. Вот когда всем станет известно, что Игорь Вильданов женится на Валерии Немчиновой, — тогда совсем другое дело. Тогда все поймут, что Лера — не одна из многих, она — единственная, она самая лучшая, и именно ее выбрал Игорь для совместной долгой и счастливой жизни. Но пока до этого не дошло, их знакомство и близкие отношения должны храниться в глубокой тайне, потому что все может сорваться, и Лера станет предметом всеобщей жалости. И еще повезет, если только жалости. А то ведь и насмешки посыпятся...

Как хорошо, что она сумела сохранить эту тайну. Разве могла она предвидеть, какие гадости о ней станут говорить? Ей и в голову не приходило, что ее поведение со стороны выглядит так отвратительно. Слава Богу, хоть эти косметички не догадываются, что предмет их оживленного обсуждения лежит прямо перед ними с витаминной маской на лице.

Она вынесла эту пытку до конца, не шелохнувшись. Она вытерпела. Наташа сняла маску и наложила крем-базу:

— Все, девушка, можете вставать. Одевайтесь и садитесь в кресло. Что-то вы бледненькая. Вы всегда такая?

— Да, — процедила Лера сквозь зубы.

— Тон сделаем потемнее, чтобы лицо выглядело здоровым, хорошо?

— Все равно.

— Макияж дневной или вечерний?

— Поярче.

Ей было трудно говорить, челюсти словно свело от

душевной боли. Домработница! Неужели Игорь сам так о ней говорил? Неужели это с его слов теперь повторяют, что у него есть прислуга, работающая не за деньги, а за короткие минуты торопливого, снисходительного, бездушного секса? Нет, не может быть, не может, это все девки его, глупые и завистливые. Они же видят, как Лера красива, не могут не видеть, у них глаза есть, вот и сочиняют, что она маленькая, страшненькая и глупенькая. Дряни, паршивые дряни! Она обязательно скажет Игорю, какой грязью поливают ее его случайные любовницы, пусть ему станет стыдно.

— Какой у вас будет костюм?

— А? — непонимающе откликнулась Лера. — Какой костюм?

— Я спрашиваю, макияж к какому костюму делать? — терпеливо повторила Наташа. — К темному, светлому? Прическу менять будете?

— Нет-нет, все будет как сейчас. Я просто хочу яркий макияж. Как можно ярче.

— Экстравагантный?

— Да.

Ей инстинктивно хотелось стать непохожей на саму себя, потому что ее обуял ужас: а вдруг кто-нибудь ее узнает? Уже пол-Москвы знает, что у Вильданова есть домработница, прислуга, осталось только, чтобы хоть один человек из тех, кто видел ее у Игоря, узнал ее на улице — и конец. Все начнут пальцем показывать и смеяться. Боже мой, какой позор!

Когда Лера вышла из салона, уже начало темнеть. Надо выпить кофе где-нибудь поблизости и идти в анатомичку готовиться к завтрашней пересдаче. Она понуро брела по Комсомольскому проспекту в сторону метро «Фрунзенская», боясь поднять глаза. А вдруг ей попадется кто-то из знакомых Игоря?

* * *

Переступив порог здания института, Лера почувствовала, что ее немного отпустило. Здесь не могло быть подружек Игоря, здесь никто не знает о ее позоре. Оставив шубку в гардеробе, она вытащила из пакета свой халат и отправилась в анатомичку.

— Привет, — окликнул ее сокурсник, тащивший в руках поднос с черепом, — вы когда Тункину сдаете?

— Сегодня сдавали, — неохотно ответила Лера.

— И как он? Сильно зверствует?

— Да нет, не сильно, — ей не хотелось быть несправедливой, — в меру. Я сама виновата, плохо отвечала.

— А ты что, зачет не получила? — изумился сокурсник. — Ты же всегда в передовиках производства ходила.

Она молча пожала плечами и отошла. Не станет же она каждому встречному-поперечному объяснять, почему не сдала зачет, почему постоянно отвлекалась и из-за чего нервничала. Кто они такие, чтобы Лера перед ними отчитывалась и оправдывалась? Они мизинца ее не стоят, примитивные создания.

Взяв поднос с препаратами и пристроив его на широком мраморном столе, вокруг которого стояли студенты с точно такими же подносами и раскрытыми учебниками, Лера поставила сумку рядом с собой на пол и стала снимать кольцо с бриллиантом. Она всегда снимала кольцо, прежде чем натянуть перчатки, и вешала его кулоном на золотую цепочку. Привычно подняв руки и нащупывая замочек цепочки, она вдруг вспомнила своего недавнего знакомого, который рассказывал такие интересные вещи про поля и излучения. Кулон на цепочке носить вредно, так он говорил. А вдруг правда? Может быть, все ее неудачи с Игорем как раз оттого, что она неправильно носила кольцо? Ведь раньше никакого кольца не было, и Игорь заметил ее и сделал своей возлюбленной, а потом кольцо появилось, и все пошло наперекосяк.

Лера решительно достала из сумки кошелек и положила туда кольцо. Не стоит рисковать, когда и без того все из рук вон плохо. Настроение было — хуже некуда, но девушка попыталась сосредоточиться на лежащих перед ней препаратах желудка и кишечника. Беда бедой, но завтрашний зачет сдавать все равно придется, преподавателю дела нет до душевных травм студентов.

Ей удалось немного отвлечься от своих переживаний, когда над склоненными головами пронесся громкий голос:

— Минуточку внимания, господа медики! Посмотрите, пожалуйста, чья это сумка!

Обернувшись на голос, Лера взглянула в сторону двери и увидела незнакомого мужчину, державшего в высоко поднятой руке дамскую сумочку. ЕЕ сумочку. Да нет, не может быть, ее сумка стоит внизу, еще минуту назад, кажется, Лера чувствовала ее ногой. Опустив глаза, она обнаружила, что сумки на полу нет. Как же так?

— Это моя! — закричала она изо всех сил, боясь, что ее не услышат, и высоко вскинула руку в резиновой перчатке. — Это моя сумка!

Она стала торопливо протискиваться между заполнившими анатомичку студентами, испугавшись, что мужчина с ее сумкой сейчас исчезнет. Но он и не думал никуда исчезать, он спокойно стоял у двери и смотрел на приближающуюся девушку.

— Значит, сумка ваша? — переспросил он, когда Лера оказалась рядом с ним.

— Моя. Зачем вы ее взяли? Вы ее украли?

— Да нет, что вы, — рассмеялся мужчина, — то есть ее действительно украли, но не я, а вот этот субъект.

Он указал рукой куда-то за дверь. Лера выглянула в коридор. Там стояли двое высоких парней, которые крепко держали за предплечья третьего, невзрачного дядьку лет сорока, невысокого и субтильного. «Такой в любую щелку пролезет», — машинально отметила про себя Лера.

— Понимаете, — весело продолжал мужчина, — я работник милиции. Проходил мимо вашего института, вижу — выходит из дверей этот типчик, а в руках у него женская сумочка. Непорядочек, верно? Если мужчина несет сумочку, значит, где-то рядом должна быть его дама, а дамы я никакой что-то поблизости не наблюдаю. Глаз у меня наметанный, и я его сразу под узду взял. Чья, спрашиваю, сумка? Где хозяйка? Он хлипкий оказался, стал плести, что нашел на улице и теперь заходит во все учреждения подряд и спрашивает, не потерял ли кто сумку. Короче, обычная песня, все ворюги ее поют, когда их с поличным поймаешь. Вы же свою сумочку не теряли и не забывали нигде?

— Нет, конечно, — Лера немного успокоилась и даже постаралась улыбнуться как можно приятнее. Этот мужчина ей начинал нравиться, от него исходило какое-то спокойствие и невозмутимость, но не мрачная, а веселая, каждую секунду готовая взорваться шуткой и смехом. — Я принесла сумку в анатомичку и поставила рядом с собой на пол. Мне кажется, я еще несколько минут назад ее видела.

— Ну, насчет нескольких минут вы, пожалуй, преувеличиваете, — покачал головой работник милиции, — с момента кражи прошло как минимум минут десять-пятнадцать, а то и все двадцать. Но это и понятно, вы же занимаетесь, время бежит незаметно.

— Спасибо вам. — Лера протянула руку, чтобы взять сумочку, но не тут-то было. Мужчина держал ее крепко и отдавать, судя по всему, не намеревался.

— Одну минуточку, — строго сказал он. — Я не могу вернуть вам сумку просто так. Мы должны с вами проехать в отделение и оформить все официально.

— Что оформить? — не поняла Лера. — Это же моя сумка, я могу это доказать. В ней мои документы.

— Я верю вам, верю, — успокоил ее работник милиции. — Но ведь вор совершил преступление, и он должен быть привлечен к ответственности. А для этого мы должны определить размер похищенного, его стоимость, понимаете? От этого зависит квалификация содеянного и объем вменения.

Она, конечно, ничего этого не понимала, потому что не знала таких понятий, как «квалификация» и «объем вменения». Но не показывать же такому симпатичному мужчине, что она неграмотная!

— Да, конечно, — она с серьезным видом кивнула, — я понимаю. Мне нужно сдать препараты...

— Мы подождем.

Лера сдала поднос с препаратами, получила назад свой студенческий билет и вернулась к мужчине с ее сумкой. Тот терпеливо ждал возле двери.

— А где остальные? — спросила она, оглядываясь.

— В машине, — коротко ответил он. — Пойдемте.

До отделения милиции добрались быстро. Задержанного воришку везли в одной машине, а Леру посадил в свой «жигуленок» мужчина, задержавший вора. Помещение милиции девушке сразу не понравилось. Оно было холодным и некрасивым, стены выкрашены масляной краской, на полу драный линолеум, а сразу от входа открывался вид на зарешеченную «клетку», где с угрюмыми лицами сидели какие-то неопрятные мужчины и даже одна женщина. Женщину Лера узнала, это была молодая цыганка, частенько отирающаяся в сквере между медицинским и химико-технологическим институтами и отлавливающая доверчивую молодежь, желающую узнать о своих грядущих радостях и неприятностях.

— Эй, красавица! — тут же встрепенулась цыганка при виде девушки и быстро затараторила: — Заскучала я здесь, навыки теряю. Дай погадаю тебе, бесплатно погадаю, денег не возьму, ничего не возьму, всю правду скажу, что было, что будет, что у тебя сейчас на сердце и чем беда твоя закончится.

Она вскочила со скамьи и протянула руки через решетку. Из окошка тут же выглянул дежурный майор с усталыми глазами.

— Уймись, Зема, дай спокойно работать. От тебя грохот, как от трактора.

— Ай, начальник, неправду ты говоришь! — возмутилась цыганка. — Я разве тебя беспокою? Я тебя не беспокою, я хочу хорошей девушке помочь, беда у нее великая, а как с ней справиться — она не ведает. Молодая она, неопытная, жизни не знает, вот и обманули ее. Я всю правду ей скажу, она меня еще благодарить будет. Иди сюда, красавица, дай ручку.

Лера испуганно отшатнулась. На мгновение глаза ее встретились с глазами цыганки, и ей показалось, что она падает в пропасть. Глаза не были страшными, вовсе нет, они были яркими и блестящими, большими, обрамленными длинными густыми ресницами. Но почему-то они буквально парализовали девушку. Она даже забыла, где находится и зачем сюда пришла.

— Давай ручку, давай, не бойся, денег не прошу, золота не прошу, сама за решеткой сижу, плохого тебе не сделаю...

Голос цыганки, бормотавшей свою скороговорку, доносился словно издалека.

— Валерия Геннадьевна! — раздалось прямо у нее над ухом.

Лера очнулась.

— А? Что?

Мужчина, который привез ее в милицию и которого звали Владимиром, стоял рядом и крепко держал Леру за плечо.

— Валерия Геннадьевна, идите со мной, — строго и отчетливо произнес он.

Лера послушно поднялась следом за ним на второй этаж. Ноги были как ватные, перед глазами все плыло. В маленьком кабинете, где уже сидели два человека, Владимир помог ей снять шубку и усадил за стол.

— Никогда бы не подумал, что вы так легко поддаетесь внушению, — с улыбкой сказал он. — На будущее имейте в виду, вам нужно цыганок обходить за три километра, а лучше — за пять. Они вас обдерут как липку, а вы и заметить не успеете. Зема только начала с вами разговаривать, а вы уже поплыли. Через полминуты вы бы догола разделись и потом долго удивлялись бы, что это такое с вами произошло.

— Ничего я не внушаемая, — сердито ответила Лера. — Просто у меня был тяжелый день, я устала, а тут еще сумочку украли, я перенервничала. Я цыганок не боюсь.

— Не обманывайте себя, — вступил в разговор один из незнакомых ей мужчин, — усталость не имеет к этому отношения. Это особенности психики, природные особенности, они или есть — или их нет, а усталость может только сделать их более или менее острыми. Вы поддаетесь внушению, это совершенно очевидно, поэтому вам следует быть более внимательной, только и всего. Если бы вы знали, сколько обобранных цыганами людей к нам сюда приходит! И люди-то все приличные, образованные, интеллигентные, не какие-нибудь там недоумки. Доценты, профессора. Кстати, должен вам заметить, что большинство людей поддается внушению, а вот тех, кто не поддается совсем, очень мало. Так что не думайте, будто с вами что-то не в порядке.

Это Лере совсем не понравилось. Она такая, как все? Еще чего не хватало! Никогда и ни в чем она не будет такой, как все. Никогда и ни в чем. Вот кончится вся эта тягомотина с сумкой, она вернется домой, возьмет книги по психологии и психиатрии и сама займется изучением проблемы. Если окажется, что она действительно внушаемая, она переделает себя. Если нельзя переделать, то можно по крайней мере научиться вести себя так, чтобы все думали, будто она внушению не поддается. Никогда Лера Немчинова не будет принадлежать к большинству. Потому что большинство — это народ, а народ — это быдло, в этом Лера была убеждена твердо, даже не подозревая, насколько безнравственна такая мысль. А она всегда и во всем будет особенной, неповторимой, единственной.

— Ладно, начнем, помолясь, — вздохнул Владимир. — Саша, доставай бланки, будем оформлять.

Сашей звали как раз того сотрудника, который только что объяснял Лере насчет цыганок. Он достал из ящика стола какие-то бланки и стал задавать вопросы. Фамилия, имя, отчество, год и место рождения, адрес, место учебы...

— Теперь описываем содержимое сумочки. Кстати, сама сумочка сколько стоит?

— Она дорогая, — с вызовом ответила Лера, которую вся ситуация стала уже раздражать.

— Я вижу, — усмехнулся Саша. — «Мандарина Дак» — фирма не из дешевых. Чек не сохранился?

— Нет, конечно. Я же не знала, что понадобится.

— Ладно, не страшно, можно запрос сделать в фирменный магазин, они скажут цену. Дальше пошли. Паспорт, он, к сожалению, продажной цены не имеет. Очки солнцезащитные фирмы «Кристиан Диор», ну эти уж точно стоят не меньше миллиона. Правильно?

— Миллион двести, — сказала она сухо.

— Отлично, так и запишем. Еще одни очки, со светлыми стеклами. Оправа... сейчас посмотрим... так, фирмы «Карл Лагерфельд». Эти, наверное, еще дороже?

— Полтора, — коротко бросила Лера, с ужасом думая о том, что если они будут оценивать стоимость каждого предмета в ее сумочке, то процедура займет уйму времени. Это ее никак не устраивало, потому что дядя Слава сказал, когда она с ним разговаривала по телефону после неудачной попытки сдать зачет, чтобы она вечером позвонила Игорю. «Позвонила» в этом случае означало, что ей скорее всего разрешат прийти. Игорь ждет ее, она ему нужна, а ей приходится сидеть в этом вонючем отделении и вспоминать, что сколько стоит. Чего ради? Кроме того, ее слегка грызло чувство некоей неловкости перед этими скромно одетыми милиционерами каждый раз, когда приходилось называть отнюдь не маленькую цену того или иного предмета.

— Набор косметики фирмы... фирмы «Макс Фактор». Сколько он стоит?

— Я не помню, — быстро ответила Лера. — Недорого. И потом, я его давно покупала.

Ей хотелось, чтобы все поскорее закончилось, и она уже готова была утверждать, что все ее имущество не стоит и трех рублей.

— Ладно, — снова покладисто откликнулся Саша, — уточним. Кошелек из кожзаменителя красного цвета...

Она открыла уже рот, чтобы поправить его, потому что кошелек был не из кожзаменителя, а из самой что ни есть натуральной кожи, причем очень дорогой, но остановилась. Незачем затягивать процедуру. Что толку устанавливать правильную цену? Вещи ей вернут, а какой там будет «объем вменения» — ей наплевать.

— Деньги в размере... раз, два, три... — он начал методично пересчитывать купюры, — в размере шестисот восьмидесяти семи тысяч пятисот рублей. Ничего себе живут современные студенты! Так, это купюры. Сейчас посчитаем монетки.

Саша щелкнул замком на том отделении кошелька, где хранились монеты, и на стол вместе с металлическими деньгами выпало кольцо.

— Ого! Кольцо в кошельке носите? Почему не на руке? — спросил он.

— Я в анатомичке занималась, там нужно перчатки надевать, а кольцо мешает, — объяснила Лера. — Оно дешевое, это стекляшка.

— В кошельке почти миллион, а на руке стекляшка, — недоверчиво покачал головой Владимир, хранивший до этого полное молчание. — Дай-ка взглянуть, Саня.

Он взял кольцо и поднес его поближе к свету.

— В первый раз вижу, чтобы на стекляшке делали огранку «эмеральд». И играет отлично. Нет, Валерия Геннадьевна, не стекляшка это, а бриллиант. А лгать нехорошо. Зачем же вы так?

— Мне надоело все это, — с вызовом заявила Лера, — вот и соврала, чтобы побыстрее закончить. Подумаешь! Можете написать в своем дурацком протоколе, что украденное имущество оценивается в сто рублей, и отпустите меня. Я ни на что не претендую.

— Мне это нравится, — внезапно подал голос третий сотрудник, который пока в разговоре не участвовал, — мадам ни на что не претендует. А на что вы, уважаемая, вообще можете в этой ситуации претендовать? Не надо делать нам одолжения, мы, между прочим, поймали вора, который вас обокрал, а могли бы и не поймать. Вам хочется побыстрее отсюда уйти, у вас дела, вы торопитесь, а представьте себе на минутку, что вор ушел с вашей сумочкой и вам пришлось бы просиживать часами и сутками под дверьми разных кабинетов, восстанавливая свои украденные документы. Вы знаете, какие очереди в паспортный стол? А со сберкнижками вы вообще намучаетесь не один месяц, банк — это не милиция.

— Тише, Витя, — успокаивающе сказал Владимир, — тормози, не наезжай на девушку. Прояви снисходительность, она действительно перенервничала. А вам, Валерия Геннадьевна, я вот что скажу. Мы, конечно, можем написать в протоколе все, что угодно, в том числе и то, что похищенное у вас имущество не стоит ломаного гроша, а в кошельке было две копейки. И поскольку то, что у вас взяли, никакой цены не имеет, вора можно отпустить за малозначительностью содеянного. Ну вот как будто бы он коробок спичек спер. И завтра этот милый человек снова выйдет на промысел. Вы, я смотрю, не очень-то испугались потери, видно, деньги в сумочке у вас не последние и без куска хлеба вы не останетесь. А что, если следующей жертвой окажется пенсионерка, у которой после кражи не останется ни рубля? Вам ее не жалко? Вы, конечно, можете мне возразить, что этот вор — не единственный во всей Москве, их по городу десятки тысяч бегает, и будете правы. Пенсионерку и без него есть кому обокрасть. Но если мы все будем так относиться к преступникам, то на улицу выйти будет невозможно. В самом деле, какой смысл вообще ловить преступников, если всех все равно не переловишь, верно?

Пусть себе грабят, насилуют, убивают. Вас не смущает такая логика?

Логика Леру не смущала, ее эгоизм не был способен на обобщения, но ей все равно стало неловко, как будто ее уличили в чем-то постыдном. Владимир говорил объективно правильные вещи, и не соглашаться с ними было неприлично. Не объяснять же им, что их «объективно правильные правила» годятся для них самих, обычных и ничем не примечательных людей, но никак не подходят и не могут иметь никакого отношения к ней, Лере Немчиновой, особенной и ни на кого не похожей.

— Извините, — пробормотала она, — я действительно очень устала. Вы правы, кольцо дорогое, это золото с бриллиантом.

— Сколько оно стоит?

— Я... не знаю.

— Как это вы не знаете?

— Это подарок.

— Тогда придется спросить того, кто вам его подарил. Поймите же, стоимость должна быть установлена точно. Может быть, человек, сделавший вам подарок, сохранил чек или сертификат на кольцо. В крайнем случае он может сказать нам, где его приобрел, и мы сделаем запрос в этот ювелирный магазин и получим официальную справку о его стоимости.

Лера молчала, сцепив пальцы рук на коленях и глядя в пол. Сказать, что кольцо осталось от матери? Можно, но как быть с надписью? Конечно, кольцо мог подарить маме отец, отсюда и надпись, но тогда эти милиционеры пойдут к деду и спросят его, не сохранился ли ценник, а дед им скажет, что никакого кольца с бриллиантом у мамы не было. Нет, это не годится.

— Этого человека нельзя спросить, — наконец произнесла она.

— Почему?

— Он умер.

— Когда?

— Недавно. Пару недель назад. Его убили.

— Он был вашим женихом?

— Ну... да. А что? — с вызовом спросила она, поднимая глаза.

— Ничего, — Саша пожал плечами. — Будьте добры назвать его имя и адрес.

— Зачем?

— Мы поговорим с его родственниками, попросим их поискать в его вещах чек на кольцо.

— Его имя Барсуков Александр.

— Так, Барсуков... — повторил Саша, записывая. — Где проживал?

Лера запнулась. Адреса она не знала. Барсуков всегда приходил к ней домой, тогда как она у него не бывала ни разу, хотя он и приглашал. Но ей не хотелось идти, ей не нужны были ни родители поклонника, ни, в сущности, он сам. Ей нужен был слуга, преданный и готовый на все, а к слугам в гости не ходят.

— Я не знаю точного адреса, где-то в районе «Коломенской».

— Ну и поколение! — снова заговорил третий сотрудник, имени которого Лера не знала. — Парень считается женихом, делает такие подарки, а невеста даже адреса его не знает. Хорошо еще, хоть имя не забыла.

— Да ладно тебе. — Владимир опять попытался ее защитить, и Лера испытала к нему что-то вроде благодарности. — Ничего страшного, найдем мы адрес. Вы говорите, вашего жениха убили?

Лера молча кивнула.

— А уголовное дело возбудили?

— Да.

— Может быть, вы знаете фамилию следователя? Он же наверняка вас допрашивал.

— Его фамилия Ольшанский.

— Костя-то?!' — почему-то радостно воскликнул Владимир. — Костя Ольшанский? Из городской прокуратуры?

— Да, кажется... — неуверенно ответила Лера. Она точно помнила и фамилию, и то, что прокуратура, куда ее вызывали, была именно городской, но вот насчет имени не была уверена.

— Ну тогда все просто. Позвоним Косте и узнаем адрес Барсукова. Нет проблем.

«Есть проблемы, — угрюмо думала Лера, вспоминая разговор в милиции по дороге к метро. — И еще какие проблемы. Знали бы они... Неужели ненавистный дед был прав, когда предупреждал меня, что кольцо принесет мне несчастье? Нет, не может быть, не может, дед не может быть прав никогда, потому что он подонок и убийца, а подонки и убийцы не бывают правы».

Глава 9

Настя Каменская бывала у родителей нечасто. Жили они на другом конце Москвы, а свободного времени у нее было не так уж много. Однако с того дня, как генерал Заточный дал ей задание изучать обстановку в милицейских вузах города, Настя приезжала к ним вот уже в третий раз. Ее отчим Леонид Петрович был ценнейшим кладезем информации, ибо преподавал, как известно, как раз в одном из таких вузов. Более того, он познакомил Настю со своими коллегами из других институтов, и те охотно делились с ней своими знаниями, посвящая в невидимые постороннему взгляду хитросплетения внутривузовской жизни. Проведя в таких беседах не один час, она стала куда лучше представлять себе, как можно поступить в институт, как можно получить оценку на экзамене, за что можно оказаться отчисленным и как этого избежать, что происходит во время несения службы в дневное время и особенно по ночам, как складываются отношения слушателей и офицеров в тех случаях, когда у института есть общежитие, и в тех, когда общежития нет. Откуда берутся внебюджетные средства и на что они тратятся, по каким принципам подыскиваются подрядные организации для проведения строительства и ремонта зданий и помещений. Много, в общем, любопытного она узнала. Идея собирать информацию не через слушателей, а через сотрудников института оказалась правильной. Слушатель — человек занятой, молодой и пока еще недостаточно умный, он мало посматривает по сторонам, ибо озабочен в основном своими личными проблемами и не понимает, что решить их, замыкаясь в кругу самого себя, все равно нельзя. Он не умеет обобщать и анализировать то, что видит и слышит, даже если видит и слышит очень многое. Человек же взрослый зачастую больше смотрит именно по сторонам, потому как давно уже понял, что решение практически любой проблемы сильно зависит от того, в какой среде, в каком мире он живет, по каким правилам и закономерностям этот мир существует. Взрослые люди намного лучше молодых понимают необходимость приспособления к существующему порядку, потому и изучают этот самый порядок, молодости же свойственно считать себя и свои потребности центром вселенной, вокруг которого должно вращаться все остальное.

Из вороха полученной информации Настя скроила десятка два разных гипотез, продумала способы проверки каждой из них, в соответствии с задуманным составила анкеты, и теперь в трех московских милицейских вузах другие сотрудники управления собирали необходимые сведения, заполняя толстые книжечки анкет. Пройдет, наверное, не один месяц, пока все эти анкеты не окажутся заполненными. Потом их передадут в вычислительный центр, где все сведения из анкет будут переводиться на машинные носители. Потом Настя составит таблицы-задания для программистов, где укажет, какие сопряжения ее интересуют в первую очередь. И только после этого на ее стол лягут огромные километровые рулоны распечаток, из которых будет видно, как ответы на вопрос 18 сопрягаются с ответами на вопросы 6, 10 и 13. Будет проведен первый этап анализа, потом последует еще одно задание, потом снова анализ и снова задание. Такую работу Настя любила больше всего на свете, она готова была сидеть над таблицами сопряжений днем и ночью, она не боялась цифр и умела с ними разговаривать и заставлять рассказывать разные любопытные вещи, причем делала это порой лучше, чем иной оперативник разговаривает со свидетелем. Но все это было еще впереди...

Сегодня же она приехала к родителям не для деловых разговоров, а для того, чтобы повидаться с родственниками, приехавшими из небольшого провинциального городка. Они регулярно перезванивались, но не встречались много лет, так много, что Настины племянники, которых она ни разу в жизни не видела, успели вырасти. И хотя Настя предпочитала свободное от службы время проводить дома, а в гости ходить не любила никогда, она с неожиданным для себя удовольствием примчалась к родителям.

— Боже мой, Лариса, когда же ты успела стать совсем взрослой?! — изумилась она, увидев в прихожей родительской квартиры высокую статную черноволосую девушку, дочь своего двоюродного брата.

— Говорят, чужие дети растут быстро, — заметила та, обнимая Настю, которая, выходит, приходилась этой взрослой девушке теткой.

Настина мать, Надежда Ростиславовна, несмотря на долгожданный приезд сестры, не отступила от давно установившегося обычая учинить дочери инспекторскую проверку.

— Ты опять ходишь без головного убора, — с упреком сказала она, наблюдая, как Настя раздевается. — Догуляешься до менингита. Как маленькая, честное слово!

— Мама, я всю жизнь хожу без шапки и пока еще ни разу не простудилась.

— Когда-нибудь ты заболеешь, — авторитетно заявила мать. — Господи, в каком страшном свитере ты ходишь на работу! Неужели тебе не стыдно? Все люди ходят в приличных костюмах, надела бы юбочку с блузкой и пиджак и выглядела бы замечательно. Так нет, вечно ходишь в свитерах и старых джинсах.

— Мама, — Настя проявляла в таких случаях чудеса терпения, хотя разговор этот повторялся из раза в раз на протяжении более чем десяти лет, точнее — пятнадцати, то есть ровно столько, сколько Настя служила в милиции после окончания университета, — этот свитер не страшный, а супермодный и стоит бешеных денег. Лешкин подарок на День милиции. Просто ты привыкла носить костюмы и одеваться элегантно, а все, что от этого отличается, тебе кажется страшным. Открой любой каталог и увидишь в зимней коллекции точно такие же свитера. А что касается джинсов, то они не старые, им всего три месяца от роду. Если я буду носить костюмы, мне придется надевать тонкие колготки, и тогда я уж точно замерзну и простужусь. Ты же не хочешь, чтобы я мерзла и простужалась?

— Ты сегодня обедала? — строго спросила мать, переходя на следующую интересующую ее тему.

— Обедала.

— Что ты ела?

— Мама, — взмолилась Настя, — я тебя заклинаю, не забывай, сколько мне лет. Мне уже скоро сорок, а ты меня допрашиваешь каждый раз, будто я в первом классе учусь.

Надежда Ростиславовна рассмеялась и потрепала дочь по щеке.

— Сколько бы лет тебе ни было, я все равно всегда буду на двадцать лет старше. И кроме того, никто и ничто, даже твой преклонный возраст не сможет отменить тот факт, что я твоя мать. И тебе, Настюша, придется с этим считаться, так же как придется считаться с моим маразмом, ежели он начнется.

— А что, есть основания опасаться? — весело поинтересовалась Настя. — Видны симптомы приближения?

— А ты спроси у папы, он тебе расскажет. Не далее как вчера я весьма удачно выступила, отец полчаса хохотал, остановиться не мог.

Настя вошла в комнату, где за накрытым столом сидели Леонид Петрович и приехавшие гости: мамина сестра Вера Ростиславовна и ее внуки, пятнадцатилетний Юра и восемнадцатилетняя Лариса. Первые минут десять они ахали и охали, разглядывая друг друга, обнимаясь, обсуждая вопрос о том, на кого из родителей похожи дети, и сетуя на то, что так преступно редко видятся.

— Леня, расскажи нашей дочери о том, какая мараматичка ее мать, — сказала Надежда Ростиславовна, внося в комнату огромное блюдо с пирогами. — Пусть не обольщается, думая, что если я профессор, то наверняка умная.

Леонид Петрович обладал завидным артистическим даром, посему рассказанная им история повергла в хохот всех присутствующих. А история была действительно забавной. Месяц назад родители купили новый радиотелефон, причем именно ту модель, которая категорически не нравилась Надежде Ростиславовне, но на которой столь же категорически настаивал Настин отчим. Накануне, иными словами вчера, Надежда Ростиславовна, сидя в мягком кресле перед телевизором, решила позвонить приятельнице. Набрав номер несколько раз, она раздраженно заявила мужу, что напрасно пошла у него на поводу и согласилась на эту модель, потому что прошел всего месяц, а телефон уже неисправен. Гудка вообще никакого нет. Леонид Петрович подошел, чтобы посмотреть, в чем дело, и обнаружил, что его драгоценная супруга пытается дозвониться подруге по пульту от телевизора.

— Это профессорская рассеянность, — прокомментировала Настя, вдоволь насмеявшись, — у меня Лешка тоже этим отличается. Как начало месяца, так он непременно вторник со вторым числом спутает или пятницу с пятым.

Через полчаса, отдав должное материнской искусной стряпне, Настя взяла сигареты и вышла на кухню.

— Можно я с вами? — робко спросила Лариса.

— Конечно, — удивилась Настя. — И не нужно спрашивать. Кстати, почему на «вы»? Я кажусь тебе древней старухой?

— Извини. — Улыбка у Ларисы была изумительная. — Просто мы впервые встретились, и я боялась, что ты обидишься, если я буду «тыкать».

Они уселись за кухонный стол лицом друг к другу.

— Ты не куришь? — поинтересовалась Настя.

— Нет, — Лариса снова улыбнулась. — У нас на курсе почти все девочки курят, а я пока держусь.

— Принципиально?

— Не знаю. Просто не курю. Не хочется.

— А глаза почему грустные? Устала с дороги?

Лариса помолчала, задумчиво вычерчивая чайной ложечкой узоры на поверхности стола.

— Вы совсем другие, — наконец сказала она.

— Кто это мы?

— Вы, москвичи. У вас жизнь другая. И сами вы другие.

— И какая же у нас жизнь?

— Яркая, громкая, интересная. И страшная. Я бы не смогла здесь жить. Знаешь, я никогда не была в Москве, только по телевизору ее видела, ну в книжках еще читала, рассказы слышала. И мне всегда казалось, что жить в Москве — это самое большое счастье. Кому удалось — тому повезло, а все остальные должны к этому стремиться. Магазины, рестораны, широкие улицы, машины заграничные — как в кино про Европу.

— Верно, — согласилась Настя. — Тогда почему тебе страшно?

— Вы чужие. Вы все чужие друг другу. И неправильные.

— В чем?

— Во всем. Суетливые, суматошные, деловые, озабоченные. А главного рядом с собой не видите.

Насте стало интересно. Надо же, она и не подозревала, какая у нее племянница.

— И что же главное? Что мы должны увидеть?

— Себя, наверное, — Лариса снова улыбнулась, — и других людей рядом с собой. Ты знаешь, например, что у дяди Лени и тети Нади сосед — наркоман?

— Нет, — удивленно протянула Настя. — В первый раз слышу, они мне ничего не говорили.

— Правильно, не говорили, потому что сами не знали.

— Тогда откуда тебе это известно?

— Я видела его, — просто сказала Лариса. — Он выходил из квартиры, и я на него посмотрела. Если бы твои родители хоть раз внимательно посмотрели на него, они бы тоже увидели. Я вообще не понимаю, как вы можете так спокойно жить. Пока мы добирались с вокзала, я смотрела на прохожих, ведь каждый пятый из них наколотый, если не больше. Потом еще дядя Леня водил нас с Юркой по Москве, я тоже внимательно смотрела на людей. Я знаю, как выглядят те, кто колет героин, и, когда я иду по вашему городу, мне становится страшно. Неужели вы не понимаете, что происходит? Или вот еще. Пока мы шли от платформы к площади, где дядя Леня оставил машину, и потом в метро, когда гуляли, я видела много нищих. Они просили милостыню. Калеки, инвалиды, старики. Я хотела подать одному, но дядя Леня мне запретил, а потом, в машине уже, объяснил, что из всех московских нищих только, может быть, полпроцента настоящие, а остальные организованы в бригады и превратили попрошайничество в бизнес. И никакие они не калеки, все их шрамы на лицах нарисованные, а припадки, которыми они якобы страдают, не более чем актерская игра. Конечно, среди них есть настоящие безногие или безрукие, но все равно они работают на организацию, а не просят милостыню на хлебушек лично для себя. В общем, с голоду они не умирают. Я сначала не поверила, но дядя Леня сказал, что это правда, потому что он сам милиционер и знает точно. Настя, ну в какой нормальной голове это может уложиться? Ведь люди им подают, значит, они им верят, а эти профессиональные попрошайки, выходит, наживаются на чужом добросердечии, на способности людей сочувствовать и жалеть ближнего. В маленьком городе это невозможно. Там ТАК никогда не обманут.

— Может быть, — согласилась Настя, — но вовсе не

потому, что в маленьком городе народ честнее и порядочнее. Просто в маленьком городе все друг друга знают по крайней мере в лицо, и человеку трудно прикидываться нищим калекой, не опасаясь, что его узнают соседи или знакомые, которым прекрасно известно, какой он на самом деле. Зато в Москве, где каждый день находится миллионов тринадцать-пятнадцать человек, вероятность встретить знакомого достаточно низка. Это вопрос не морали, Ларочка, а математики.

Лариса снова умолкла, на этот раз вырисовываемые ею узоры были сложнее и затейливее.

— Мне не нужно было приезжать сюда, — сказала она удрученно.

— Да почему же? Что плохого в том, что ты приехала?

— Понимаешь, у меня была надежда. Пусть глупая, пусть детская, но надежда на то, что есть место, где все хорошо. Просто отлично. Ведь какая у нас в городе жизнь? Работы нет, все, кто может, копаются на своих огородах, чтобы как-то прожить. В магазинах, конечно, есть все, что нужно, даже импортное, но ведь нет денег, чтобы это купить, потому что почти всему городу не платят зарплату. Город существует вокруг завода, больше половины жителей на этом заводе работает, поэтому, когда заводу нечем платить зарплату, все население это чувствует на своем кармане. А раз нет доходов, то нет и налогов, город содержать не на что, учителя без зарплаты, врачи без зарплаты, улицы жуткие — ты бы их видела, Настя! Летом без резиновых сапог не пройдешь, даже босоножки надеть некуда, а ведь люди хотят быть красивыми. Нищета эта проклятая всех заела, дома ветшают, люди стали угрюмые и злые. Но я всегда знала, что есть Москва, есть место, где для всех найдется работа, прекрасный большой город, чистый и красивый. И если мне станет совсем невмоготу в моем провинциальном уголке, я рвану сюда, к тете Наде и дяде Лене, они приютят меня на первое время, я сумею быстро найти работу и встать на ноги. Это была надежда, единственная моя надежда, и она меня поддерживала. Она помогала мне терпеть, понимаешь? Может быть, я никогда бы и не решилась ехать в Москву, может, так до самой смерти и прокуковала бы в своей деревне, но человеку ведь нужна надежда, он не может без нее жить. А теперь я увидела Москву своими глазами и поняла, что никакой надежды у меня нет. Я просто не смогу здесь существовать.

Губы ее дрогнули, одна предательская слезинка скатилась по нежной щеке. Настя ласково погладила племянницу по голове.

— Ну, не надо так драматизировать, мы же живем здесь — и ничего. И ты сможешь, если захочешь.

— Ты ничего не поняла! — с горячностью воскликнула девушка. — Я, конечно, смогу здесь жить, я смогу жить где угодно, хоть в свинарнике, если надо. Но я не хочу здесь жить, не хочу! Я не хочу жить по вашим правилам, когда в каждом человеке нужно подозревать обманщика, когда нельзя никого искренне пожалеть без риска, что тебя облапошат и будут над тобой смеяться. Я не хочу жить среди наркоманов и бандитов, среди мошенников и аферистов. И если мне скажут: «У меня умер ребенок, помоги собрать деньги на похороны», я с себя последнее сниму и отдам, потому что большего горя, чем смерть ребенка, нет. Я сделаю это искренне, и

я буду от всего сердца жалеть несчастную мать и стараться хоть как-то облегчить ее страдания. Но я буду
точно знать, что над моей искренностью никто не по-
смеется. А у вас же тетки стоят на вокзале с табличкой
«Умер ребенок, помогите на похороны», и дядя Леня говорит, что это обман. Никто у них не умер, они тоже со-
стоят в организации. И если я дам ей денег, окажусь об-
манутой. Ваш чудовищный город лишил людей права на
нормальные чувства. Вся ваша Москва — один сплошной обман, огромный обман. Это не город и не люди в
нем, это иллюзия какой-то жизни, но на самом деле вы
все превратились в движущиеся механизмы, лишенные
нормальных человеческих переживаний. Я не хочу так
жить. Пусть в нищете и грязи, пусть без работы и без
денег, но я хочу быть настоящей, а не кукольно-механи-
ческой.

Лариса вдруг разрыдалась так горько и отчаянно, что
Настя и сама чуть не заплакала. Она обняла девушку и
стала ласково гладить ее по плечам и спине, успокаивая.
Конечно, ее рассуждения и впечатления не лишены
юношеского максимализма, увидев два-три негативных
явления, она уже готова распространить их на все население огромного мегаполиса, сделать далеко идущие
выводы и превратить это все в маленькую трагедию, но
в сущности... в сущности... В чем-то она не так уж и не
права. Просто Настя не ожидала, что молоденькая про-
винциалка сумеет увидеть Москву именно такими глазами. Как сильно отличается эта девочка от Леры Немчиновой! Обеим по восемнадцать, но такие они разные.

— Это что такое? — послышался строгий голос отчима. — Почему слезы? Кто кого обидел?

— Так, легкие девичьи страдания, — лицемерно отмахнулась Настя. — Это у нас, у девушек, случается.

— А-а, — понимающе протянул Леонид Петрович, — тогда ладно. Настасья, иди к телефону, тебя твой Коротков добивается.

— Между прочим, мог бы и принести новенькую трубочку, — на ходу заметила Настя, выбираясь из кухни, — зря, что ли, радиотелефон купили? Гоняешь меня, немощную.

— Иди, иди, — бросил ей вдогонку отчим, — тебе двигаться полезно.

«Интересно, как Коротков догадался, что я у родителей? — подумала она встревоженно. — Неужели он позвонил домой и ему Леша сказал? По моим подсчетам, Чистяков уже должен подъезжать сюда, а не сидеть дома. Может, что-то случилось?»

— Ася, докладаю тебе сводку с фронта, — шутливо отрапортовал Юра в трубку.

Она поддержала шутку:

— Ну докладай, слушаю тебя, майор.

— Кражу мы совершили успешно, все разыграли как по нотам. Девушка Лера нам пояснила, что искомое ювелирное украшение с бриллиантом ей подарил не кто иной, как потерпевший Барсуков Александр.

— Ну слава Богу, — облегченно вздохнула Настя. — Теперь все будет просто. Ты Ольшанскому доложился?

— Ну неужели! В первую очередь. Поскольку он ведет дело об убийстве Барсукова, ему в самый раз пригласить девушку Леру на беседу, официально изъять у нее колечко и предъявить для опознания мужу дамочки, убитой десять лет назад. И самое главное, теперь можно с чистой совестью и ясными глазами разговаривать с дедушкой, которым ты всех нас запугала до полусмерти. Дескать, ваша внучка носит на пальчике «мокрое» колечко и водится с плохими мальчиками, которые ей такие колечки презентуют. Куда, мол, смотрит старшее поколение? И нет ли среди ее знакомых еще каких-нибудь подозрительных личностей?

— Да, — согласилась Настя, — самое главное, у нас есть возможность замкнуть наш интерес к кольцу строго на Барсукова и Леру, ни сном ни духом не давая понять, что мы за всем этим видим еще и дедушку. Юр, а ты откуда узнал, где меня искать? Ты мне домой звонил?

— А что, нельзя? — ответил он вопросом на вопрос. — Всегда было можно вроде.

— Значит, Чистяков дома?

— Боюсь, что уже нет, я его у самого порога поймал. По крайней мере, он так заявил. Не отвлекай меня, Аська, у меня и без того с мыслями напряженка, а ты меня сбиваешь.

— Извини. Что ты хотел сказать?

— Я хотел сказать, что Барсуков, выходит, все-таки был связан с криминалитетом, раз получил откуда-то это кольцо.

— Выходит.

Настя разговаривала с Коротковым, выйдя с трубкой в спальню родителей, однако, закончив разговор, она заметила, что дверь комнаты открыта и на пороге стоит ее племянник. Глаза паренька восторженно блестели.

— А ты с кем разговаривала? — шепотом спросил он.

— Почему шепотом? — парировала она. — Говори нормально.

Он откашлялся, и Настя со смехом сообразила, что у него просто настолько дух захватило от подслушанного, что голос сел.

— Ты преступников ловишь, да? — сказал он нормальным голосом.

— Уже нет. Раньше ловила. Тебе говорили, что подслушивать нехорошо?

— Я случайно. Зашел, чтобы достать подарок для тебя, сумка здесь стоит. Настя, а ты про что сейчас разговаривала? Про какого дедушку? Он преступник?

— Он не преступник, а просто дедушка. Любопытство, конечно, не порок...

— Но большое свинство, — уныло закончил племянник детскую поговорку. — Я уже не маленький, а мне ничего рассказывать не хотят.

— Послушай, ты не должен обижаться, — очень серьезно сказала ему Настя. — Если бы я говорила сейчас о преступниках, то я бы и взрослому человеку ничего не сказала. Ну ты сам посуди, как можно ловить вора, например, или грабителя, если рассказывать об этом всем подряд. Согласен?

Юра кивнул. Унылое выражение моментально покинуло его физиономию, ведь его только что поставили в один ряд со взрослыми!

— А теперь давай твой подарок.

Парень полез в большую дорожную сумку, стоявшую в углу спальни между шкафом и балконной дверью, и вытащил небольшую коробочку.

— Это тебе.

Настя открыла коробку и вытащила из мягкой папиросной бумаги изящный колокольчик из нежно-сиреневого стекла. Она встряхнула игрушку, и по комнате разлился негромкий уютный звон.

— Какая прелесть! Спасибо, милый.

— Это мой друг сделал, я его попросил, специально для тебя, — с гордостью сообщил Юра. — Он в областном центре на стеклодува учится.

— Спасибо, — тепло повторила Настя.

Чистяков явился минут через сорок, запыхавшийся и взъерошенный.

— На дорогах такая гололедица, что я не рискнул ехать на машине, — сообщил он, раздеваясь. — Пока от метро бежал, раз пять поскользнулся, чуть не грохнулся.

— По-моему, все-таки грохнулся, — заметила Настя, подозрительно поглядывая на его пальто.

— Ну, один раз не в счет.

— Почему ты задержался? Случилось что-нибудь? — спросила она.

— Да аспирант очередной пристал с ножом к горлу, чтобы я посмотрел статью, которую ему завтра в сборник сдавать. Я уж и так крутился, и эдак, не могу, мол, в гости иду, опаздывать нельзя, но не гнать же его в шею, коль явился в дом. В конце концов, я же опаздывал не на самолет, а всего лишь в гости. Итак, где племянники? С кем я должен знакомиться?

На родню, особенно на младшее поколение, профессор Чистяков произвел сильнейшее впечатление. Таких ученых они еще не видели. Образ профессора для них был пока что прочно связан с книжно-киношным образом серьезного немолодого человека в очках, с благородной сединой и желательно с бородой, неторопливого в движениях и несущего себя со значительностью и достоинством. Отчасти этот образ укрепила в них и Надежда Ростиславовна Каменская, всегда, даже в самой семейно-домашней обстановке выглядевшая строго-элегантно. Чистяков же, несмотря на наличие очков и обильную седину, выглядел в их глазах мальчишкой, нескладным и лохматым. Он охотно смеялся даже над незамысловатыми шутками, рассказывал смешные истории про иностранных ученых, сыпал комплиментами в адрес яркой брюнетки Ларисы, заставляя ее краснеть, ловко ухаживал за соседками по столу — тещей и ее сестрой и вообще оказался душой общества. Настя была благодарна ему за этот взрыв компанейства, на нее перестали обращать внимание, и она могла помолчать или тихонько поговорить с отчимом.

— Зачем Коротков звонил? Разве вы опять вместе работаете? — спросил вполголоса Леонид Петрович.

— Случайно. Иван поручил покопаться в одном убийстве, которое, как ему кажется, имеет прямое отношение к моей аналитической работе. Вот и копаемся.

— Ты имеешь в виду ситуацию в наших вузах?

— Ну да. Я просто тебе не говорила, чтобы мозги не засорять. Убийство слушателя.

— Скучаешь по оперативной работе?

— И да, и нет. Я аналитику люблю, ты же знаешь. Но по ребятам, конечно, скучаю, и по Колобку тоже. Если бы можно было работать с ними вместе, но заниматься чистой аналитикой, о большем и мечтать не надо. Но так не получается.

— Что ж, бесплатных гамбургеров не бывает, — философски заметил отчим.

— А при чем тут гамбургеры? — не поняла Настя.

— Так на английский переводится наше выражение «за все надо платить». Ты что, ребенок, совсем язык забыла?

Настя рассмеялась.

— Что ты, папуля, язык в порядке, я просто мозги не успела переключить. Вроде говорили о моей работе, и вдруг — гамбургеры.

* * *

Когда Лера, выйдя из отделения милиции, позвонила Игорю, трубку снова снял дядя Слава.

— Приезжай, Лерочка, — сказал он, — ты нам очень нужна.

Голос у него был каким-то чужим и озабоченным, и Лера не на шутку перепугалась. Что могло случиться? Почему Игорь сам не отвечает на звонки? Может, он заболел или несчастье какое-нибудь случилось? Во всяком случае, Игорь дома, а не в больнице, это очевидно, иначе дядя Слава не сказал бы «ты НАМ нужна».

Она даже хотела, вопреки своим принципам и опасениям, поймать такси, чтобы приехать поскорее, но из-за гололедицы машины плелись еле-еле и пробки в этот вечер возникали в самых неожиданных местах, даже там, где их отродясь не бывало. «На метро быстрее получится», — подумала она, быстрым шагом подходя все к той же «Фрунзенской».

Дверь ей открыл вездесущий дядя Слава.

— А где Игорь? — прямо с порога выпалила Лера. — С ним все в порядке?

— С ним не все в порядке, — строго ответил Зотов, — и ты не можешь этого не знать. Меня возмущает твоя позиция. Ну ладно, Игорь — дурак недобитый, с него какой спрос, но ты-то, ты-то! Ты же разумный человек, почему ты мне ничего не сказала? Ты втравила в это дело постороннего мальчика, в результате он погиб, а проблема как была — так и осталась нерешенной. Уже в этот момент ты должна была сообразить, что твоих силенок не хватает, и обратиться ко мне. Ты поступила как закоренелая эгоистка, и тебе должно быть стыдно.

— Я не эгоистка! — возмутилась Лера, которую за последние десять лет никто не смел и даже не пробовал отчитывать. — Эгоисты думают только о себе и не помогают другим, а я хотела помочь Игорю. Я все сделала для того, чтобы ему помочь. Даже Барсукова к себе приблизила, хотя он мне был противен, как я не знаю что. Почему вы называете меня эгоисткой?

От гнева губы ее побелели, глаза сверкали, еще мгновение — и она, казалось, бросится на Зотова с кулаками.

Зотов схватил ее за плечо и потащил в кухню, даже не дав снять шубу. Плотно притворив дверь, он заговорил напряженным от злости голосом:

— Почему ты эгоистка? Потому что ты-то как раз и думаешь только о себе. Ты хочешь быть самой лучшей и единственной для Игоря, поэтому ты, вместо того чтобы дать ему дельный совет обратиться ко мне, кинулась сама ему помогать. Думаешь, я не понимаю почему? Потому что ты хочешь, чтобы он был тебе по гроб жизни благодарен, ты хочешь этим привязать его к себе и совершенно не думаешь о том, как будет лучше для самого Игоря. Для Игоря было бы лучше, если бы он сразу, в первый же час после того, как ему позвонил шантажист, рассказал мне обо всем. У меня есть связи, возможности, деньги, опыт, наконец, и я бы подсказал ему, что и как надо делать. Сейчас проблемы бы уже не было. Через две недели у него большой концерт, а он боится выйти на сцену, потому что этот шантажист его так запугал. Игорю нужно репетировать, готовить новый репертуар, а он от страха имя свое забыл. И ты считаешь после этого, что ты не эгоистка?

Лера расплакалась. Слишком велико было напряжение сегодняшнего дня, чтобы ее нервы могли выдержать еще и это. Несколько недель назад Игорь рассказал ей, что ему позвонил неизвестный мужчина и стал его шантажировать. Сначала Лера ничего не могла понять, Игорь был так сильно испуган, так нервничал, что говорил бессвязно и путано. Когда же он обрел наконец способность излагать более или менее последовательно, то поведал Лере историю поистине душераздирающую.

Во времена своего детско-подросткового бродяжничества пятнадцатилетний Игорек встретил на платформе пригородной электрички какого-то приличного дяденьку. Дяденька дал денег на еду и предложил неплохо заработать. Способ зарабатывания средств, правда, показался Игорьку немного странным, но вполне, впрочем, привычным. Был он мальчиком рослым, несмотря на полуголодное существование, в папу — бывшего баскетболиста пошел, на верхней губе пробивались уже весьма заметные усы, так что в подростковых бомжовых компаниях он не раз приобщался к радостям секса. Его партнершами были такие же беспутные бродячие девахи. А тут ему предложили делать все то же самое, но со взрослыми тетками. Впрочем, какая разница, подумал он тогда, деньги-то платят — ну и хорошо. А тетка или девчонка — разница невелика, устроены все одинаково. Жить ему следовало за городом, на какой-то задрипанной дачке, вместе с еще четырьмя мальчишками и девчонками, которых приспособили для тех же целей. Дяденька-благодетель приезжал за ними один или два раза в неделю, грузил двух-трех человек в машину и отвозил на какую-то другую дачу, где уже все были хорошо податые. Ребята отрабатывали свои номера, и их благополучно отвозили обратно. Режим на дачке был свободный, никто их не охранял, жратвы море, даже выпивка была, спи, гуляй, ешь на доброе здоровье. Всех с самого начала предупредили, что работа временная, указали сумму, которую реально было заработать трудами праведными, и сказали, что по окончании контракта все могут быть свободны, а если кому не понравится — ради Бога, скатертью дорога, никого силой не удерживают. Это маленьких бродяжек вполне устраивало. С одной стороны, на их драгоценную свободу никто вроде бы и не посягает, замков и заборов нет, можно уйти в любой момент. С другой стороны, можно временно отлежаться, отдохнуть, наесться досыта и подзаработать на дальнейшую кочевую жизнь, от которой ни один из них и не думал отказываться. Они рассматривали неожиданно подвалившую работу как возможность не без приятности провести время, сделать передышку и набраться сил.

Игорь свое отрабатывал честно, это было нетрудно, ибо сексуальность в нем проснулась рано, а взрослым теткам, с которыми его укладывали, он очень нравился, уж больно красивый был. Но все хорошее быстро заканчивается, закончился и срок его контракта. Дяденька-благодетель однажды приехал на дачку и радостно сообщил, что пора честной компании выметаться отсюда и освободить помещение. Компания, натурально, вымелась с гиканьем и визгом, прижимая через одежду к груди так удачно заработанные денежки.

До ближайшей платформы шли все вместе, а потом компания распалась. Интересы у всех были разные. Кто хотел в Москву, кто в Питер, один из пацанов заявил, что у него мечта добраться до Северного моря, другой собрался, наоборот, на юга, на солнышке погреться. Две девчушки лет по двенадцать твердо решили никуда дальше какого-нибудь московского вокзала не двигать, вокзалы, по их представлениям, были замечательным местом для жизни и работы. Опыт вокзальной жизни у них уже был, собственно, именно там и подобрал их дяденька-благодетель.

Разъезжались по одному, наученные горьким опытом не кучковаться. На двух девочек, возвращающихся с дачи, никто и внимания не обратит, а на подозрительную группу из пятерых плохо одетых подростков с наглыми мордашками — обязательно. Еще и поездную милицию вызовут, с них станется, с пассажиров-то.

Игорь уезжал последним. Ему очень захотелось отчего-то почувствовать себя свободным и взрослым, а для этого нужно было избавиться от компании и в одиночестве посидеть на лавочке, потягивая из горла портвешок и покуривая сигаретку. Выпивка и курево у него были — с дачки прихватил, не оставлять же добро неизвестно кому. Так и сидел он на лавочке неподалеку от платформы, попивая дешевое вино, предусмотрительно перелитое все на той же дачке в бутылку из-под виноградного сока. Игорь хорошо помнил восемьдесят пятый и восемьдесят шестой годы, когда подростку появиться в одном кадре со спиртным было делом опасным. Ментов интересовала даже не столько проблема детской безнадзорности, сколько необходимость выполнять указ по борьбе с пьянством. Сейчас-то стало поспокойнее, но тоже лучше не нарываться.

Была ранняя осень, такая нежная и невозможно красивая, такая грустно-золотистая, и Игорю вдруг стало так хорошо, что он не заметил, как начал напевать. Впрочем, он, как правило, никогда этого не замечал, для него петь было все равно что дышать.

— Ты что, с ума сошел? — услышал он голос совсем рядом с собой.

Игорь оглянулся и увидел приличного такого дядьку, который взирал на парня с изумлением и укором. Опытным взглядом юный бомж окинул незнакомца и по достоинству оценил его прикид, который по нищему восемьдесят седьмому году был более чем изысканным. Стильный, одним словом, был мужик, явно не из ментов.

— Чего это я с ума сошел? — не особенно вежливо ответил он. — Тебе чего надо, дядя?

— Зачем ты куришь, маленький уродец? — спросил незнакомец почти ласковым голосом. — У тебя такой голос, а ты связки губишь. Ты же на золотой жиле сидишь и сам же ее кислотой протравливаешь. Мозги-то есть или как?

Сказанное поставило Игоря в тупик. Во-первых, никто никогда не называл его уродцем, наоборот, все восхищались его красивым лицом и большими выразительными глазами. Девчонки особенно завидовали его длинным, густым, загибающимся кверху ресницам. А во-вторых, дядька, несмотря на свою стильность и солидный, по Игорьковым меркам, возраст, разговаривал на простом и понятном языке. «Чудной какой-то, — подумал он. — И чего привязывается? Пидор, что ли? Этого мне только не хватало». И тут же замурлыкал другую песенку, которую слышал по радио много раз, когда был совсем маленьким: «Этого мне только не хватало...»

Незнакомец присел рядом на скамейку, но, вопреки опасениям Игорька, не пытался устроиться поближе к мальчишке. Просто сел, и все.

— Спой что-нибудь членораздельное, — он не попросил даже, а потребовал, и Игорь с изумлением понял, что не может ему отказать.

— Например, что? — с готовностью спросил он.

— Романс какой-нибудь знаешь?

— Романс... «Утро туманное» пойдет?

— Валяй, — разрешил незнакомец.

— А что мне за это будет? — Игорь оправился от растерянности и снова обрел прежнюю нахальную независимость.

— А что ты хочешь?

— Денег, чего ж еще, — фыркнул парень.

— Сколько?

— Ну... Червонец, — выпалил он, холодея от собственной наглости.

Десять рублей в восемьдесят седьмом году были огромной суммой, на нее можно было купить две бутылки хорошей водки по четыре рубля двенадцать копеек, а на оставшиеся рубль семьдесят шесть — почти полкило ветчины или килограмм ливерной. Если же брать водку подешевле, то еще оставалось на консервы типа «Кильки в томате» или «Завтрак туриста».

Незнакомец молча вынул из бумажника красную купюру и положил на скамейку между ними.

— Пой. Только не ори.

— «Утро туманное, утро седое...» — заголосил Игорь, стараясь петь погромче. Все-таки деньги большие, надо их отрабатывать.

— Я сказал — не ори! — оборвал его стильный дядька. — Хорошее пение не то, которое громкое, а то, которое хорошее.

Игорь ничего не понял из этой загадочной фразы, но начал романс сначала, уже вполголоса. Он все ждал, что незнакомец его прервет, но тот дослушал до конца. Потом помолчал, кивая каким-то своим мыслям.

— Родители есть? — наконец спросил он.

— Нету, — соврал Игорь. — Сирота я.

— Казанская, — усмехнулся тот. — В бегах, что ли?

Бродяжка угрюмо молчал. Ну вот, так хорошо все начиналось, песни петь, червончик вон уже лежит, манит, и опять разговоры про родителей и про бега, сейчас еще воспитывать начнет. Будет предлагать домой вернуться и заняться своим образованием. Вот еще, радости-то!

— Понятно, — констатировал незнакомец. — Ты как, всю жизнь бомжевать собрался или планы на будущее есть?

— Нет у меня планов, — огрызнулся Игорь. — Чего привязался?

Послышался шум приближающейся электрички, и он, ловко схватив лежавшую на скамейке купюру, быстро встал.

— Вон мой поезд идет, мне ехать надо.

Однако незнакомец цепко ухватил его за рукав куртки.

— Сидеть, — скомандовал он. — И не дергаться. Сначала поговорим, потом поедешь. Если захочешь, конечно.

Так состоялось знакомство Игоря Вильданова с Вячеславом Олеговичем Зотовым. И вот теперь, когда молодой певец был почти в зените славы, позвонил какой-то тип и сказал:

— У меня есть кассета, на который ты развлекаешься с бабами. Представляешь, какое море удовольствия получат твои фанаты, когда узнают, чем ты промышлял в юности, а? Журналисты на тебя набросятся — это уж к гадалке не ходи. И конкуренты по эстраде будут счастливы тебя с потрохами сожрать. Так что подумай, звезда.

— Сколько вы хотите? — сразу спросил Игорь, не раздумывая.

Деньги у него были, и он готов был заплатить за кассету, сколько скажут, разумеется, в пределах разумного.

— Легкой жизни не будет, — отрезал звонивший. — Мне деньги не нужны. Мне нужны другие кассеты.

— Какие — другие? — не понял Игорь.

— Которые были в доме у Немчиновых, когда их убили. Достанешь кассеты — получишь свое нетленное изображение. Не достанешь — пеняй на себя. Прямо на концерте тебя и ославлю.

— Да где же я их возьму? — в отчаянии закричал Игорь.

— А ты у телки своей спроси, пусть она тебе подскажет, где кассеты, которые у них на даче лежали.

— Но она же совсем ребенком была, когда родителей убили. Откуда ей знать?

— А пусть она у дедульки своего спросит. Он-то небось не ребенком был, когда сына с невесткой убивал. Короче, звездочка, действуй, а я тебе позванивать буду время от времени. Не достанешь кассеты — кровью и слезами умоешься, это я тебе обещаю.

Первой мыслью Вильданова было, как обычно, броситься к Зотову. За все годы, что они были вместе, так происходило всегда. Зотов решал все проблемы, как бы трудны они ни были, и буквально водил своего подопечного за ручку, дабы тот не споткнулся на жизненных ухабах. Игорь был не в состоянии принять даже простейшее решение, настолько он привык полагаться на наставника. Но в этот раз что-то в нем взыграло. Не то самолюбие (что вполне уважаемо), не то гонор дурацкий (что достойно самой резкой критики), только отчего-то не захотел он Зотова посвящать в свои трудности. И дело было вовсе не в стыдливости, отнюдь, Вячеслав Олегович прекрасно знал о дачных развлечениях Игоря, знал с самого начала, поскольку Игорь ему сразу все это рассказал. Двадцатипятилетний Игорь Вильданов решил наконец попытаться решать свои проблемы самостоятельно, чтобы освободиться от опеки Зотова и от своей зависимости. Зотов постоянно унижал Игоря, тыкал его носом в промахи и ошибки, обзывал козлом, кретином и маленьким уродцем, впрочем, для Игоря, культурный уровень которого так и замер на той отметке, когда он впервые сбежал из дома, эти слова звучали вполне обычно, он и сам их постоянно употреблял в разговорах с другими людьми. Но Зотов все время давал понять, что Игорь — полное ничтожество, слабак и недоумок. И певец захотел попытаться обойтись собственными силами, решить внезапно возникшую неприятную проблему, а заодно и доказать самому себе и Зотову, что тоже кое-что соображает, кое-что может и в постоянной опеке наставника больше не нуждается. Кроме того, ему было безумно жалко тех денег, которые он отстегивал Вячеславу Олеговичу, и Игорь был бы не прочь вообще избавиться от него. На свои удовольствия он мог тратить не считая, но отдавать просто так, ничего, по его представлениям, не получая взамен, Вильданов не любил. Но чтобы отвязаться от Зотова, ему нужно было доказать свою самостоятельность.

Первым делом он обратился к Лере. Она о кассетах никогда ничего не слышала и понятия не имела, о чем идет речь. Вариант «спросить у деда» был отметен сразу же. Девушка долго пыталась объяснить своему возлюбленному, что не может разговаривать с человеком, которого люто ненавидит, и тем более не может задавать ему вопросы и требовать на них ответа. Игорь этого не понимал, для него такие тонкие психологические нюансы были слишком сложны, поэтому он пытался настаивать. Но Лера, как ни странно, оставалась непреклонна.

— Если я начну с ним разговаривать, он сядет мне на шею. Я не могу этого допустить, он — убийца моих родителей, — повторяла она, умоляюще заглядывая Игорю в глаза. — Надо придумать другой способ узнать про эти кассеты.

— Вот ты и придумай, — по-детски огрызался Игорь, который сразу начинал плохо соображать, когда что-то не получалось с первого раза.

Лера думала несколько дней. И наконец придумала.

— Послушай, — сказала она, сидя на коленях у своего кумира перед камином в красивом загородном доме, — а что, если найти этого шантажиста и убить его?

— Ты что?!

Игорь от неожиданности столкнул девушку с колен и вскочил с дивана.

— Что ты такое говоришь? Как это — убить? В тюрьму собралась?

— При чем тут тюрьма? — Лера улыбнулась. — Я туда не собираюсь. Надо придумать, как его найти. Его надо выследить. Потом наймем человека — и он его убьет, вот и все. Я прочитала много детективов про шантаж и точно знаю, что человек, который кого-то шантажирует, никогда об этом не рассказывает. И никто даже не подозревает, что между ним и тем, кого он шантажирует, есть какая-то связь. А уж если между тобой и шантажистом стоит еще и наемный убийца, тогда вообще никаких концов не найдешь. Понимаешь?

Игорь поразмыслил немного, и ему показалось, что в словах Леры есть своя логика. Он поцеловал подругу и поощрительно похлопал по спине.

— А как мы будем искать этого типа? — спросил он, принимая предложенное решение.

— Надо найти кого-нибудь, кто знает, как это делается, — деловито сказала Лера. — Я уже все продумала. У меня есть знакомый, он учится в институте, где готовят милиционеров-оперативников. Давно в ухажеры набивался, но я его не поощряла. Можно приблизить его к себе и попросить помочь.

— Бесплатно? — усмехнулся Вильданов. — Или за красивые глаза?

— Ну не будь таким циничным, Игорек. Это ты всего в жизни попробовал с малых лет, а Сашка нормальный парень. Если дать ему понять, что со временем ему все будет, так в лепешку разобьется.

Игорь «дал добро», не особенно задумываясь над тем, как его преданная подружка собирается «приближать» к себе юного поклонника-милиционера. Так в решение проблемы был включен рядовой милиции, второкурсник Александр Барсуков. Он, казалось, что-то нащупал, какую-то ниточку ухватил, но в этот момент его убили. Все нужно было начинать сначала. Но других знакомых милиционеров у Леры не было, и она день и ночь ломала голову над тем, что еще можно сделать, чтобы помочь Игорю. А время шло. Шантажист звонил каждые два-три дня и ехидно осведомлялся о ходе поисков. И день большого концерта приближался неотвратимо.

Глава 10

Зотов терпеливо ждал, когда Лера наконец успокоится и перестанет плакать.

— Пойдем в комнату, — сердито сказал он. — Надо сесть и все тщательно обсудить. И запомни, деточка моя, если хочешь помочь Игорю, то слушаться ты должна не его, а меня. Ты думаешь, я не понимаю, как ты ко мне относишься? Для тебя один свет в окошке — Игорек твой ненаглядный, а все, что мешает тебе быть рядом с ним, тебя раздражает. Так вот, имей в виду: Игорь — существо совершенно беспомощное и безмозглое, и, хотя тебе неприятно это слышать, ты должна об этом помнить. Он сам себе помочь не может, и, если ты хочешь быть ему полезной, тебе придется прислушиваться к тому, что говорю я. Я, а не он. Ты поняла?

Лера молча кивнула, вытирая слезы надушенным платочком. Тщательно наложенный в салоне красоты макияж, конечно, приказал долго жить, но какое это теперь имеет значение, когда все так обернулось!

Игорь валялся на диване в гостиной, выражение несколько помятого лица у него было малоосмысленное. Увидев девушку, он даже не поднялся, только вяло махнул рукой.

— Привет.

— Встань, урод, — резко сказал Зотов. — Женщина в комнату вошла. Сколько тебя можно учить?

— Так это ж Лерка, — удивленно-простодушно возразил Игорь. — Она ж своя.

— Встань, я сказал, — повторил Вячеслав Олегович. — Пойди умойся и возвращайся сюда.

Певец послушно сполз с дивана, запахнул халат, в котором так и ходил с самого утра, и поплелся в ванную. Вернулся он несколько посвежевшим.

— Значит, так, — начал Зотов, обращаясь к Лере, — насколько я понял из слов Игоря, речь идет о каких-то кассетах, которые якобы были на даче твоих родителей. Ты совсем не представляешь, о чем может идти речь?

— Нет, — покачала головой Лера, — понятия не имею.

— Знаешь, — задумчиво продолжал Вячеслав Олегович, — я целый день думал о том, что мне рассказал Игорек, и мне пришло в голову вот что. Среди друзей твоего папы были иностранные журналисты, двое или трое, я сейчас уже точно не вспомню. Вы оба тогда еще были слишком малы, так что не понимали, что происходило в стране. После смерти Брежнева... Вы хоть знаете, кто такой Брежнев?

— Конечно, — ответила Лера.

Игорь только кивнул, не очень, впрочем, уверенно.

— Так вот, после смерти Брежнева началась полоса разоблачений, сначала очень аккуратных, потом, после смерти двух следующих генсеков, все более и более активных. И иностранные журналисты, а особенно зарубежная разведка, очень этим делом интересовались. Все кинулись искать компрматериалы, причем не только на высокопоставленных чиновников, которые были на виду, но вообще на всех подряд. Я не исключаю, что твои, Лерочка, родители помогали своим друзьям-журналистам. Они, конечно, не собирали информацию, они этого и не умели, и интереса такого у них не было, они были людьми творческими. Но они вполне могли предоставить свой дом за городом для разных встреч и для хранения таких материалов, если между журналистами, разведчиками и контрразведчиками начиналась мышиная возня. Ты понимаешь, о чем я говорю?

Лера обратила внимание, что обращается Зотов только к ней, Игорь в разговоре как бы и не участвует, хотя сидит тут же, рядом. И обращается Вячеслав Олегович к ней ласково, словно и не устраивал ей выволочку несколько минут назад на кухне. Конечно, она понимала, о чем говорит дядя Слава. Лера Немчинова была девушкой начитанной, а про подобные конфликты книжек написано немало.

— Если у твоих родителей хранились кассеты с такими материалами, то вполне понятно, что кому-то они понадобились. Прошло десять лет, но интерес к информации не утрачен. Но я подумал еще вот о чем: твой дедушка убил твоих родителей. Я понимаю, для тебя, Лерочка, это огромная трагедия, и ты не можешь простить деда. А ты когда-нибудь думала о том, что дедушка убил не только твоего папу? Он ведь убил собственного сына. И для этого нужны очень веские основания. Я бы посоветовал тебе над этим задуматься.

— Не было у него никаких оснований, — оборвала Зотова Лера. — Просто напился пьяный и схватился за ружье. Подонок, сволочь! Ненавижу его!

Зотов поднял руку, словно хотел остановить ее.

— Не все так просто, девочка моя. Я не верю в то, что твой дед мог банально напиться и перестрелять собутыльников. Эта сказка хорошо проходит в милиции, но не среди близких людей, которые хорошо знали семью. Твой дед был человеком спокойным и уравновешенным, в нем совсем не было агрессивности. Он очень любил твоего папу. И, между прочим, почти не пил. Что же такое могло случиться, чтобы он сделал то, что сделал? Разве ты сама его никогда не спрашивала?

— Нет. Чего спрашивать? Он убил моих родителей, оставил меня сиротой в восемь лет. Так что толку разговаривать об этом? Родителей все равно не вернешь, — с горечью ответила Лера.

— Это верно, — согласился Зотов, — но верно лишь отчасти. Лерочка, твоих родителей нет в живых, дедушка — единственный твой близкий родственник на этом свете. Ты живешь с ним бок о бок, под одной крышей. Так неужели тебе не хочется хотя бы понять, что тогда произошло? Я знаю, ты плохо относишься к деду, ненавидишь его всей душой, но, деточка, так жить нельзя. Нельзя ненавидеть человека за поступок, не понимая, почему он его совершил. Я уж не говорю о том, что нужно уметь прощать людей.

— Да разве можно простить такое? — закричала Лера. — Вам легко говорить, ваших родителей не убивали! Давайте я завтра их убью, а потом посмотрю, как вы будете меня прощать. Как у вас язык поворачивается...

— Хватит, — прервал ее Зотов. — Прекрати истерику. Убийству оправдания нет, но это не означает, что мы не должны пытаться понять правду. Ты, между прочим, дорогая моя, до сегодняшнего дня вынашивала планы избавиться от шантажиста. Ты что же, на курорт его посылать собиралась, чтобы он не звонил больше нашему чудесному Игорьку? Ты его убить хотела.

— Сравнили тоже! — фыркнула она. — Я хотела убить шантажиста, а дед собственного сына убил, меня сиротой оставил.

— А если у вашего шантажиста пятеро детей? Вы ведь их тоже сиротами оставили бы. Ловко у вас получается, голубки! Вам, значит, убивать можно, а больше никому нельзя. Это как называется? Двойная мораль? Не просто двойная — преступная!

— Он — шантажист, он сам преступник, — не отступала Лера. — А мои родители никого не шантажировали.

— А ты откуда знаешь? — прищурился Зотов.

— Если бы они сделали что-то нехорошее и дед их убил за это, он бы на суде так и сказал, чтобы оправдать себя. Он же не сказал? Не сказал. Значит, сказать было нечего. Напился и застрелил, подонок. Вот так!

Лера окинула Зотова победным взглядом. Пусть попробует возразить против ее железной логики. А то сравнивать надумал ее папу с мамой и какого-то мерзкого шантажиста. Она старалась говорить как можно громче и увереннее, чтобы заглушить невесть откуда взявшийся голосок, который начал ей что-то нашептывать... Что-то такое неприятное, опасное, вызывающее страх.

— И снова ты права, — отчего-то мирно согласился Зотов. — Твой дед ни на следствии, ни на суде ничего такого не сказал. Но ты не забывай, что речь шла о его сыне. О его единственном сыне, об отце его единственной внучки. Сына больше нет, но остается его репутация, и, между прочим, остается жить маленькая девочка. Каково этой девочке придется в дальнейшем, если все, в том числе и она сама, будут знать, что ее отец совершил нечто преступное? Твой дед мог знать какую-то ужасную правду про твоих родителей, но он скрыл ее, взял вину полностью на себя, чтобы облегчить жизнь тебе же, Лера. Он о тебе заботился. Он о тебе думал, потому и пошел в тюрьму не на три года, а на все девять лет. Он принес себя в жертву всей твоей будущей жизни. Ты не хотела бы об этом подумать, а потом и поговорить со своим дедом?

— Да почему вы так уверены, что это правда? Придумали себе какую-то байку дурацкую и сами же в нее поверили! — возмутилась она. — Всего, что вы тут наговорили, просто не может быть. Не такой он человек, чтобы приносить себя в жертву. И вообще, это все ужасно глупо. Если бы он заботился обо мне и моей жизни, то не оставил бы сиротой. Вот и все. И нечего об этом больше рассуждать. Выдумали тоже!

Появившийся внутри голосок, однако, становился все громче. Действительно, Лера никогда не думала о своей трагедии так, как сейчас преподносил ее дядя Слава. Но этого же не может быть! Не может! Ее родители самые лучшие, самые талантливые, самые добрые и красивые, они просто не могли сделать ничего такого, за что их можно было убить да еще бояться за репутацию. Все этот Зотов противный выдумывает.

Лера искоса посмотрела на Игоря, ожидая, что он включится в разговор и скажет что-нибудь такое, что заставит Зотова перестать измываться над памятью ее папы и мамы. Почему он ее не защищает? Почему не поможет ей в трудную минуту? Ведь она всегда бросается ему на помощь по первому зову.

Но Игорь молчал и не смотрел на нее. Он сосредоточенно разглядывал ногти на руках, и Лере показалось, что он избегает встречаться с ней глазами.

— А хочешь, я скажу, о чем ты сейчас думаешь? — прервал молчание Зотов. — Ты думаешь о том, что твои родители были лучше всех на свете. Я угадал?

Лере стало неприятно оттого, что малосимпатичный ей человек так легко прочитал ее мысли.

— Ну и что? — с вызовом сказала она. — И что с того?

— А то, что я, вполне вероятно, прав. Твой дедушка как раз и хотел, чтобы твои родители навсегда остались в твоей памяти самыми лучшими, самыми добрыми и прекрасными. Поэтому он и скрыл какую-то правду.

Девушка помотала головой, словно стряхивая с себя

наваждение. Ей не хотелось прислушиваться ни к словам дяди Славы, ни к собственному внутреннему голосу. Эти слова и этот голос ей мешали, они разрушали тот мир, который она с таким трудом создавала все эти десять лет, который выстроила и тщательно оберегала.

— Если бы он их не убил, то и скрывать ничего не пришлось бы. Вы сами себе противоречите.

— Нисколько. Он мог убить их в тот момент, когда то нехорошее, что они сделали, грозило вот-вот выплыть наружу. Был бы скандал, твоих родителей посадили бы в тюрьму, и тогда пострадала бы и их репутация, и твоя жизнь. Согласись, куда удобнее быть сиротой, родители которой оказались невинными жертвами, чем дочерью преступников.

Этого Лера вынести уже не могла. Да как он смеет так с ней разговаривать? Как смеет говорить такие чудовищные вещи про ее любимых родителей? Негодяй, мерзавец! Циничный мерзавец! «Удобнее быть сиротой». Знал бы он, что такое остаться сиротой в восемь лет.

— Замолчите немедленно! — закричала она в полный голос, вскакивая с места. — Вы не смеете так говорить! И думать так не имеете права! Почему вы деда выгораживаете? Кто вам позволил поливать грязью моих родителей?

Она повернулась к Игорю и схватила его за руку.

— Игорь, ну что ты молчишь? Этот... говорит такие вещи, а ты молчишь, как будто ничего не происходит. Ты что, согласен с ним? Ты тоже думаешь, что мои родители были преступниками, а дед — ангел с крылышками? Ну скажи же хоть что-нибудь!

Вильданов нехотя поднял голову, оторвавшись от созерцания своих рук.

— Ну Лерка... ну я не знаю... черт его знает, как там все было... Может, Слава и прав.

— Ах, вот как! Отлично! Значит, пусть все смешивают меня с грязью, это ничего.

— Ну чего ты, в самом деле... — вяло засопротивлялся Игорь. — Кто все-то? И никто тебя с грязью не смешивает, речь же не о тебе, а о твоих родителях. И вообще, Слава — это еще не все.

— Да? А то, что вся Москва говорит, будто у тебя есть малолетняя домработница, страшненькая и глупенькая, которая работает на тебя не за деньги, а за ласки, это как? Это же ты всем своим приятелям и девкам представляешь меня как прислугу, это с твоей подачи по городу ходят такие разговоры. А мне каково об этом узнавать? Вот найми себе прислугу и вели ей искать для тебя наемных убийц и шантажистов всяких, и кассеты какие-то идиотские! Найми, найми, а я посмотрю, что у тебя получится. И денег ей за это не плати.

Вся обида, копившаяся в ней, вдруг выплеснулась наружу, и Лера в запале стала говорить даже то, чего говорить не собиралась. Игорь снова уставился на свои ногти, а Зотов переводил удивленный и недовольный взгляд с нее на подопечного.

— О чем речь, Игорь? — строго спросил он. — Лера правду говорит?

— Да ладно вам, ну чего вы прицепились. У нас важная проблема, а вы ерундой занимаетесь, — неохотно откликнулся Вильданов.

— Он прав, — твердо сказал Зотов. — Он прав, Лерочка. Оставим в стороне наши личные обиды и амбиции, с ними разберемся позже. Сейчас мы должны решить вопрос с кассетами, которые требует шантажист, а все остальное оставим на потом. До концерта осталось две недели, я договорился в нескольких изданиях, в ближайшие два дня Игорю придется давать интервью, чтобы напомнить о себе и подогреть интерес перед выступлением. Концерт состоится, его нельзя отменять, это будет неправильно. И Игорь должен выйти на сцену спокойно и без всяких опасений. В оставшиеся две недели он должен хорошо подготовиться, много репетировать и по крайней мере перестать пить. Значит, наша с тобой, Лерочка, задача все это ему обеспечить. Вот в этом будет наша реальная помощь, а не в поисках шантажистов и киллеров. Ты меня поняла, девочка? Ты должна взять себя в руки и поговорить с дедом. На вашей даче находились какие-то кассеты, и вполне возможно, дед знает, что это за кассеты и где они сейчас. Тебе следует посмотреть правде в глаза и понять, что разговор с дедом неизбежен, если ты хочешь помочь и Игорю, и себе самой.

— Я не нуждаюсь в помощи, — презрительно бросила Лера. — Хотя для Игоря, конечно, сделаю все, что в моих силах.

— Не обманывай себя, Лерочка, — голос Зотова из твердого превратился в ласковый, — ты же разумная девушка, у тебя хорошие мозги, не то что у этого кретина. Ты не могла не думать о том, что я тебе сегодня говорил. Я никогда не поверю, чтобы такой умный человек, как ты, не мог сообразить такой простой вещи. Ты наверняка все это обдумывала, и не раз, и в твоей душе давно поселились сомнения. Другое дело, что ты гнала их от себя, потому что они были неприятны и тебе проще считать деда одного виноватым во всех твоих несчастьях. Я не настаиваю на своей правоте, я ведь тоже высказывал только догадки. Но всегда, когда человек в чем-то сомневается, он должен идти до конца и выяснять правду, иначе он не сможет сам себя уважать.

Лера поняла, что Зотов загнал ее в угол. Он назвал ее умным человеком с хорошими мозгами, и сейчас заявить, что никогда подобные мысли ей в голову не приходили и никакие сомнения ее не грызли, значило бы расписаться в собственной глупости. Но сомнений действительно не было! Не было их, ни на одну даже самую коротенькую секундочку не закрадывались подобные соображения в ее хорошенькую головку. Однако же дядя Слава считает, что они обязательно должны быть, и говорит так убедительно... И хотя Лера была твердо уверена, что он не прав, придется с ним согласиться, иначе он тут же выставит ее полной дурой перед Игорем. Но согласиться с одним означает пойти дальше и соглашаться с другим. С тем, что она должна поговорить с дедом. А говорить с ненавистным дедом ей совсем не хочется. Да она даже и не представляет себе, как могла бы это сделать, как переступить ту черту, которую она провела между ним и собой.

— Да, правда, Киска, поговори к дедком-то, — наконец подал голос Игорь по собственной инициативе. — Спроси его насчет кассет. Поговоришь?

— Она поговорит, — уверенно сказал Зотов. — Наша Лера не такая дура, как ты, козел, и понимает, что этого не избежать. И не нужно этого избегать, это нужно было сделать давным-давно. Отношения между людьми, даже самые сложные и запутанные, следует выяснять сразу, а не затягивать и не откладывать на долгие годы. Правда, Лерочка?

— Хорошо, — тихо сказала она, — я поговорю.

— Обещаешь? — обрадованно встрепенулся Вильданов. — Точно поговоришь? Когда? Давай прямо сегодня, как домой вернешься. Глядишь, мы завтра уже все и узнаем. А, Киска?

— Закройся, — ледяным тоном оборвал его Вячеслав Олегович, окинув испепеляющим взглядом. — Быстрый ты за чужой счет. Думаешь, это так просто — управлять своими чувствами? Надо собраться с мыслями, найти в себе моральные силы. Надо дождаться подходящего момента для такого непростого разговора. Но ведь ты справишься, Лерочка, правда? Ты справишься, я уверен. Ты необыкновенно стойкий и сильный человек, я таких, как ты, не встречал даже среди взрослых, битых жизнью мужчин. Тебе предстоит сделать самый трудный в психологическом плане шаг, но я твердо уверен, что ты его сделаешь.

— Сделаю, — пообещала Лера таким тихим голосом, что сама себя не услышала.

Когда за ней закрылась дверь квартиры, Зотов быстрым шагом подошел к Игорю и сильным толчком опрокинул его на диван.

— Вот что, ублюдок недоделанный, — произнес он с яростью в голосе. — С завтрашнего дня ты пылинки с нее сдувать будешь, понял? И прекрати водить сюда своих вонючих шлюх и полупьяных дружков. Пока ситуация не рассосется, Лера должна быть единственным человеком, которого я буду видеть рядом с тобой. Будь нежным, ласковым, обещай ей золотые горы вплоть до женитьбы, но добейся, чтобы она ради тебя землю рыла. Потому что искать шантажиста и нанимать убийцу — это полный бред, который не стоит даже обсуждения. Единственный путь — это ее дед, а поговорить с дедом может только она. Только ей этот старый хрыч скажет правду, а всех остальных он просто пошлет куда подальше и скажет, что ничего не знает ни про какие кассеты.

— А вдруг он ей тоже не скажет? — робко спросил Игорь, неловко поворачиваясь на диване и пытаясь принять более подходящую позу.

— Ей — скажет, — твердо сказал Зотов. — Ему с ней жить, и ему небезразлично, как она к нему относится. Если у него есть хоть малейшая возможность оправдаться перед единственной внучкой, он ее обязательно использует. Она даст ему понять, что готова принять страшную правду про своих родителей и готова простить деда, и он ей все расскажет.

— А вдруг он и в самом деле ничего не знает ни про какие кассеты? Что тогда делать?

— Вот когда выяснится, что не знает, тогда и думать будем. Но я уверен, что он знает. Не просто так он застрелил сына и невестку. Была какая-то причина, и причина серьезная.

— Откуда ты знаешь?

— Умею считать до двух. Я был близким другом Гены и Светы Немчиновых, часто встречался с ними. Однако про кассеты никогда ничего не слышал. Значит, у них была от меня тайна. Ладно, допустим. Допустим теперь, что старик убил их не из-за кассет, а из-за какого-то семейного конфликта. Но конфликты, из-за которых один человек поднимает руку на другого, и не просто на другого, а на родного сына, так вот, такие конфликты не возникают вдруг, из ничего, за две минуты. Не бывает такого, Игорек, ты уж мне поверь. Значит, конфликт был давний, затяжной. Но и об этом я никогда ничего не слышал ни от Генки, ни от его жены. Получается, у близкого друга было целых два секрета, которые он тщательно хранил даже от меня. В это как-то слабо верится. Одна тайна еще проходит, две — уже маловероятно, учитывая тесноту наших отношений. Значит, тайна была все-таки одна, одна-единственная. Были какие-то кассеты, и именно из-за них старый Немчинов совершил убийство. Впрочем, для тебя это слишком сложно, у тебя мозгов не хватит понять такие рассуждения. Лучше ложись спать.

— Почему ты меня всегда унижаешь? — жалобно заныл Игорь. — Вечно ты меня обзываешь по-всякому...

— А что я должен делать? Восхищаться тобой, придурок? Петь тебе дифирамбы, расхваливать твою неземную красоту и небесный талант? У тебя для этого поклонники есть. А я тебе всегда говорил правду и буду ее говорить, как бы ты ни артачился. Если бы ты мне сразу сказал о том, что тебе звонит шантажист, я бы в тот же день поговорил с Лерой и сейчас все уже стояло бы на своих местах. Ты бы спокойно готовился к концерту, мы бы занимались организацией твоего бракосочетания со Стеллой. А ты поставил все под угрозу срыва, козел! Я с таким трудом пытался поддержать интерес к тебе со стороны журналистов, постоянно запускал информацию о том, что ты готовишься выйти к публике с новым имиджем и новым репертуаром, искал для тебя композиторов и хорошие тексты, репетировал с тобой днями и ночами, а что в результате? Ты боишься выйти на сцену, потому что проблема до сих пор не разрешена, а шантажист тебя запугивает тем, что прилюдно ославит. Я голову сломал над тем, как продвигать дальше твою карьеру, и нашел для тебя беспроигрышный вариант со Стеллой, хотя один Бог знает, чего мне это стоило. И что в итоге? Ты не можешь на ней жениться, потому что пока проблема не решена, ты не имеешь права рисковать. Так вот, пока ты будешь ждать, чем дело кончится, Стелла тебя дожидаться не будет. Она другого мужа себе подыщет и начнет его раскручивать, тоже молодого, красивого и не без вокальных способностей, только в отличие от тебя у него будут человеческие мозги. Человеческие, а не козлиные. Так что не ной и не жалуйся, от меня ты получаешь только то, что заслуживаешь.

Зотов резко повернулся и вышел из комнаты. Через пару минут он снова заглянул, на этот раз полностью одетый.

— Ложись спать. И не вздумай пить. Завтра приду рано, начнем заниматься. Будешь не в форме — убью.

* * *

Следователь городской прокуратуры Константин Михайлович Ольшанский был одним из тех, кто искренне сожалел об уходе Насти Каменской из уголовного розыска. Когда-то отношения у них были, мягко говоря, напряженными, Ольшанский просто не замечал женщину-оперативника и привычно хамил ей, как хамил огромному количеству людей. Настя же, не переносившая никакого хамства, следователя избегала, а если это не удавалось, пыталась в ответ на хамство огрызаться и сама же себя за это не любила. Со временем все утряслось, Константин Михайлович открыто признал в Насте острый ум и сообразительность и объяснил ей, что он не хамит, а так своеобразно говорит комплименты. Это было формой извинений, которые Настя с радостью и безоговорочно приняла, так как знала, что Ольшанский — профессионал высочайшего класса. С тех пор совместная работа превратилась для них в обоюдное удовольствие, которого оба они лишились в связи с переходом Насти на аналитическую работу. Поэтому, увидев Каменскую в своем кабинете, следователь не мог сдержать радости.

— О, какие люди! — весело закричал он, когда она вошла в кабинет. — Неужто вернулась, Каменская?

— К вам — всегда, — улыбнулась она в ответ. — Лично от вас я никогда не уйду, я ваша до гробовой доски. У вас опять новые очки. Не устали в погоне за модой?

Ольшанский снял очки в модной красивой оправе, недоуменно осмотрел их, помаргивая ставшими вдруг беспомощными глазами, и водрузил на место.

— Какая мода, побойся Бога. — Он виновато махнул рукой. — Соседка в гости приходила, трехлетнего малыша с собой привела, а я в этот печальный момент в ванной отмокал после суточного дежурства. Очки-то я на диване оставил, вместе с газеткой, которую перед тем читал. Ну вот, я в ванной кайф ловлю, а ребеночек тоже свой кайф ловит, мои очки ломаючи. Жена с соседкой языками зацепились и радуются, что пацан не плачет. А чего ему, сердешному, плакать, когда в руках такая игрушка замечательная, да еще со стеклышками, через которые весь мир по-другому смотрится. Короче, пришлось мне в тот день в старой оправе дохаживать, ну в той, помнишь, которая вся клеенная-переклеенная. Нина моя посмотрела на меня, головой покачала и поехала куда-то. Вернулась вот с этой. А что, она правда модная?

— Супер, — заверила его Настя. — Самый писк. Моднее не бывает. Чаю-то нальете по старой памяти?

— Эк, матушка, заворачиваешь, — укоризненно покачал головой Константин Михайлович, — ежели по старой памяти, так я помню, что ты кофий пьешь, а вовсе не чай. Проверять меня вздумала? И не гляди на меня невинными глазками-то, не обманешь. Я и так знаю, зачем ты явилась. Не от любви непреходящей ко мне, а от любви к искусству. Колечком интересуешься?

— Интересуюсь. Но вами — больше.

Ольшанский рассмеялся, сверкая ровными белыми зубами, а Настя, в который уже раз, подивилась тому, как такой объективно привлекательный мужчина ухитряется выглядеть неухоженным недотепой.

— Не купишь, Каменская, не купишь, я на такие фокусы не податливый. Ты мне скажи лучше, чем тебе колечко это глянулось. И не вздумай мне врать, я тебя еще, помнится, лет эдак пять назад предупреждал, что скрывать от следователя информацию нельзя.

— Во-первых, не пять, а четыре, — поправила его Настя, — а во-вторых, это оперативнику нельзя скрывать от вас информацию, а я уже не оперативник. Я так, лицо неопределенного должностного статуса, правда, без прав, но зато и без обязанностей. Так что не стращайте.

— Неужели четыре года только? — удивился он. — А мне казалось, пять.

— Убийство Вики Ереминой, девяносто третий год, — напомнила Настя. — Мы тогда с вами впервые вместе работали, меня вместо Володи Ларцева в группу включили, а вы жутко сопротивлялись и меня страсть как не хотели.

— А, ну да, ну да. Точно. Так что с колечком-то? Ты давай говори быстрее, у меня девочка эта, Немчинова, на одиннадцать тридцать вызвана, а на двенадцать тридцать — Соловьев, муж той убитой женщины, у которой кольцо было похищено. Опознание будем проводить. — Он посмотрел на часы. — Даю тебе на откровения двадцать минут. Уложишься?

Настя, стараясь быть лаконичной, рассказала о своих подозрениях по поводу Василия Петровича Немчинова и его причастности к истории с кольцом.

— Понимаете, Константин Михайлович, Лера утверждает, что кольцо ей подарил Барсуков, и если это правда, то встает вопрос: а где он его взял? Кольцо дорогущее, проходит по убийству, оно долгое время стоит на учете как похищенное, но нигде не всплывает, ни в золотоскупках, ни в ломбардах, ни у барыг. Ну нигде. Как в воду кануло. И вдруг объявляется у парнишки, который находится в контакте с недавно освободившимся из мест лишения свободы человеком. Вы разделяете мои подозрения?

— Вполне, — согласился следователь. — И что ты хочешь, чтобы я сделал лично для тебя?

— Поспрашивать Леру Немчинову поподробнее об отношениях Барсукова с ее дедом. Мне кажется, она чего-то недоговаривает. Их контакты должны быть более тесными, чем она нам пытается преподнести. Потрясите ее как следует, а?

— Она меня еще учить будет!

Ольшанский театрально воздел руки к потолку, словно призывая небесные силы в свидетели такого непочтительного отношения к своей особе. Рукав пиджака при этом немного съехал, обнажая белоснежный манжет рубашки, на котором рядом с запонкой красовалось свежее пятнышко от синей шариковой ручки. Это было неизбывно, Константин Михайлович умудрялся моментально мять и заляпывать одежду, тщательно отстирываемую и любовно отглаживаемую чуть ли не ежедневно его женой Ниной.

— Нет, вы только посмотрите на эту нахалку! — продолжал он. — Ты что о себе возомнила, Каменская? Ты думаешь, я хуже тебя знаю, что и как надо делать? Я тебя спрашиваю, что я могу сделать лично для тебя. А что нужно делать для пользы уголовного дела, которое я расследую, мне известно в сто раз лучше, чем тебе.

Это было, правда в сильно смягченной форме, все то же хамство, которого так боялась когда-то Настя, но теперь грубоватые слова не могли ее задеть. Теперь-то она понимала, что Ольшанский просто шутит, может быть, несколько неуклюже и своеобразно, но без злого сердца.

— А вы меня не запугивайте, я все равно знаю, что вы меня любите, — сказала она весело. — Лично для меня вы можете сделать только одно: поделиться со мной результатами беседы с Лерой Немчиновой. Поделитесь?

— Ну да, — проворчал он, улыбаясь, — тебя кто запугает — тот дня не проживет.

— Одному удалось, — заметила она, — и даже два раза. Помните трогательного филателиста Арсена, который на меня два раза наезжал? Первый раз, кстати, именно по делу Вики Ереминой, когда мы с вами впервые встретились.

— А чем кончилось? У тебя же на руках и умер, бедолага.

— Вообще-то верно. Так как, Константин Михайлович? Поделитесь впечатлениями? Соглашайтесь быстрее, через пять минут Немчинова придет, а мне нельзя с ней встречаться, я же с ней беседовала под видом сотрудника института.

— Подумаешь, большое дело. Разве я не могу вызвать к себе сотрудника института, где учился человек, убийство которого я расследую? Что-то ты, матушка моя, оперативную смекалку потеряла.

Сердце у Насти радостно екнуло, ей показалось, что следователь предлагает ей остаться и поприсутствовать при допросе Леры. Конечно, вмешиваться в ход допроса и задавать вопросы, которые хочется, она не сможет, но у нее появится возможность своими ушами все услышать и своими глазами понаблюдать за реакцией девушки на те или иные повороты в ходе беседы. А это тоже немаловажно.

— Имя-то у меня другое совсем, Александрой Васильевной меня зовут. Не забудете?

Ольшанский вдруг замолчал и уставился глазами в окно, будто и забыл о Настином присутствии.

— Не забудете? — настойчиво повторила она, боясь, что он сейчас передумает.

— А? — Ольшанский очнулся и с недоумением посмотрел на Настю, словно не мог вспомнить, кто она и зачем здесь находится. — Где сейчас Коротков?

— Не знаю, — удивилась Настя. — Можно позвонить и узнать.

Следователь снова посмотрел на часы. Лицо его стало собранным и деловым.

— Немедленно разыщи его, — распорядился он, как будто Настя все еще была оперативником и работала в бригаде под его руководством. — Пусть бегом бежит к деду Немчинову и спросит у него насчет кольца. О результатах сразу же доложит мне. Быстро, быстро, мне нужен ответ деда, пока внучка будет в моем кабинете. Да шевелись же, Каменская!

— А потом мне можно вернуться?

— Можно. Давай, скоренько.

Настя выскочила из кабинета и пулей помчалась к секретарю следственного отдела, которая хорошо к ней относилась и всегда разрешала воспользоваться телефоном.

* * *

Новое неожиданное задание Ольшанского Юра Коротков получил как раз в тот момент, когда личный состав отдела по борьбе с тяжкими насильственными преступлениями в полном составе занимался важным и ответственным делом. Графики суточных дежурств составлялись заранее, и уже давно было известно, что в новогоднюю ночь это великое счастье привалило Игорю

Лесникову. Однако сегодня утром пришло невеселое сообщение о том, что Лесников, находившийся в командировке, ранен и до Нового года из больницы точно не выйдет. Необходимо было ставить замену, а поскольку до праздника оставалось совсем немного, у всех уже были свои планы и семейные обязательства, так что добровольцев как-то не нашлось. В таких случаях полагалось тянуть жребий, чем, собственно говоря, оперативники в данный момент и занимались. Бумажки в необходимом количестве были заготовлены, на одной из них карандашиком проставили аккуратный крестик, но процедура оказалась сорвана предательским поведением Коли Селуянова, который перестал бы сам себя уважать, если бы не использовал случай подурачиться. Он потихоньку ухитрился заменить бумажку с крестиком другой, точно такой же с виду, но совершенно чистой. Все быстро и по-деловому вытащили из чьей-то форменной фуражки жребии, развернули и радостно завздыхали. И только спустя минуту обнаружилось, что радостно вздыхают все без исключения. А такого быть не могло. Начался допрос с пристрастием и с требованием к каждому предъявить свою бумажку. Все и предъявили. По-честному.

— Колян, опять твои штучки? — грозно спросил Коротков. — Признавайся, паршивец.

— А чего, я и не скрываю, — тут же сознался Селуянов. — Надо же пилюлю подсластить, а то так и будете весь день ходить серьезные. Ладно, давайте снова тянуть.

Бумажки заново пересчитали и сложили в фуражку. В этот момент и раздался звонок от Каменской.

— Я тяну без очереди, — закричал Коротков, — у меня производственная необходимость!

Он схватил первую попавшуюся бумажку, которая оказалась, на его счастье, пустой, радостно выкрикнул «Мимо!» и, схватив куртку и шапку, метнулся к двери. В эту секунду над головами пронесся негодующий рев:

— Селуянов, ты что, подлец, сотворил?

Оказалось, что неугомонный Николай, несмотря на тщательный надзор, все-таки сумел нашкодить и подсунуть целых три бумажки, помеченные аккуратными крестиками. Предстояло все проделать заново, но Коротков уже не мог ждать, время поджимало.

— Колька, вытащи за меня, — попросил он, убегая. — Если мне выпадет — я без претензий.

Ему повезло, напуганные вчерашней внезапной гололедицей автолюбители сегодня предпочли передвигаться на метро, машин на дорогах было не так уж много, и ему удалось добраться до дома Немчиновых очень быстро.

Василий Петрович встретил его спокойно, даже дружелюбно. Времени на долгие разговоры не было, и Коротков начал с места в карьер.

— Василий Петрович, у нас открылись неожиданные обстоятельства. Оказывается, Саша Барсуков подарил вашей внучке очень дорогое кольцо. Вы не припомните, когда и в связи с чем? Может быть, это был подарок на день рождения или на Восьмое марта?

Ответ Немчинова был неожиданным. Коротков готов был услышать что угодно, только не это.

— Вы говорите о кольце с бриллиантом?

— Да, о нем.

— В форме цветка с листочками? — зачем-то уточнил Немчинов.

— Да-да, именно об этом кольце я и спрашиваю, — нетерпеливо ответил Коротков.

— Саша его не дарил.

— То есть как?

— Очень просто. Его подарил кто-то другой. Я не знаю кто, но точно не Саша.

— Почему вы уверены?

— Саша стал к нам ходить меньше двух месяцев назад. А кольцо Лерочка носит почти год. Вот как я вернулся в Москву, так оно и появилось.

— Вот даже как...

Юра посмотрел на часы. Одиннадцать ноль пять. Аська назвала ему крайний срок — половина двенадцатого. До половины двенадцатого он кровь из носу должен отзвониться Ольшанскому и сообщить, что сказал по поводу кольца дед Леры. Время еще есть, можно не торопиться.

— Вы позволите мне присесть? — вежливо осведомился он.

— Конечно, конечно. Может, чаю?

— С удовольствием.

Немчинов вышел из комнаты, а Юра осмотрелся и выбрал место поближе к двери, но спиной к стене. Черт его знает, деда этого, а вдруг Аська права и он по-настоящему опасен? Лучше не рисковать, мало ли что старик выкинет.

Ожидая обещанный чай, майор Коротков пытался сосредоточиться на предстоящем разговоре. Вот так всегда бывает: подбираешься к фигуранту, боишься спугнуть, тщательно готовишь комбинацию, которая позволила бы подступить к опасному объекту, ничем не выдавая своих подозрений, тратишь уйму времени и сил, а потом возникает «производственная необходимость» — и ты мчишься к нему сломя голову, забыв о заранее заготовленных фразах и даже не успевая во время короткого разговора присмотреться к человеку. Ладно, раз уж так случилось, надо постараться разглядеть этого деда как можно внимательнее.

Первое впечатление было на удивление невыразительным. Крепкий статный мужчина, возраст виден только в морщинах и седине, а осанка и легкость движений — иным молодым на зависть. Мало кому после девяти лет на зоне удавалось сохранить такую форму, это Коротков знал точно. Глаза у Немчинова не бегают, смотрит открыто и прямо, но ведь это может быть доказательством не честности, а высокого актерского мастерства, которым бывают наделены многие преступные авторитеты. От разговора не уклоняется, не ссылается на спешку, чтобы выпроводить побыстрее настырного опера, наоборот, даже чаю предложил. Что это? Отсутствие злых помыслов или прекрасное владение собой и уверенность в своих силах? Надо разбираться. А для этого надо сидеть здесь, пока хозяин не выгонит, и разговаривать с ним разные душевные разговоры. Ольшанскому бы только не забыть вовремя звякнуть.

Немчинов принес чай, сахар и коробку конфет.

— Угощайтесь.

Он сел за стол напротив гостя, налил ему чаю в красивую фарфоровую чашку.

— Вы знаете, мне сразу не понравилось, что кто-то

подарил Лерочке такую дорогую вещь, — сказал он. — Ей было только семнадцать лет. Я же не вчера родился, я понимаю, что просто так такие подарки не делают. Меня это покоробило.

— И вы сказали ей об этом?

— Я пытался, — Немчинов горько усмехнулся. — Но разве она станет со мной разговаривать? Вам же, наверное, известна наша история, так что вы должны понимать.

— Я понимаю, — кивнул Коротков. — А вы не спрашивали, откуда у нее кольцо?

— Спрашивал. Буркнула, что поклонник подарил и что вообще это не мое дело. Она не очень-то разговорчива со мной. А я не имею права настаивать.

— Василий Петрович, а почему вы все-таки уверены, что кольцо подарил не Барсуков? Да, он начал приходить к вам в дом недавно, но они же могли быть знакомы очень давно.

— Простите, ваше имя-отчество?.. Юрий Викторович, я мало разговариваю с Лерочкой, но у меня есть уши. Она — моя единственная внучка, она — все, что у меня есть на этой земле, и я не могу быть равнодушным к тому, что с ней происходит. Да, она ничего мне не рассказывает. И мне приходится подслушивать. Мне стыдно говорить вам об этом, да и подслушивать стыдно, и рыться в ее вещах и книгах тоже стыдно, но я делаю это, потому что боюсь упустить момент, после которого ничего поправить уже нельзя будет. Так вот, однажды, когда Саша был у нас, я услышал, как они ссорились. Саша хотел, чтобы Лерочка пришла к нему в гости, а она отказывалась. И он сказал: «Мы с тобой вместе уже месяц, я у тебя бываю почти каждый день, мои родители хотят познакомиться с девушкой, которую я люблю». Было это совсем недавно, незадолго до того, как его убили. И еще я слышал, как они обсуждали свое первое знакомство. Они, оказывается, познакомились в конце августа, и Саша пытался ухаживать за Лерочкой, но она его отвергала. И только спустя какое-то время приняла его ухаживания. Вы понимаете? Они только в августе этого года познакомились, а кольцо она носила с осени прошлого года. Меня это очень беспокоило. Но что я могу? — Он развел руками. — Только подслушивать и подсматривать.

Коротков подивился правильному, почти литературному языку, на котором изъяснялся недавний заключенный. А ведь и Аська что-то насчет этого говорила... И правда, странный дед. Юру насторожило, что он так открывается перед незнакомым человеком, рассказывает даже о том, чего сам стыдится. Спектакль, рассчитанный на то, чтобы вызвать сочувствие? Вполне возможно. Значит, он не только прекрасно владеет собой и уверен в своих силах, не только превосходный актер, но и хороший психолог. Такой действительно может оказаться опасным, и весьма.

Ему вдруг стало неуютно.

— Вы позволите мне позвонить?

— Пожалуйста.

Немчинов кивком головы указал на телефонный аппарат и деликатно вышел из комнаты. Набирая номер, Коротков ждал, что в трубке раздастся шум, свидетельствующий о том, что сняли трубку параллельного телефона. Но никакого шума не было. Из кухни доносился звук льющейся воды, позвякивали крышки кастрюль или сковородок. Василий Петрович не проявлял к телефонному разговору своего гостя видимого интереса.

— Константин Михайлович, это Коротков, — произнес Юра вполголоса, когда трубку снял Ольшанский. — Я не опоздал с сообщением?

— Говори.

— Дед уверен, что кольцо подарил не Барсуков. С Барсуковым Лера была знакома с августа этого года, а кольцо она носит с прошлого сентября. Так, по крайней мере, утверждает Немчинов.

— Подробности есть?

— Пока нет.

Ольшанский положил трубку, не попрощавшись и не поблагодарив, что, впрочем, было для него делом обычным.

Глава 11

Ольшанский положил трубку и, не взглянув на сидящую в сторонке Настю, продолжил допрос Леры Немчиновой.

— Мы остановились на том, что потерпевший Барсуков неоднократно делал вам брачные предложения, а вы ему сначала отказывали. Правильно?

— Правильно, — подтвердила Лера.

— Когда вы дали согласие стать его женой?

— В ноябре, на День милиции. Решила сделать ему подарок к празднику.

— Широкий жест, — прокомментировал следователь без тени усмешки. — И в честь вашего согласия...

— Да, в честь того, что мы как бы обручились, Саша подарил мне это кольцо.

Настя бросила быстрый взгляд на часы. Одиннадцать двадцать пять. Интересно, это Коротков только что звонил или нет? По репликам Кости понять невозможно. Если это Юрка, то что он сообщил? Ольшанский ни на миллиметр не отступил от хода допроса, как-то непохоже, что ему сообщили что-нибудь интересное и в корне меняющее картину. Наверное, это был все-таки Коротков, который сообщил, что дед Немчинов подтвердил слова внучки, поэтому и менять стратегию беседы нет смысла. Первые полчаса Костя бился над получением ответа на вопрос: откуда у юного Барсукова могли быть деньги для приобретения такой дорогой вещицы? Понятно, что купил он это кольцо не в магазине, вероятнее всего, с рук, поэтому цена была не такой высокой, как государственная, но все равно не копейки. Бриллиант почти каратный. Допросы родителей и друзей Барсукова ничего в этом плане не дали, им было неизвестно о том, что парень где бы то ни было подрабатывал и у него были какие-то иные источники дохода помимо стипендии. Родители ему больших сумм не давали, но он, кстати, и не просил. В долг не брал, по крайней мере, выявить кредиторов пока не удалось. Так откуда деньги? Ответ напрашивался сам собой: мальчишку пытались прибрать к рукам или уже прибрали криминальные структуры. Ему давали какие-то задания и щедро платили за них. Не исключено, между прочим, что платили не деньгами, а натурой, в частности, вот этим бриллиантовым колечком. Такая версия у Насти уже была, и теперь она находила свое подтверждение.

Ровно в одиннадцать тридцать в дверь постучали. Господин Соловьев явился для участия в процедуре опознания кольца.

— Нам придется прерваться, Валерия Геннадьевна, — сказал Ольшанский, пряча бланк протокола в папку. — Сейчас будет произведено опознание кольца, и в зависимости от результатов опознания мы с вами и будем продолжать беседу. Проходите, пожалуйста, — обратился он к вошедшему и принялся звонить по телефону.

Через некоторое время в кабинете появились еще три человека. Двое из них были приглашенными понятыми, а третий положил на стол перед Ольшанским небольшую коробку. Константин Михайлович открыл сейф, и массивная дверца на несколько секунд почти полностью закрыла его от глаз присутствующих. Настя поняла, что он сейчас вкладывает в общую коробку кольцо, которое полчаса назад изъял у Леры. Еще через пару минут пять колец с бриллиантами лежали на освобожденном от бумаг участке огромного письменного стола Ольшанского, а сам следователь скучным голосом произносил заученную наизусть формулу, объясняя присутствующим смысл происходящего и предупреждая об ответственности за дачу ложных показаний.

— Итак, Евгений Семенович, подойдите к столу и посмотрите на эти ювелирные изделия. Нет ли среди них знакомого вам кольца?

Соловьев, тучный и немолодой, с видимым трудом поднялся со стула возле стены и прошел через кабинет к столу, заметно приволакивая ногу. Он внимательно разглядывал выложенные перед ним кольца. Лицо его исказилось гримасой боли. Протянув руку, он собрался было взять одно из колец, но Ольшанский успел остановить его:

— Трогать ничего нельзя пока. Объясняйте на словах.

— Вон то, второе слева...

— Вы говорите об образце под номером четыре? — Ольшанский легко прикоснулся к кольцу кончиком шариковой ручки.

— Да, это... Это кольцо Тамары.

— Это кольцо похоже на то, которое вы когда-то дарили своей супруге, — уточнил следователь. — Оно имеет аналогичный камень и тот же дизайн. Я вас правильно понял?

— Да... Это ее кольцо.

— Минуточку, мы пока только выяснили, что оно такое же. А вот для того, чтобы быть уверенным, что кольцо то самое, мы должны установить его отличительные признаки. По каким признакам вы узнали бы кольцо своей супруги среди других точно таких же? Может быть, мелкие изъяны, царапины, следы ремонта?

— На нем была надпись. Я сделал гравировку, потому что дарил кольцо Тамаре в день тридцатилетия.

— Что было написано на кольце?

— «Моей любимой».

— Гравировка с внутренней стороны или с наружной?

— С внутренней.

— Понятые, подойдите, пожалуйста, ближе. Возьмите кольцо, на котором прикреплена бирка с номером четыре, и посмотрите, есть ли на нем гравировка с внутренней стороны.

Понятая, женщина лет тридцати со строгим лицом учительницы и неожиданно улыбчивыми губами, взяла кольцо и стала рассматривать.

— Гравировка есть.

— Прочтите, что там написано, — потребовал Ольшанский.

— «Моей любимой».

— Вопрос к вам, гражданин Соловьев. При каких обстоятельствах вы перестали владеть этим кольцом?

— Мою жену убили, а кольцо похитили. С тех пор как ее убили, я больше кольца не видел.

— Когда это случилось?

— Давно. В восемьдесят восьмом году.

В течение некоторого времени в кабинете царила тишина, следователь дописывал протокол, понятые терпеливо ждали, когда нужно будет его подписать. Насте казалось, что она сейчас умрет от того напряжения, которое витало над головами присутствующих. Соловьев сидел ссутулившись и, казалось, даже не замечал, как по его лицу текут слезы. В его толстой нескладной фигуре и обрюзгшем, залитом слезами немолодом лице было столько горя, что невозможно было оставаться равнодушным. Лера же, напротив, словно окаменела. Она не пролила ни слезинки, на ее лице застыло выражение ужаса и отчаяния.

Наконец все ушли; кроме следователя, в кабинете остались только Лера Немчинова и Настя.

— Итак, Валерия Геннадьевна, продолжим, — сказал Ольшанский, вновь извлекая на свет Божий бланки протокола допроса. — Александра Васильевна, я хотел вас отпустить, я и так занял у вас слишком много времени, но видите, как все обернулось. Оказывается, ваш слушатель подарил своей невесте кольцо с трупа, так что я попрошу вас остаться и вернемся к вопросу о том, откуда у слушателей вашего института, будущих милиционеров, берутся такие странные предметы.

— Хорошо, я подожду, — с лицемерной покорностью ответила Настя, тихо радуясь в душе, что Ольшанский ничего не перепутал и не назвал ее Анастасией Павловной.

— Значит, Валерия Геннадьевна, что мы с вами имеем с гуся, — начал следователь. — Мы имеем подарочек странного происхождения...

Настя насторожилась. Костя резко меняет стиль разговора. До опознания он разговаривал казенными фразами, сухими, длинными и скучными, не позволяя себе ни одного слова, которое могло бы быть истолковано как фривольность или легкость тона. Теперь же вдруг он заговорил совсем по-другому, ерничал и, казалось, вот-вот начнет привычно хамить. В чем дело? Почему он так изменился? Ведь результат опознания не был для него неожиданным, и он, и Настя были почти на сто процентов уверены, что Соловьев свое кольцо узнает. Так и произошло. Значит, никакой новой информации опознание ему не принесло. Но ведь эта информация была, совершенно очевидно, иначе он не стал бы менять тон разговора. У Кости что-то на уме, он явно хочет поймать девчонку, но на чем? Неужели все-таки тот звонок был от Короткова и Юра сообщил что-то интересное?

— Как вы объясните мне тот факт, что у вашего жениха оказалось кольцо, принадлежащее убитой женщине?

— Я не знаю, — равнодушно ответила Лера, и стало понятно, что она собралась уйти в глухую оборону. Ничего не знаю, ни о чем не подозревала, мне никто ничего не говорил.

— Припомните, пожалуйста, как можно подробнее, как и при каких обстоятельствах Барсуков вручал вам подарок и какие слова при этом говорил. Как можно подробнее, — с ударением повторил следователь. — Мне важны любые детали. Где это произошло, когда, в котором часу, кто еще при этом присутствовал и так далее.

Лера начала рассказывать, и только тут Настя сообразила, что происходит. Прием старый, но эффективный. Ольшанский хочет «повязать» девушку деталями, мелкими подробностями, которые она сейчас начнет выдумывать на ходу. Маловероятно, что всю историю она придумала заранее до самых тонких подробностей и выучила наизусть, скорее всего это будет экспромт, в котором сама же Лера и завязнет. И все это означает только одно: Ольшанскому известно, что все было не так. И он хочет уличить Леру во лжи, причем так круто, что ей уже будет не отпереться и придется сказать правду. Значит, дед Немчинов утверждает, что кольцо подарил не Барсуков. Хотя может быть и наоборот, Ольшанский верит Лере и полагает, что солгал ее дед, а не она, потому и хочет получить как можно больше деталей, чтобы было о чем поговорить с Василием Петровичем. Очень любопытно!

Лера рассказывала долго, постепенно успокаиваясь и увлекаясь собственным повествованием. Ольшанский то и дело что-то уточнял, спрашивал подробности, Лера отвечала, но Настя заметила, что она начала путаться.

Поистине, лжец должен иметь хорошую память и постоянно ее тренировать. Девушка, что очевидно, не привыкла к тому, что кто-то пытается поймать ее на противоречиях, оттого совершала с каждой минутой все больше ошибок.

— Простите, я не записал, повторите, пожалуйста, что вы заказывали в кафе, когда пришли туда с Барсуковым. Жюльен из грибов, бараний шашлык, что еще...

— Еще икру.

— Красную или черную?

— Черную.

— Ага, хорошо. Хотя нет, погодите, кажется, вы говорили, что жюльен был из курицы.

— Нет, из грибов, — ответила Лера.

А Настя точно помнила, что первоначально жюльен был из курицы, а шашлык еще пять минут назад считался свиным. Да и икра как-то быстро почернела, а ведь Лера сказала, что икра была красной. Девушка устала от собственного вранья и не обращала внимания на мелочи, к которым неизвестно почему цеплялся Константин Михайлович.

— Как вам показалось, Барсуков раньше бывал в этом кафе?

— Не знаю, он мне не говорил.

— А вы вспомните, как он разговаривал с официантом, как смотрел меню. Всегда можно понять, впервые человек приходит или он здесь завсегдатай.

И Лера снова углублялась в подробности и снова путалась в них. Наконец Ольшанский решил, что пора прекращать цирк.

— Вот что, Валерия Геннадьевна, — сказал он устало,

отодвигая от себя очередной лист протокола, — давайте перестанем морочить мне голову. Никакого кольца Александр Барсуков вам не дарил, и никакого трогательного обручения в кафе на День милиции между вами не было. Вы все это выдумали прямо здесь, у меня на глазах. И выдумали неловко и неумело. Начнем все сначала. Откуда у вас это кольцо?

— Его подарил мне мой жених Барсуков, — твердо ответила Лера. — И я не понимаю, чего вы от меня добиваетесь.

— Я добиваюсь правды, больше ничего. С Барсуковым вы познакомились в августе этого года, вы сами так сказали. Ведь сказали или мне послышалось?

— Сказала, потому что это правда. Мы действительно познакомились в августе.

— И раньше никогда не встречались?

— Никогда.

— А откуда же тогда у вас это кольцо?

— Ну я вам сто раз говорила: Саша подарил! Чего вы еще хотите?!

— Да помилуйте, Валерия Геннадьевна! — Изумление, разыгранное Ольшанским, было таким искренним, что Настя даже поверила в него в первую секунду. — Как же Саша мог подарить вам кольцо, если вы познакомились только в августе, до этого никогда не встречались, а кольцо вы к моменту знакомства с Барсуковым носили на своем пальчике по меньшей мере год. Вы что же думаете, я календарем пользоваться не умею и названий месяцев не знаю?

Щеки девушки вспыхнули, руки, лежащие на столе, задрожали.

— Это неправда. Кто вам сказал такую глупость?

— Люди, которые видели на вашей руке это кольцо. Их много, не могут же они все дружно ошибаться.

— Какие люди? Что вы выдумываете?

— Ваши сокурсники, ваши преподаватели. Кольцо крупное, дорогое, заметное, на него многие обращали внимание. Вы его носили с сентября прошлого года, как раз с того времени, как поступили в институт. Вам его подарили в честь поступления, да? Назовите мне имя человека, который сделал вам подарок.

— Это не ваше дело.

— Нет, мое.

— Нет, не ваше. Это моя личная жизнь, и я не обязана ни перед кем отчитываться. Что, у меня не может быть поклонника, который делает мне подарки?

— Может, Валерия Геннадьевна, может. Но этот ваш поклонник причастен к убийству Тамары Соловьевой, и это уже мое дело. Так кто он?

— Он не убийца. Оставьте его в покое.

— Тогда где он взял кольцо?

— Купил.

— У кого?

— Ну я не знаю. В магазине, наверное. Какая разница?

— Голубушка моя, ворованные драгоценности в магазинах не продаются, а если вам сказали именно так, то вас обманули. Короче говоря, вы продолжаете лгать и пытаетесь покрывать убийцу. Вы говорили мне неправду на протяжении двух часов, и мое терпение истощилось. Или вы называете мне имя дарителя, или я выношу постановление о вашем задержании.

— За что?! — перепугалась Лера. — Я ничего не сделала! Вы не имеете права меня задерживать.

— Отчего же-с? — прищурился Ольшанский. — Очень даже имею. У вас обнаружено кольцо, похищенное с места убийства, вы отказываетесь назвать мне имя человека, который вам его подарил, стало быть, вы знаете, что он к этому убийству причастен, и не хотите его выдавать. Это называется укрывательство и отказ от дачи показаний, на этот случай предусмотрена уголовная ответственность. Видите, как все просто. Вы, наверное, привыкли к тому, что с такой красивой девушкой, как вы, никаких неприятностей не случается, потому что никто не может перед вами устоять. Но вынужден вас разочаровать, это не тот случай. Уголовный кодекс на красоту внимания не обращает. Так что выбирайте, или имя — или камера. Вам что больше нравится?

— Он не убийца, — упрямо повторила Лера.

— Хорошо, — неожиданно легко согласился следователь, — я готов вам поверить. Но вам придется мне это доказать. Пожалуйста, давайте попробуем не называть его имя, если вам так не хочется это делать, но вы должны быть убедительны и доказать мне, что этот человек не имеет к убийству Тамары Соловьевой никакого отношения. Итак, я вас слушаю.

Лера подавленно молчала. Она явно не ожидала такого поворота и не знала, что говорить.

— Я слушаю вас, слушаю, — нетерпеливо повторил Константин Михайлович. — Начинайте.

— Но я не знаю... Я не знаю, как это доказать, — пробормотала она, не глядя на него.

— Начнем с самого простого. Убийство Тамары Со-

ловьевой было совершено восемнадцатого марта восемьдесят восьмого года. Где в это время находился ваш
знакомый, подаривший вам кольцо?

— Откуда мне знать? Мы тогда не были знакомы.
Это же было почти десять лет назад.

— Но ведь если он ваш близкий знакомый, то вы
должны знать хоть что-то о его жизни до встречи с
вами, — возразил Ольшанский. — Например, он вам
рассказывал, что в конце восьмидесятых его вообще не
было ни в России, ни в Москве, потому что он тогда работал за границей. Или, опять же к примеру, сидел в это
время в тюрьме и совершить убийство никак не мог.
Припомните-ка все, что знаете.

— Конечно! — Лицо Леры просветлело. — Я поняла,
о чем вы говорите. Он не мог никого убить, потому что
был в это время еще ребенком. Ему сейчас двадцать пять
лет, значит, тогда было пятнадцать или шестнадцать.
Вот видите, он не убийца!

— Я пока еще ничего не вижу, колонии для малолеток
переполнены несовершеннолетними убийцами, так что
возраст в данном случае не аргумент. Вот если бы ему
было лет семь-восемь, я бы с вами согласился. А шестнадцать лет — возраст солидный. Кстати, где он рос, в
Москве? Или, может быть, он вообще не москвич? Кто
его родители, где они сейчас?

— Он... — Лера замялась. — Он сирота.

— Значит, он воспитывался в детском доме или ин-
тернате?

— Нет, он... Его родственник воспитывал, кажется.
Или друг его родителей... Я точно не помню.

— Они жили в Москве?

— Да.

— Вот видите. Если бы они жили в Магадане, я бы вам поверил. Поищите еще аргументы, Валерия Геннадьевна, если хотите меня убедить. Вы видите, я с уважением отношусь к вашим чувствам и понимаю, что молодая женщина далеко не всегда может назвать имя своего возлюбленного, особенно если он женат и занимает видное положение. Я прав?

— Он не женат, — резко ответила Лера. — С чего вы взяли?

— Ну, голубушка, — картинно развел руками Ольшанский, — тогда я перестаю вас понимать. Я-то развожу тут с вами церемонии, стараюсь щадить вашу молодость, деликатничаю, выслушиваю вашу неумелую ложь, вместо того чтобы заниматься делом. Все, хватит, вы уже злоупотребляете моим хорошим к вам отношением. Или вы в течение пяти минут называете мне имя этого человека, или я вас задерживаю.

Настя поняла, что Ольшанский просто тянет время. Он мог бы остаться жестким и сухим, надавить на Леру, и она давно бы уже сказала ему все, что нужно. Конечно, раскалывал он ее по всем правилам профессионального искусства, но девочка совершенно не стоила таких усилий, она была слабенькой и неопытной, и заставить ее назвать имя было делом совсем несложным. Костя чего-то ждет. Но чего? Уж не звонка ли Короткова с какими-то новыми сведениями?

Она едва успела додумать мысль до конца, как зазвонил телефон на столе у следователя. Ольшанский снял трубку.

— Да? Да. Да. Вот даже как? Хорошо. Свободен.

Он положил трубку, снял очки, задумчиво покрутил их в руках и снова надел.

— Валерия Геннадьевна, как давно вы знакомы с Игорем Вильдановым?

Лера побелела, губы ее тряслись так сильно, что она, кажется, уже никогда не сможет произнести ни одного внятного слова.

— Я повторяю свой вопрос: когда вы познакомились с Игорем Вильдановым?

— Откуда вы знаете... — почти прошептала Лера.

— Какая разница? Знаю. Так когда?

— Давно.

— Точнее, — требовательно произнес Ольшанский.

— Три года назад.

— Вы снова лжете?

— Нет! — почти выкрикнула девушка и повторила чуть спокойнее: — Нет, я правду говорю. Три года назад.

— Это он подарил вам кольцо?

Лера низко наклонила голову, так что длинные волнистые волосы полностью закрыли ее лицо.

— Да, он.

— Когда?

— Ну... когда вы и сказали. В прошлом году, в честь поступления в институт.

— У вас близкие отношения?

— Да.

— И вы знали, что кольцо краденое?

— Нет! Честное слово, — Лера заговорила горячо и взволнованно, — я этого не знала. И я уверена, что Игорь тоже не знает. Он не убивал никого, он не может никого убить, он добрый и мягкий человек, у него нет врагов. Он же был совсем ребенком...

— Валерия Геннадьевна, — строго произнес Ольшанский, — три года назад вам было пятнадцать лет и вы считали себя достаточно взрослой, чтобы вступить в близкие отношения с молодым человеком двадцати двух лет от роду. Так что не надо меня уговаривать. Где находился и что делал Вильданов в восемьдесят восьмом году?

— Он жил у дяди Славы. Дядя Слава его воспитывал.

— Фамилия дяди Славы?

— Зотов. Вячеслав Олегович Зотов.

— Кем Зотов приходится Вильданову? Родственником?

— Никем. Игорь был бездомным сиротой, бродяжничал. Дядя Слава услышал, как он поет, и понял, что Игорь очень талантливый. Он взял его к себе, стал его опекуном и занимался с ним вокалом.

— Зотов был знаком с вашими родителями?

— Откуда вы знаете?

— Валерия Геннадьевна, не заставляйте меня повторять свои вопросы дважды. Вы не на вечеринке у подружки, а в кабинете следователя.

Лера глубоко вздохнула и на мгновение задержала дыхание. Это был проверенный способ удержать слезы, Настя и сама им часто пользовалась. На мгновение ей стало жаль девушку.

— Да, дядя Слава Зотов был другом моих родителей.

— А потом оказалось, что он является опекуном вашего любовника?

Вопрос был сформулирован грубо и прямолинейно, но, по сути, правильно. Настя сообразила, что имеет в виду Ольшанский. Не многовато ли совпадений? Хотя в жизни и не такое случается... Вопрос, однако, был чисто риторическим и ответа не требовал, поэтому Константин Михайлович сразу пошел дальше.

— При каких обстоятельствах вы познакомились с Вильдановым? Вас Зотов познакомил?

— Нет, что вы, я сама... Сама пришла к Игорю. Мне нравилось, как он поет, и я хотела с ним познакомиться. И только когда пришла, увидела дядю Славу. Я не знала, что он имеет к Игорю какое-то отношение. Послушайте, пожалуйста, я прошу вас... Не подозревайте Игоря в убийстве, он не убивал никого, я это точно знаю. Он не может убить, он мухи не обидит.

— Вы меня не убедили. Множеству девушек нравится, как поет тот или иной певец, но далеко не все они приходят к нему домой знакомиться. Многим это даже в голову не приходит. Вам не просто нравилось, как он поет. Вы были влюблены в него?

Голос Леры снова снизился до едва различимого шепота:

— Да.

— Как давно?

— Что — как давно? — переспросила она.

— Когда вы влюбились в Вильданова?

— Когда увидела впервые по телевизору. Три года назад.

— Понятно. Теперь я вам объясню, чем вызваны мои вопросы, и мы с вами вместе попробуем установить, что произошло на самом деле. Чьи портреты вы рисовали в детстве?

Лера стала пунцовой. От гневной и испуганной бледности не осталось и следа, теперь щеки ее пылали румянцем стыда.

— Это не ваше дело. Я рисую, кого хочу.

— Правильно. Вы рисовали Вильданова?

Девушка вскинула на него удивленные глаза, забыв о смущении и неловкости.

— Нет, я же его не знала в детстве. Просто рисовала... считайте, что это была мечта. Прекрасный принц.

— Ваш принц необыкновенно сильно похож на Игоря Вильданова. Так сильно похож, что у них даже родинки находятся в одном и том же месте. Вас это не смущает?

— Родинки? Но я не... Я не понимаю.

— Что ж тут непонятного, голубушка? У прекрасного принца, которого вы рисовали постоянно начиная с восьмилетнего возраста, лицо настоящего живого Игоря Вильданова со всеми его особенностями. И поскольку мы с вами люди здравые и в потусторонние силы не верим, то объяснение этому может быть только одно: вы где-то видели этого юношу, и он произвел на вас такое сильное впечатление, что его образ запечатлелся в вашей душе навсегда. Вы влюбились в него, когда были еще маленькой девочкой. А вот когда вы встретили взрослого Игоря и узнали в нем свою мечту, вот тогда вы и пришли к нему знакомиться. Только вы уже давно забыли о той встрече, когда вам было совсем мало лет. Вы ведь, наверное, и знать не знаете, откуда в вашей голове появился образ прекрасного принца? Или знаете и снова прикидываетесь?

Лера молчала, глядя на Ольшанского со страхом и недоверием. Настя мысленно аплодировала Короткову. Вот молодец какой, за такой короткий срок суметь разговорить деда Леры настолько, чтобы тот показал альбомы с рисунками внучки! Но Костя-то, Костя-то каков, в момент ухватил информацию и сплел из нее целую историю. Понятно, что маленькая Лера могла видеть Игоря, потому что если его воспитывал Зотов, а Зотов был другом ее родителей, то Вячеслав Олегович вполне мог привести воспитанника в гости к друзьям. Тем паче у мальчика музыкальный талант, а отец Леры — известный композитор. И вообще, друзья ведь... Странно другое: если это действительно так и было, то почему Зотов ни разу не сказал об этом Лере? Что могло быть естественней фразы: «Лерочка, разве ты не помнишь Игоря? Мы с ним приходили к вам в гости, когда ты была маленькой». Но Зотов, судя по всему, этой волшебной фразы не произнес, и Лера совершенно искренне находится в полном неведении относительно их давней встречи, считая, что впервые увидела Вильданова три года назад по телевизору. Почему же он промолчал? Где-то здесь несостыковка, и Костя ее тоже чувствует, поэтому толкается в разные двери, пытаясь нащупать правильный путь. Почему-то Зотов не сказал Лере, что она встречала Игоря в детстве, а у Игоря, в свою очередь, оказалось кольцо, похищенное во время убийства Тамары Соловьевой. И Ольшанский, терзая Леру своими бестактными вопросами, пытается ухватиться за ниточку, которая связала бы эти два обстоятельства. А может, он зря напрягается и обстоятельства эти никак не связаны? Просто существуют каждое само по себе и живут своей отдельной жизнью.

А Лерочка-то, однако, жестокая девушка. Она, конечно же, знает, откуда у Игоря Вильданова появилось кольцо убитой Тамары Соловьевой, но хочет всячески эту историю скрыть, иначе зачем ей было сваливать все на беднягу Барсукова, которого теперь уже не спросишь. И ведь так сильно ей хотелось вывести из игры Игоря, что она врала вдохновенно и забыв обо всем на свете, даже о том, что совсем недавно говорила и самому Ольшанскому на первых допросах, и Насте — Александре Васильевне: дескать, ухаживания Барсукова всерьез не принимала и считала его юнцом желторотым. Какую же правду она пытается скрыть? Неужели Вильданов действительно имеет отношение к убийству Соловьевой? Громкий будет скандал, если придется арестовывать звезду эстрады за убийство почти десятилетней давности, да еще совершенное по малолетке.

И тут случилось неожиданное. Лера из пунцовой снова стала бледной, да что там бледной — белой как мел. Она уставилась на Ольшанского невидящими глазами и произнесла непонятную фразу:

— Этого не может быть... Этого не может быть... Я сойду с ума, если это правда... Господи, какой позор!

Она покачнулась на стуле и стала валиться на пол. Настя бросилась к ней, но не успела подхватить, и Лера Немчинова неловко и некрасиво упала рядом со столом следователя.

— Обморок, — констатировала Настя, подняв ей веки. — Вызывайте врача.

* * *

— Доигрались, — со вздохом сказал Коротков, выруливая с проспекта Мира на Садовое кольцо.

Настя уныло молчала. Леру, выведенную из обморока, увезли в больницу и положили в кризисное отделение. У нее был сильный психогенный шок, она ни с кем не разговаривала, а врачи запретили ее тревожить расспросами. Но ситуация стала острой, и необходимо было немедленно собирать информацию об Игоре Вильданове, о его юношеских годах и о злополучном кольце. Телефоны Вильданова не отвечали — ни городской, ни мобильный, зато удалось сразу же дозвониться до Зотова, который страшно переполошился по поводу болезни Леры, предложил приехать вечером к нему домой и выразил готовность ответить на любые вопросы работников милиции.

И вот теперь, побывав в больнице, Настя и Юрий ехали к Вячеславу Олеговичу.

— Расскажи поподробнее про деда, — попросила она. — Какой он, как говорит, как держится.

— Говорит — как пишет! — с пафосом воскликнул Юра. — Но если серьезно, то по его речи не скажешь, что он девять лет провел за «колючкой». Знаешь, есть такой тип высококвалифицированных рабочих, которым с детства вложили в голову правильную мысль: любой труд достоин уважения и почета, если делается с душой, умом и вдохновением, и то обстоятельство, что в графе «социальное положение» человек пишет «рабочий», совершенно не означает, что он имеет право быть полуграмотным и дурно воспитанным. Я в свое время встречал таких людей, правда, их было не так уж много, зато сейчас их, как ни странно, куда больше.

— Это результат ломки старой идеологии, — засмеялась Настя. — Раньше у нас уважали только тех, кого ЦК разрешал или велел уважать. Космонавтов там, актеров, крупных ученых, партийных боссов. Рабочих тоже было велено уважать, но делалось это так неискренне, что никого обмануть не удавалось. А теперь у нас во главе всего деньги. Если твой труд позволяет хорошо зарабатывать и достойно содержать семью, то уже никого не интересует, какой это труд, ручной или интеллектуальный. Профессор-академик-лауреат сегодня пустое место, если сидит на государственной зарплате, зато бригады рабочих, делающих качественный ремонт, вызывают всеобщее уважение и очень прилично зарабатывают. Вот и кинулись бывшие работники умственного труда и служители искусств овладевать рабочими профессиями. Поговоришь с такими — и полное ощущение, что на светском приеме побывал. Вон Стасов недавно новую квартиру ремонтировал, так у него бригадир был профессиональным музыкантом, а прораб — профессиональным художником. Работали как звери, квартира получилась — загляденье, а он иногда после работы специально к ним приезжал просто потрепаться и говорил, что давно уже не получал такого удовольствия от общения с малознакомыми, в сущности, людьми.

— А как же бандюки и братки? — возразил Юрий. — Они ведь тоже в криминал полезли, потому что сегодня любой труд почетен, лишь бы деньги приносил.

— Ну что ж, две стороны одной медали. Так всегда бывает, если какой-то процесс влечет за собой хорошие последствия, то и негатив тут как тут. Не зря же американцы говорят, что преступность — это та цена, которую общество платит за демократию. За все надо платить, или, как говорит мой папа, бесплатных гамбургеров не бывает. Ты, между прочим, про деда рассказывал, а сам спровоцировал меня на какие-то политико-философские изыски. Возвращайся на грешную землю.

— А это я тебя проверяю, — нахально заявил он. — Ты ж теперь крупный аналитик, вот и займись обобщениями, покажи мне, скромному работяге-оперу, уровень своего мышления.

— В лоб хочешь? — без обиняков спросила Настя.

— Лучше по лбу, — быстро ответил он. — Ладно, не дуйся, я дурака валяю. Значит, дед. Дед, дед, дед... — задумчиво повторял он, не сводя глаз с дороги и выискивая просвет между машинами, куда можно было протиснуться, чтобы успеть перестроиться перед поворотом. — Ага, вот так. Дед у Леры Немчиновой совершенно замечательный. Выдающийся, можно сказать, дед. Если оставить в стороне эмоции, то можно утверждать, что он безумно боится за свою единственную внученьку, причем источник этого страха лежит не в чем-то конкретном, а как бы витает в воздухе. Знаешь, как некоторые родители боятся «упустить» ребенка. Вроде он еще ничего такого не сделал, хорошо учится, не пьет, не курит, с плохими компаниями не водится, но они все время боятся, что это может случиться. Вот и дед Немчинов. Лера, по его представлениям, нормальная хорошая девушка, подозрительные личности вокруг нее не крутятся, но он живет в постоянном страхе, что с ней что-нибудь случится. Не в том смысле, что кирпич на голову упадет или машина разобьется, а в смысле кривой дорожки, по которой Лера может пойти. На чем основаны эти страхи, я не понял, но они есть, это точно. Дед за ней подсматривает, подслушивает и в вещах ее роется. И что самое удивительное, он мне сам об этом сказал.

— А что удивительного? Почему он не мог тебе об этом сказать?

— Я бы ни за что не сказал чужому человеку такое. Удавился бы, но не сказал. Ну ты сама посуди, как это так, вдруг признаться, что ты подсматриваешь за близким человеком?

— Ты бы не сказал, а он сказал. Чего ты его по себе меряешь? Он другой. У него жизнь была другая, характер другой, мышление не такое.

— Интересно, а ты сама сказала бы?

— Я-то? — Настя задумалась. — Не знаю. Я бы не подсматривала, это во-первых. То есть для того, чтобы я это сделала, мне нужны были бы очень веские основания, очень серьезные причины. Но если бы эти причины были, то, значит, была бы проблема, которая меня так сильно беспокоит, что я готова на все. Я готова поступиться собственным самолюбием, только чтобы ее разрешить. И в этом случае я, конечно, призналась бы, если бы только надеялась, что это поможет. Это во-вторых.

— Не теоретизируй, Ася, ты лучше на фактах покажи. На фактах-то оно нагляднее получается.

— Ладно, давай на фактах. Я, к примеру, подозреваю, что мой горячо любимый муж является иностранным шпионом. Вернее, нет, не так. Я знаю, что вокруг моего мужа крутятся какие-то люди, которые мне подозрительны. Мне кажется, что они хотят втянуть его во что-то нехорошее или могут захотеть это сделать, например, в шпионаж. Я, естественно, говорю с ним об этом, и он, точно так же естественно, посылает меня с моими подозрениями подальше и популярно объясняет, что это очень хорошие и приличные во всех отношениях люди и я не имею права думать о них дурно, а если я так думаю, то я полная идиотка. Его слова меня не убеждают, я продолжаю думать в том же направлении, потому что мне кажется, что мой муж слеп и чрезмерно доверчив. Но поскольку он по-прежнему вращается среди этих людей, я становлюсь предельно внимательной ко всему, я подглядываю, подслушиваю и роюсь в его вещах, чтобы сразу же заметить признаки неблагополучия. Пока ничего не происходит, у мужа я не нахожу никаких подозрительных бумажек или непонятно откуда взявшихся денег. Но я начеку. Я хочу успеть вовремя оградить его, если что-то такое начнет намечаться. И вот на моем скорбном пути появляется человек из милиции... Нет, почему из милиции? Я же собралась подозревать мужа в шпионаже, значит, появляется человек из ФСБ. Я отдаю себе отчет, что он, в отличие от меня, в шпионских делах профессионал, он имеет доступ к нужной информации и обладает всякими разными знаниями, умениями и навыками, которыми не обладаю я. А муж пока еще ничего такого не совершил, так что ответственность ему не грозит. И я с большим удовольствием поделюсь с этим человеком из ФСБ своими опасениями в надежде на то, что он обратит внимание на тех людей, которые мне так не нравятся, и ежели они в чем-то нечисты, то с ними разберутся, пока они еще моего несчастного супруга ни во что такое не втянули. И если нужно будет, то я признаюсь, что подсматривала и подслушивала. Да я в чем угодно признаюсь, только бы до беды не дошло! Речь, конечно, не обо мне, потому что я по сути своего характера не могла бы выйти замуж за мужчину, за которым нужно ходить по пятам и водить за ручку, я в данном случае выступаю от имени абстрактной женщины, но с вполне конкретными проблемами. Вот такая вот конструкция, солнце мое незаходящее. Убедительно?

— Вполне. Если следовать твоей логике, то дед Немчинов пытался сдать нам Вильданова. Не зря же он мне альбомы с рисунками показал, не зря же рассказал, что Лера часто разговаривает по телефону с неким Игорем, а юноша на рисунках просто поразительно похож на известного певца, которого по телику показывают. Он хотел, чтобы мы знали о ее знакомстве с Вильдановым. Выходит, дед ждет беды с этой стороны?

— Выходит, — согласилась Настя, — если ты его правильно понял. Но если дед умнее, чем мы с тобой даже можем предположить, то не исключено, что он затеял какую-то сложную игру. А мы пока не понимаем какую. Ты куда проскочил? Здесь надо было поворачивать.

— Ну извини. Надо предупреждать заранее, я же у Зотова не был.

— Ничего, по параллельной улице проедем.

Зотов, судя по всему, вернулся домой буквально за несколько минут до их прихода. Мокрая от снега дубленка висела в прихожей, а на полу виднелись свежие следы ботинок.

— А куда пропал господин Вильданов? — поинтересовался Юрий, снимая куртку. — Мы сегодня ни по одному телефону не смогли его разыскать. Он не уехал ли из Москвы, часом?

— Он дома, — коротко ответил Зотов. — Я запретил ему отвечать на звонки. У него скоро большой концерт, он должен много репетировать, а Игорь пока что даже тексты новых песен не удосужился выучить. Приходится сидеть с ним, как с маленьким, и заставлять учить уроки.

— Но для милиции он, надеюсь, сделает исключение? Нам обязательно нужно с ним встретиться.

— Разумеется.

Зотов не спросил, что случилось и о чем сотрудники милиции собираются разговаривать с Игорем. Настю это насторожило. Что же, Вячеслав Олегович совсем не беспокоится за своего подопечного?

Они расположились в той же комнате, в которой совсем недавно, еще вчера, Зотов беседовал с Настей. Здесь ничего не изменилось, было так же чисто и прибрано, ни одна посторонняя бумажка не валялась на широком журнальном столе. Единственное исключение составлял видеомагнитофон: в прошлый раз возле него лежала коробка из-под кассеты с каким-то концертом, а сегодня Настя увидела знакомую картинку — фильм «Амадеус». Такое впечатление, что хозяин квартиры здесь практически не живет, только ночевать приходит да перед сном фильм посмотрит или концерт послушает.

— Вы, наверное, много времени проводите со своим воспитанником, — сказала она.

— Много. Особенно перед концертами. Мне приходится быть рядом с ним целыми днями. Я ведь не просто администратор, я еще и педагог Игоря, и концертмейстер. И швец, и жнец, и на дуде игрец. Так о чем вы хотите поговорить со мной? Снова об убийстве Немчиновых?

— Нет, — ответил Коротков, — сегодня мы поговорим, если вы не возражаете, о господине Вильданове.

— Не возражаю, — обаятельно улыбнулся Зотов. — Спрашивайте. Что вас интересует?

— Нас интересует дорогой подарок, который Игорь сделал своей подруге в прошлом году. Вы догадываетесь, о чем идет речь?

— Догадываюсь. Вы говорите о кольце, которое Игорь подарил Лерочке. Я знал, что рано или поздно это произойдет.

— Что именно произойдет? — быстро спросил Юрий.

— О кольце кто-нибудь спросит, и Игорю придется объяснять, где он его взял. Я его предупреждал, но иногда он меня не слушается и делает очевидные глупости.

— И где же Вильданов взял это кольцо? На улице нашел? Получил в посылке от анонимного поклонника?

— Это подарок.

— Разумеется, — кивнул Коротков. — Я так и предполагал. Подарок от любимой женщины, да?

Зотов невесело рассмеялся, подошел к мебельной стенке, достал бутылку минеральной воды и три стакана, поставил их на стол перед гостями.

— О нет, подарок был от женщины любящей, но отнюдь не любимой. Впрочем, любящей ее тоже трудно назвать, она была увлекающейся, капризной, избалованной и распущенной. Тамара любила только себя и свои удовольствия, но умела быть благодарной тем, кто ей эти удовольствия доставлял. Игорь ей понравился, и она подарила ему кольцо.

— Тамара? — переспросила Настя, не веря своим ушам.

— Ну да, Тамара Соловьева.

— Вы были с ней знакомы?

— Слегка. Она дружила со Светой Немчиновой, и я несколько раз видел ее у них на даче.

— И когда она подарила Вильданову кольцо? — недоверчиво спросил Коротков.

Насте показалось, что их собираются кормить очередной лживой сказочкой. Сейчас Зотов скажет, что у Тамары Соловьевой и Игоря был страстный роман, который закончился незадолго до знакомства Вильданова с Лерой. Наверное, он не знает, что Соловьева убита. Но тогда зачем лгать? Если он не знает об убийстве, то у него нет оснований покрывать Игоря. Или Вильданов натворил еще что-нибудь?

— Это было давно. Тамары ведь уже почти десять лет как нет в живых, ее убили. Кольцо она подарила Игорю где-то за полгода до гибели.

— Но позвольте, — возмутился Коротков, до глубины души оскорбленный тем, что его пытаются так дешево обмануть, — десять лет назад Вильданову было пятнадцать лет, а Тамаре Соловьевой — сорок три. Вы хоть отдаете себе отчет в том, что говорите?

— Отдаю. Мне придется сказать об Игоре не самые приятные вещи, но я ведь понимаю, что речь идет об убийстве и о кольце, которое пропало у убитой и оказалось у Игоря. Поэтому лучше сказать правду.

Они слушали, затаив дыхание. Ничего себе история! Где-то в Подмосковье существовал подпольный бордель, куда для пресыщенных, сексуально озабоченных граждан привозили малолеток, желающих быстро и без особого труда подработать. Бордель, в котором несколько раз побывал Игорь Вильданов, нынешняя звезда эстрады. Где-то в Подмосковье находилась и дача Немчиновых, где их убили. И еще где-то, в каком-то третьем месте, состоялась давняя мимолетная встреча пятнадцатилетнего Игоря и восьмилетней Леры. Не многовато ли мест в родном Подмосковье? И не одно ли это место? А теперь еще и шантаж. Содержатели борделя баловались видеозаписями оргий, которые сами же и организовывали, и у кого-то оказалась кассета, на которой запечатлены сексуальные игрища с участием молоденького Игорька Вильданова.

— Скажите, — внезапно спросила Настя, — а ваши друзья Немчиновы не имели к этому никакого отношения?

Зотов грустно смотрел на нее, медленно отпивая маленькими глоточками минеральную воду из красивого стакана.

— К сожалению, имели. Мне очень жаль, что приходится об этом говорить, я бы предпочел, чтобы о Геннадии и Светлане сохранилась добрая память. Я сам узнал об этом совсем недавно и полагал, что будет лучше, если это так и останется тайной.

— Каким образом вы узнали?

— Лерочка носит в портмоне фотографии родителей. Как-то раз она доставала деньги при Игоре, и он увидел снимки. А потом сказал мне, что это были те самые люди — хозяева дачи, на которую их привозили, чтобы они развлекали гостей. Я тогда строго-настрого запретил ему упоминать об этом при Лерочке. Не нужно, чтобы девочка знала, какой была юность ее любимого. И тем более не нужно, чтобы она дурно думала о своих покойных родителях. Когда Игорь сказал мне, что его шантажируют видеозаписью и требуют в обмен другие кассеты, я понял, что Гена и Света еще и этим занимались. Но как я мог объяснить Лерочке правду о ее родителях? Я стал уговаривать ее поговорить с дедушкой, я надеялся, что он сам скажет ей. Ему она поверит. А выслушать такое от меня было бы для нее непереносимо. Да и я не смог бы сказать ей. Просто язык не повернулся бы. Наверное, это признак слабости, но есть вещи, которые я не могу сделать. Я пытался пощадить ее. Разве я был не прав?

— Абсолютно правы, — заверила его Настя. — Как же так могло случиться, что вы, такой близкий друг семьи Немчиновых, ничего не знали о том, чем они занимаются на даче? Вы же бывали там чуть ли не через день.

— Ну не надо понимать мои слова так буквально. Случалось, мы не виделись подолгу. И потом, это были мероприятия разовые, спонтанно возникающие. Гости съехались, выпили как следует, закусили, расслабились, развлеклись с подростками — и все. Разъехались по домам. И снова все тихо и чинно. Игорь рассказывал, что их привозили по выходным дням, а по выходным я почти никогда не бывал у Немчиновых. У меня была своя дача, и ею нужно было заниматься, достраивать, обустраивать, сажать что-то, возить туда детей и жену.

— Вячеслав Олегович, не далее как вчера я спрашивала у вас, не догадываетесь ли вы, почему Василий Петрович Немчинов убил своего сына и невестку. Вам не кажется, что было бы уместно все это рассказать еще вчера?

— Нет, — резко ответил Зотов, — не кажется. Вчера

мы с вами выясняли вопрос об отце Геннадия, который свое уже отсидел. И ради удовлетворения вашего любопытства я не собирался предавать огласке позор моих покойных друзей. Сегодня же речь идет об Игоре, его могут заподозрить и обвинить в убийстве, которого он не совершал и к которому не имеет ни малейшего отношения. Речь идет о карьере и добром имени Игоря, и ради этого можно чем-то пожертвовать.

— Игорь так много для вас значит? — спросила она.

— Я вложил в него все, что знал и умел, — просто сказал Зотов. — Я учил его нотной грамоте и основам вокальной речи, я пытался превратить маленького бродяжку в цивилизованного человека, я его кормил и одевал. Единственное, чего я не смог добиться, — это того, чтобы Игорь закончил хотя бы среднюю школу. Он два года просидел в восьмом классе, а в девятый уже не пошел. Мозгов не хватало. Но певца я из него сделал. Я создал его своими руками, он — мое творение. Разве я могу допустить, чтобы вокруг его имени поднялся скандал, в котором он не виноват? Игорь — существо совершенно беспомощное, он не в состоянии себя защитить и может наделать глупостей, поэтому будет лучше, если я сам скажу вам правду. У него наверняка ума не хватит на это, он будет пытаться скрыть историю своего знакомства с Тамарой из вполне понятного чувства стыда, а в результате запутается, будет нагромождать одно вранье на другое и тем самым только укрепит подозрения в свой адрес. Потом-то, конечно, все выяснится, но, пока будут выяснять, может разразиться скандал, а то и до суда дело дойдет.

Уже уходя, Настя вдруг спросила:

— Вячеслав Олегович, а почему вы не сказали мне вчера, что Игорь поддерживает близкие отношения с дочерью ваших друзей?

— Вы об этом не спрашивали. Вы вообще ничего не спрашивали о Лерочке.

— А если бы спросила, сказали бы?

Зотов секунду подумал.

— Нет. Не сказал бы, если бы вопрос не стоял так серьезно, как сегодня.

— Почему?

— Зачем портить репутацию девочке? Любовь к Игорю ее не украшает, как, впрочем, и любую другую женщину.

— Но почему? — настойчиво спросила она.

— Потому что Игорь — чудовище. Жестокое и примитивное животное, глупое, похотливое и недалекое. Любовь к нему не сделает чести никому.

— А вы? Вы ведь так оберегаете его, заботитесь о нем. Разве вы его не любите?

Зотов странно посмотрел на Настю.

— Я люблю и уважаю свой труд и никогда не бросаю начатое дело на полдороге. Вот и все.

В машине Настя долго молчала, бесцельно крутя в руках зажигалку. Коротков выждал некоторое время, но потом все-таки не выдержал, он не переносил долгого молчания, а за рулем у него вообще возникала острая потребность поддерживать разговор.

— О чем задумалась, подруга?

— О старшем Немчинове.

— И что ты о нем думаешь?

— Думаю, почему он не уехал с места убийства на первой же электричке.

— И почему? Ты давай рассказывай, а то взяла, понимаешь, моду думать молча. Вслух думай.

— Он прятал кассеты. Или уничтожал их. Он забрал их из дачного дома и унес куда-то. И пока не сделал то, что хотел, в город не поехал. Дед узнал, чем занимаются на даче его сын и невестка, приехал и убил их. А на следствии сказал, что они напились и перессорились. Ему была невыносима мысль об огласке такого позора. И теперь понятно, почему он так боится за внучку.

— Почему?

— Потому что однажды он упустил сына.

Глава 12

Журналистка оказалась на редкость дотошная. Она хорошо подготовилась к интервью с Вильдановым, прочла огромное количество материалов о нем, которые публиковались ранее. Было видно, что она терпеть не может красивых мужчин и отнюдь не является поклонницей творчества певца, поэтому вопросы ее были направлены в основном на то, чтобы выставить Игоря перед читателями глуповатым и простоватым.

— Вы сказали, что наряду с новыми песнями в вашем репертуаре есть и старые песни, но в новой редакции. Скажите, это относится к одной из самых популярных и любимых ваших песен — «Реквиему»?

— Да, «Реквием» я тоже буду исполнять в новой редакции, — ответил Игорь заученной фразой, в который уже раз подивившись прозорливости своего наставника. Слава словно предвидел, что такой вопрос обязательно будет, и настаивал на том, чтобы Игорь научился без запинки произносить «новая редакция» вместо того, чтобы говорить «я буду петь по-новому».

— Нашим читателям будет интересно узнать, в чем суть новой редакции их любимого хита. Пожалуйста, скажите несколько слов об этом.

— Создана новая аранжировка.

Эту фразу тоже заставил выучить Зотов.

— А зачем? Почему вы хотите, чтобы песня, к которой все привыкли и которую все полюбили, звучала по-другому?

— Ну... это...

Вот черт, подумал сердито Игорь, ведь Славка мне что-то талдычил об этом, объяснял, а я забыл. Что-то про философскую насыщенность стихов... Но что именно? Вильданов бросил панический взгляд на Вячеслава Олеговича, который, как всегда, присутствовал при интервью. Зотов недовольно шевельнул бровями, но вмешиваться не стал.

— Я думаю, когда все услышат новую редакцию, то поймут, почему я ее сделал, — выкрутился Игорь. — Не хочу заранее разглашать секреты.

— А почему вы уверены, что новая редакция старой песни придется по душе вашим слушателям? Вам не страшно рисковать? Ведь прежняя редакция всем нравилась, а что будет с новой — неизвестно.

Игорь растерялся окончательно. Он и сам не понимал, зачем нужна новая редакция. Слава, правда, как-то убедительно доказывал, что нужно завоевывать новых фанатов, которых он называл «новые слои аудитории», но даже при всей своей примитивности Игорь Вильданов понимал, что говорить об этом журналистке не стоит.

Он не был готов к этому вопросу и сразу же начал злиться на Зотова, который не предусмотрел такого поворота и не отрепетировал с ним ответ заранее.

Журналистка, казалось, уловила признаки неуверенности в известном певце и вцепилась в него мертвой хваткой. Вопросы сыпались один за другим, Игорь плохо понимал их смысл и отвечал как Бог на душу положит, даже не замечая саркастической улыбки, которая то и дело кривила губы журналистки. Наконец она спросила что-то такое, что было ему понятно, и он с готовностью включился в обсуждение.

— Я знаю, что вы всегда даете интервью в присутствии вот этого господина. — Она кивком головы указала на Зотова и послала ему нежную улыбку. — Почему? Это ваш администратор или пресс-секретарь?

— Вы позволите мне самому ответить? — хорошо поставленным голосом сказал Зотов. — Все-таки вопрос касается лично меня.

— Конечно, — милостиво разрешила журналистка и потянулась к диктофону, чтобы переставить его поближе к Зотову.

Но Игорь вцепился в ее руку, не давая переместить диктофон. Еще чего! В кои веки ему задали вопрос, на который он может ответить сам, без подсказки Славы. И пусть Зотов знает, что не такой Игорь беспомощный, он тоже кое-что соображает и может.

— Не надо, — торопливо произнес он, — я сам отвечу. Вы же мне задали свой вопрос, а не ему. Вячеслав Олегович Зотов организовывает мои выступления и ведет все мои дела. В том числе он работает и моим пресс-секретарем, составляет расписание моих встреч с журналистами...

Игорь воодушевился тем, что отвечает сам, и смотрел уже только на журналистку, поэтому не заметил, как лицо Зотова исказила гримаса отвращения. Правда, всего лишь на короткий миг, почти незаметно. Игорь помнил, что на сегодня это последняя встреча с прессой, у него уже были два журналиста, эта дамочка — третья за последние пять часов, и после ее ухода можно будет наконец расслабиться и выпить. Слава возражать не станет, он всегда разрешает ему выпить после интервью, знает, как Игорь нервничает и напрягается. Зато после выступлений ему выпивка не нужна, он работает на сцене с упоением и радостью, и если бы было можно, пел бы не два часа, а хоть до самого утра. На сцене он не уставал и не напрягался, только там была его жизнь, он и не волновался никогда, как некоторые, которых чуть ли не мандраж хватает перед выходом из-за кулис. Игорь этого не понимал. Чего бояться-то? Поет он хорошо, публика его обожает, люди в зале не враги ему, а мысль о том, что он может спеть плохо, даже и не посещала его голову. А вот пресса — это трудно. Приходится готовиться, что-то заучивать и во что-то вникать, чего Вильданов не любил в принципе. Никогда и ни в каком виде. Он бы, будь его воля, и слова песен не учил бы, просто мурлыкать ему нравилось куда больше.

Наконец журналистка задала все свои вопросы и ушла. Изобразив воспитанного молодого человека и закрыв за ней дверь, Игорь быстренько прошмыгнул на кухню и вытащил из холодильника початую бутылку джина. Налив полстакана, он воровато оглянулся и выпил. Джин обжег горло и стал растекаться по пищеводу благостным теплом.

— Слава, тебе выпить принести? — громко крикнул он.

— Не надо, — послышалось из комнаты. — Мне минералки принеси.

Игорь достал другую бутылку, на этот раз водки, выставил на стол банки с маринованными огурчиками, жемчужным луком и фаршированными оливками. Молодец, Лерка, хорошую закусь покупает, умеет выбирать. Соорудив на тарелке некое подобие «подводочного» ассорти, он собрался было идти в комнату, но остановился. Поставил тарелку и водку на стол и снова полез в холодильник. Слава, конечно, выпить разрешит, но именно выпить, а не напиться, а Игорю хотелось напиться. Слишком тяжелыми оказались для него последние двое суток, когда пришлось признаваться в своей самодеятельности и два дня подряд выслушивать от Славы резкие и обидные слова о том, какой Игорь Вильданов кретин, козел и урод. Потом еще Лерка истерику закатила... Конечно, и вчера, и позавчера ему тоже хотелось «расслабиться», но Зотов запретил, в его присутствии Игорь не смел даже заикнуться о спиртном. Можно было, разумеется, нарушить запрет, когда Зотов уходил домой спать, но Игорь побаивался очередного скандала, а если бы на другой день утром Слава учуял запах от Игоря, то снова последовали бы долгие и оскорбительные разборки. Пришлось терпеть, пока не пройдут все интервью. Зато теперь можно не бояться. Рюмка водки ему разрешена официально, и под запах от этой рюмки можно надраться. Достав из холодильника джин, Игорь сделал несколько глотков прямо из горлышка, с сожалением посмотрел на остатки. Бутылку придется доливать водой из-под крана, иначе глазастый Зотов непременно углядит, что джину убыло, причем существенно, и начнет орать. Обмана он не заметит, потому что сам не пьет и пробовать содержимое бутылки не станет. Жалко только разбавлять оставшийся в бутылке напиток, добро губить.

Игорь быстро прикончил бутылку, налил из-под крана воды, завинтил крышку и поставил назад в холодильник.

Войдя в комнату, он постарался не подходить близко к Зотову, чтобы тот не почувствовал запах. Поставил тарелку, водку и рюмку на первую попавшуюся поверхность, торопливо налил и тут же выпил. Вот и все, операция прошла успешно, Славка не заметил, что Игорь уже «перехватил».

— Что, так не терпится? — недобро усмехнулся Зотов. — До стола дойти не можешь?

Игорь уже обрел прежнее добродушие, да и вообще ссориться с Зотовым сейчас в его планы не входило. Пусть сначала поможет с шантажистом разобраться, а уж потом поглядим, кто без кого обойтись не может.

— Да ладно тебе, Славка, чего ты цепляешься? Устал я, нервничал, мне расслабиться нужно.

Он взял тарелку и уселся напротив Зотова на диван. С аппетитом хрустнул огурчиком и тут же засунул в рот несколько оливок с красным перцем и маленьких жемчужных луковок.

— Зачем же ты, милый, трудился, сам закуску себе носил и выпивку? — ласково спросил Зотов.

— А чего такого-то?

— Велел бы мне, я бы тебе принес.

— Ты?

От изумления Игорь чуть не поперхнулся. Когда это такое было, чтобы Зотов ему выпить и закусить подносил? Да он стакана воды не подаст, а если попросить, так еще и отчитает.

— А чего ты удивляешься. Я же работаю у тебя пресс-секретарем. Ты хоть понимаешь своей тупой башкой, какие слова произносишь? Я. У тебя. Работаю. Да как ты посмел, гниденыш, такое сказать журналистке?

— Ну чего я сказал-то? Сказал, как есть. Ты же организуешь мои встречи с журналистами? Организуешь. Значит, ты мой пресс-секретарь. Ты получаешь от меня деньги? Получаешь. Значит, ты у меня работаешь. Чего ты взъелся-то? Я же не сказал, что ты прислуга.

— Ну спасибо тебе, Игорек, спасибо, отец родной! Прислугой не назвал. А почему, если ты такой самостоятельный, ты не рассказал ей, как я задницу тебе вытираю все эти годы, как глупости твои исправляю, как заставляю слова учить перед встречами с такими, как она, журналистами? А? Почему же ты, хозяин, ей все это не сказал? Тебе кто, козел безрогий, позволил пасть разевать? Я сказал, что отвечу на ее вопрос, и ты должен был немедленно заткнуться и уйти в тину. Замереть и слушать, что старшие говорят. Ты куда попер со своим рваным интеллектом?

— Чего орешь? — внезапно огрызнулся Игорь. В нем стала закипать злость. — Как есть, так и сказал.

Он снова потянулся к бутылке, налил рюмку до краев.

— Не смей пить! Тебе завтра с утра репетировать, послезавтра фонограмму записываем.

— Да пошел ты.

Игорь одним махом выплеснул содержимое рюмки себе в рот. Подождал секунду, зажмурившись, закусил оливками. Вот так, пусть знает, что не вечно ему указывать. А то взял моду орать по каждому пустяку, жизни учит, замечания делает. Он кто? Администратор вшивый, который на его, Игоря, таланте наживается, свои тридцать процентов с каждого выступления, с каждой записи отцарапывает в свой карман. Так всегда бывает, один талантливый человек пашет как вол, а вокруг него куча прихвостней, которые изображают из себя полезных и за это денег требуют, прилипалы несчастные!

Выпитый залпом джин, разбавленный водкой и приправленный легкими соленьями, ударил в голову и начал победное шествие по слабым мозгам Игоря Вильданова, с каждой минутой отвоевывая все большую и большую территорию. Такое случилось, пожалуй, впервые. Игорь любил как следует поддать и «расслабиться», но обычно это происходило в компании с приятелями и девицами. Зотов в таких вечеринках не участвовал, и его обычная манера унижать Игоря ни разу еще не натыкалась на пьяный кураж воспитанника.

— И не указывай мне. Хочу пить — и буду. Сейчас вот эту бутылку допью и другую открою, — заявил Игорь, шалея от собственной храбрости.

— Самостоятельный, да? — насмешливо сказал Зотов, которого неповиновение, казалось, даже позабавило.

— Да! Самостоятельный! И нечего меня учить! Что я тебе, мальчишка? Я такие деньги зарабатываю, какие тебе и не снились, и скажи спасибо, что я тебе отстегиваю, как договорились. Так это мы с тобой когда договаривались? Когда я только начинал выступать и меня не знал никто. А теперь я Вильданов, теперь меня каждая собака в стране знает, теперь я получаю деньги за свой талант, а ты тут при чем? Но я честный, мы как договорились, так я тебе и плачу, хотя давно надо было перестать вообще тебе деньги давать.

Он снова выпил, даже забыв удивиться, что Зотов никак на такую вольность не отреагировал. Эта третья рюмка пошла плохо, Игорь почувствовал, что больше уже принимать не надо, хватит. Напряжение последних дней отступило, он больше не ощущал усталости, но сейчас вопрос стоял принципиально: он или отвоюет свою свободу, или нет. И начало этой войне за самостоятельность должны положить те рюмки, которые он нахально, без спроса будет опрокидывать на глазах у Зотова. Нужно показать раз и навсегда, кто в доме хозяин.

— Ага, пей, пей, — спокойно заметил Вячеслав Олегович. — Продемонстрируй мне, какой ты взрослый. А то я-то не знаю, все думаю, что ты маленький еще, на горшок тебя за ручку вожу, с шантажистом твоим разбираться собрался, прессу тебе готовлю к концерту. А ты у нас, оказывается, большой, все знаешь и сам умеешь. Валяй, Игорь, вперед и с песнями. Флаг только в руки не забудь. Повыступаешь один, без моей помощи, пару месяцев, а потом знаешь, что с тобой будет? Не знаешь? Так я тебе скажу. Тебе дадут в руки барабан и палочки и поставят во главе колонны артистов, идущих на фиг. Радует тебя такая перспектива?

Мысль была сложной, Игорь ее не понял. Какая колонна? Почему на фиг? И при чем тут барабан и палочки? Впрочем, говорят, что лучшая оборона — это нападение.

— А ты меня не пугай, — злобно огрызнулся он. — Думаешь, я не понимаю ничего? Думаешь, я не понимаю, почему ты меня все время запугиваешь и оскорбляешь? Ты боишься, что я тебя выгоню и возьму другого администратора, и тогда плакали твои денежки! Поэтому ты и хочешь, чтобы я думал, будто я еще маленький и глупенький и без тебя не обойдусь.

Игорь захихикал. Эта мысль пришла ему в голову только сейчас и показалась свежей и логичной. Он даже начал гордиться собой. Ну какой молодец, на ходу подметки рвет! Сейчас он его уделает, Зотова этого, по первое число.

— И еще ты мне завидуешь! Из меня получилась звезда, а из тебя — нет, не вышло из тебя, Славка, артиста. Вот ты и вымещаешь на мне злобу, оскорбляешь почем зря. А мне что? Я терпеливый, я к твоим страданиям с пониманием отношусь, знаю, как это трудно — каждый день завидовать смертной завистью, каждый день видеть меня и знать, что живешь на мои деньги. Ты, Славка, старенький, твоя жизнь кончена, а моя только начинается. И если в самом начале я делаю такие сборы, то представляешь, что будет лет через десять? Жизнь в самом разгаре, а я уже миллионер. И ты хочешь примазаться к этому, присосаться, ты тоже хочешь поучаствовать. Поэтому ты зависть свою в жопу засунь и терпи мой талант, как я терплю твои оскорбления. Старость надо уважать, это мы еще в школе проходили. Вот я тебя и уважаю за твои заслуги перед Родиной.

Он откинулся на спинку дивана и вперил в Зотова победный взгляд. Вот так, пусть знает, что и Игорек не пальцем деланный. И дабы поставить убедительную точку под этой тирадой, Вильданов медленно и демонстративно выпил еще одну рюмку. Перед глазами все поплыло.

— Ты все сказал, гниденыш? — мирно поинтересовался Зотов.

— Угу, — пробормотал Игорь.

— Тогда отдохни немножко и послушай меня. Тебе нельзя много разговаривать, ты устаешь быстро. Мозги-то у тебя с булавочную головку, как у бабочки, три слова сказал — и уже все, истощился. А завтра у тебя репетиция, так что ты мне нужен отдохнувшим и полным сил. Отдыхай, милый, отдыхай, а я, пока суть да дело, объясню тебе, кто ты есть на этом свете. Ты, Игорек, полное ничтожество и доброго слова не стоишь. Дерьмо, одним словом, если тебе так понятнее будет. Что у тебя в этой жизни есть своего? Талант. Это есть, не спорю. Но что такое твой талант? Умение голосом передать чувство. Это у тебя было от природы, что да — то да, не отнимешь. Но с одним этим талантом ты бы и рубля не заработал. Ты вспомни, вспомни, чем ты деньги-то зарабатывал, пока по просторам нашей Родины шатался. Или забыл, как ты со старыми бабами в постель ложился? Что ж ты серенады им не пел, если ты такой талантливый был до встречи со мной? А не пел ты, сучонок, потому что не умел. Ты вообще ничего не умел, читал по складам и писал с ошибками. Вокал — это не только искусство, это работа, которая требует специального обучения и долгих тренировок, как и любая работа. И где бы ты был сейчас, если бы я тебя не учил и не тренировал?

Игорь немного пришел в себя после очередной рюмки и вновь обрел потребность сопротивляться.

— Подумаешь, другой бы нашелся. Что, кроме тебя, учителей нет? Тоже мне, пуп земли.

— Другой? Вот если бы у тебя были богатые родители, которые смогли бы заплатить хорошие деньги за твое обучение, тогда конечно. Тогда других было бы навалом. Найти педагога за деньги — невелика задача. А ты найди того, кто будет с тобой заниматься бесплатно, да еще в свой дом тебя возьмет и на свою шею посадит. От родных детей кусок будет отрывать, потому что и тебя, дармоеда, тоже кормить надо. С любимой женой расстанется, потому что она не захочет жить под одной крышей с грязным вонючим бродягой, от которого несет псиной, который сплевывает на пол, ворует хозяйские сигареты и выпивку и за столом жует с открытым ртом. Ты был омерзителен, к тебе было противно подойти близко, от тебя воняло, но я терпел все это, потому что хотел сделать из тебя настоящего певца, хотел сохранить твой природный дар, чтобы он не пропал вместе с твоей никому не нужной жизнью. А теперь иди на улицу и приведи мне еще одного такого же, как я.

— Чего ты врешь-то! — возмутился Игорь. — Не воняло от меня псиной.

— Воняло. И псиной, и козлом, и сортиром. Ты вспомни, сколько я над тобой бился, чтобы заставить тебя мыться каждый день. Забыл? А я помню. Но вот научил я тебя петь, владеть голосом, слушать аккомпанемент. Дальше что? Дальше я стал выбирать для тебя песни, которые ты будешь петь, потому что у тебя не только мозгов нет, у тебя и чутья нет, вкуса нет элементарного, ты же самостоятельно ничего сделать не сможешь, чтобы это было прилично. Выпусти тебя тогда на сцену, что бы ты спел? Про Любочку в синенькой юбочке? Про капитана Каталкина? Я подбирал репертуар для тебя, чтобы ты был не похож на всех остальных и чтобы мог в полной мере продемонстрировать и то, чем тебя наделила природа, и то, чему я сам тебя научил. Потом я учил тебя держаться на сцене. Потом я придумывал и выбирал твои сценические костюмы. Я искал музыкантов, которые будут правильно тебе аккомпанировать. Я искал композиторов, которые напишут для тебя такую музыку, какую нужно, и платил им из своего кармана. Я искал стихи для этой музыки. Потом приносил тебе ноты с текстом и велел учить. И только после этого ты вышел на сцену. Так кто ты есть на самом деле, Игорь Вильданов? Ты что же думаешь, ты великий певец и звезда первой величины? Ты — никто, ты кукла, которую я создал, вставил внутрь моторчик и показываю людям. Какую я программу в куклу заложил, так она и действует. Ты весь с начала и до конца сделан моими собственными руками. У этой куклы моя вокальная техника, моя манера исполнения, мой музыкальный вкус. У нее нет ничего своего, ты понял, ублюдок недоделанный? Когда твои фанаты тобой восхищаются, когда газеты пишут о твоем тонком вкусе и изысканной музыкальности, ты должен помнить, что это мой вкус и моя музыкальность, а не твоя. Ты бы, сволочь неблагодарная, хоть раз сказал кому-нибудь, что это я тебя всему научил. Но ты же строишь из себя великого артиста и принимаешь комплименты, как будто они к тебе относятся. А ты на самом деле не то что комплимента, ты ничего, кроме плевка, не заслуживаешь. Попробуй петь не то, что я тебе велю, и не так, как я тебя учил, и я посмотрю, сколько человек останется на твоем концерте через три минуты после начала. Хочешь попробовать? Не хочешь? Тогда иди ложись и до утра не вставай. И чтобы то, что ты себе сегодня позволил, было в последний раз. Ты будешь меня слушаться и делать то, что я говорю. И ты никогда больше не посмеешь сказать, что я у тебя работаю. И думать так не посмеешь. Я — твой педагог, но из самых добрых побуждений, чтобы помочь тебе, выполняю функции твоего администратора. Ты запомнил, козел вонючий?

Игорь собрался было снова огрызнуться, но зазвонил телефон. Он попытался подняться, чтобы снять трубку, но Зотов опередил его.

— Игоря нет, — сказал он невозмутимо. — Нет, завтра его тоже не будет. И послезавтра тоже. Только через две недели. Нет, к сожалению, раньше он не появится, он очень занят. Всего доброго.

Он положил трубку и насмешливо взглянул на Игоря.

— Ты куда ручонку-то потянул? К трубочке? Я же запретил тебе отвечать на звонки. Что-то ты больно смелый стал.

В голове у Игоря окончательно помутилось. Поток унизительных фраз, упавших на отравленный алкоголем мозг, разбудил к нем ярость, такую сильную, какой он раньше никогда не испытывал. Он вскочил с дивана и направился к двери.

— Ты куда? — спросил Зотов, привычно контролируя каждый его шаг.

— В туалет.

Игорь вышел из комнаты, плохо соображая, куда идет. В голове крутилась только одна мысль: «Я покажу тебе, кто здесь хозяин!»

* * *

Василия Петровича Немчинова к внучке тоже не пустили, но из больницы он не ушел. Настя нашла его в сквере рядом с приемным покоем. Седой человек с прямой спиной и морщинистым лицом сидел на скамейке неподвижно, будто не чувствуя холода. Она присела рядом.

— Василий Петрович? — осторожно спросила она.

Немчинов слегка повернул голову в ее сторону.

— Вы кто?

— Я Настя, — неожиданно для себя ответила она.

Она и сама не понимала, почему назвалась просто именем, а не представилась, как положено.

— Настя, — повторил Немчинов. — Хорошее имя, простое, русское. Я был против, чтобы ее назвали Валерией. Не наше это имя, чужое, Господь не защитит.

— А какое имя вы хотели для внучки?

— Анна. Анютка. Аннушка.

«Анну Господь тоже не защитил», — подумала Настя, вспоминая прошедший год и несчастную Аню Лазареву, которой повезло встретить единственного мужчину в своей жизни, но и не повезло, потому что этот мужчина хладнокровно использовал ее и довел до гибели. С Анны Лазаревой мысль плавно перебежала на другие обстоятельства этого же дела, и Настя вдруг вспомнила, как ровно год назад точно так же сидела на скамейке в боль-

ничном парке с пожилым седым человеком. Крутой ма-
фиози Эдуард Денисов, умирая, призвал ее для выпол-
нения своей предсмертной просьбы. Прошел год — и
круг замкнулся, она снова в больничном парке, и снова
рядом с ней страдающий старик.

— Вы верующий? — спросила Настя.

— Смотря во что, — рассеянно ответил Немчинов. —
В Бога не верю, не так воспитан. А в вечную мудрость
верю. Сам виноват, надеялся, что меня чаша минует. Ан
нет, вечная мудрость — она для всех одинаковая, никому не убежать. Дурак я, Генку, сына своего, учил, учил,
носом тыкал, читать заставлял, со словарем переводить,
наизусть учить, хотел мудрость эту в его башку вдол-
бить. А сам... Понадеялся, думал, если во благо делаю,
то обойдется. Не обошлось.

Настя вздрогнула, мысль, простая и лежащая на поверхности, вдруг предстала перед ней так ясно, что она
даже удивилась, почему раньше не сообразила. Самая
знаменитая песня Вильданова — «Реквием». Но это ведь
и лучшая песня Геннадия Немчинова, самая яркая и
сильная из всего, что он написал. Единственная песня,
к которой композитор сочинил текст сам, все остальные
песни были на стихи его жены Светланы Немчиновой.
Почему именно эта песня, почему «Реквием»? Потому
что это вбивалось с детства в голову, и песня была напи-
сана, когда Геннадий еще не был женат и еще не вышел
из-под духовной власти отца.

— А вы надеялись, что обойдется? — осторожно сказала она. — Нельзя было скрывать до бесконечности, вы
ведь должны были понимать, что рано или поздно все
вскроется и может обернуться трагедией. Лера узнала

обо всем не от вас, а от посторонних людей, что-то ей сказали, о чем-то сама догадалась, сопоставив факты, и ее психика не выдержала. «Когда воссядет Судия и привлечет к ответственности все скрытые деяния, ничто не останется тайным». Ведь так гласит вечная мудрость?

— Так, — Немчинов кивнул. — Вы из милиции?

— Да.

— Меня опять посадят?

— Ну что вы, нет, конечно. За что? За сына и невестку вы уже отсидели, и даже больше, чем нужно.

Он помолчал. Настя видела струйки пара от его дыхания и удивилась, что не чувствует холода. Впрочем, так бывало, когда она сильно волновалась. Она понимала, о чем спрашивал ее старик: тогда, десять лет назад, он узнал о преступлении и не донес, хотя по закону обязан был. Вовлечение несовершеннолетних в групповые сексуальные развлечения — дело нешуточное. Тогда был еще старый Уголовный кодекс, и в нем существовала статья о недоносительстве, причем посадить по ней теоретически можно было даже самого близкого родственника. Это сейчас, по новому кодексу, близкие родственники не могут привлекаться за недонесение, а тогда... Но поскольку состав, как красиво сказали бы ученые-правоведы, декриминализован, то беспокоиться Василию Петровичу не о чем, его уже нельзя привлечь за совершенное десять лет назад недонесение, даже если кому-нибудь придет в голову этого очень захотеть.

— Лерочка, невинное дитя, — произнес вдруг Немчинов. — Я надеялся, что она не пострадает, она же не сделала ничего плохого. Забыл, что в «Реквиеме» сказано: «Quid sum miser tunc dicturus? Quem patronum rogaturus, cum vix justus sit securus?» Впрочем, вы, наверное, не понимаете.

— «Что же буду делать я, грешник, какого покровителя умолять о заступничестве, если даже праведник будет нуждаться в снисхождении».

— Вы знаете латынь?

— Немного. Учила в университете. Но музыку я, честно говоря, знаю лучше. Василий Петрович, вы не хотите мне рассказать?

— Зачем? Какой смысл? Все уже случилось, Лерочка узнала. Как она теперь будет жить? Боже мой, я так старался, я знал, что она меня ненавидит, и не пытался оправдаться, только чтобы она не узнала, какими подонками, какой мразью были ее родители. Все, история закончилась, и нет смысла ее ворошить.

— История не закончилась, — возразила Настя. — Где-то всплыла одна из кассет и используется как орудие шантажа. Нам нужно знать как можно больше, чтобы найти шантажиста. Помогите нам, пожалуйста.

* * *

Москва готовилась к Новому году. С каждым днем город становился все наряднее и веселее, в витринах и на улицах ставили елки и вешали гирлянды, люди ехали в метро с огромными яркими пакетами, в которых угадывались елочные украшения. Пришла пора приобретать новогодние подарки для родных и друзей, и как Настя ни оттягивала этот момент, оставляя на потом, но заняться покупками все-таки пришлось.

Она совершенно не полагалась на свою фантазию, поэтому, выйдя с работы, первым делом купила в метро телефонную карту, чтобы иметь возможность в любой момент позвонить мужу для консультаций. Проехав пять остановок на метро, она вышла на Манежной площади и тут же нырнула в огромный, только что открывшийся подземный торговый центр. В первый момент она даже не поняла, куда попала. Это была не Москва, а какой-то незнакомый европейский город с дорогими магазинами, многочисленными кафе и ресторанчиками, стеклянным лифтом и большим фонтаном в центре.

Настя начала планомерный обход магазинов, и уже минут через двадцать у нее сформировалась первая партия вопросов. Поднявшись наверх, она нашла автомат и позвонила Алексею.

— Как ты относишься к тому, что мы всем дамам подарим безделушки от Сваровского? — спросила она. — Там выбор огромный, можно купить элегантное, а можно и смешное. Цены, правда...

— Асенька, я же получил сейчас большой гонорар, так что можешь тратить. А что мужикам будем дарить?

— До мужских подарков я еще не дошла, я только по первому этажу прошлась. Значит, таможня дает добро на Сваровского?

— Валяй, — разрешил Чистяков.

На втором этаже Настя набрела на магазин с принадлежностями для курильщиков и подумала, что всем курящим друзьям и родственникам можно здесь выбрать замечательные пепельницы, зажигалки и портсигары. Что ж, полдела сделано, осталось найти подарки для некурящих и для детей, потом надо будет подняться, еще раз все обсудить с Лешкой, потом купить все намеченное — и можно ехать домой. Ах да, еще же нужно выбрать подарок для самого Лешки. Жаль, что нельзя с ним посоветоваться, все-таки подарок должен быть сюрпризом.

Ей пришлось бегать к телефону еще два раза, потому что она никак не могла решиться на детские подарки. Ей нравилось все, что она видела, и в этом случае проблема выбора становилась неразрешимой. «Господи, — с сарказмом подумала Настя, — как хорошо было при советской власти! Увидишь одну-единственную вещь — и хватаешь ее быстрее, потому что другой не будет, по крайней мере в ближайшие полгода. Никаких проблем с выбором, что в магазины выбросили — то и берешь. И голова не болит». Наконец все подарки были куплены, и Настя выбралась на площадь. Из метро она еще раз позвонила мужу.

— Лешик, я двигаюсь в расположение части. Через полчаса буду на «Щелковской». Ты меня не встретишь? А то у меня сумки тяжеленные.

— Тебя Коротков встретит, он мне уже телефон оборвал, все пытается тебя разыскать. Я так понял, что он в машине возле метро сидит и тебя караулит.

— Что случилось? — перепугалась она.

— А что у вас обычно случается? Труп чей-то обнаружили, — невозмутимо ответил Алексей.

— Чей труп?

— Не знаю, Асенька, твой друг мне не доложил.

Повесив трубку, она вошла в метро «Площадь Революции» и спустилась на платформу. Да, с нищими и калеками здесь действительно все в большом порядке, просто Настя привыкла их не замечать как раз в силу того, что знала об истинном положении вещей и о том, как крепко все эти раненые и Богом обиженные сколочены в бригады и фирмы. А для человека непосвященного, особенно для приезжего, зрелище было, конечно, впечатляющим.

Сесть в вагоне ей не удалось, всю дорогу она простояла, прислонившись спиной к двери и вспоминая рассказ деда Немчинова. Как сильно, случается, меняется представление о человеке или событии! Немчинов казался ей опасным и опытным уголовником, обросшим устойчивыми преступными связями. А что оказалось? Несчастный старик, принесший собственную жизнь в жертву единственной внучке. И к убийству Саши Барсукова он никакого отношения не имеет... А кто имеет?

Алексей не ошибся, Коротков действительно ждал Настю у метро, она сразу увидела его старенькие, дышащие на ладан «Жигули».

— Что у нас стряслось? — спросила она, открыв дверь и забираясь в салон.

— Зотов, — коротко и непонятно ответил Юра.

— Что — Зотов?

— Убит.

— Ничего себе! Где?

— В квартире Вильданова. Игорь его ножом... Четырнадцать проникающих ран. Зрелище не для слабонервных.

— Подожди, Юра, не перескакивай. Давай по порядку.

— Да какой тут может быть порядок, Аська! В дежурную часть позвонили соседи Вильданова. Из квартиры доносилось невнятное, но устрашающее вытье, они позвонили в дверь, Игорь открыл, они и увидели. Сам Вильданов показался им тихопомешанным, он подвывал, как собака, и ходил вокруг тела. Выехала группа, Вильданова привезли на Петровку, но ничего толкового он не рассказал, твердил только: «Больше он не будет меня унижать. Больше он не будет меня оскорблять».

— Но в убийстве признался?

— Признался. Хотя что-то слабо верится.

— Почему? — удивилась Настя. — Тебе кажется, что Вильданов не способен на убийство?

— Вильданов-то? Способен, еще как способен. Только повод где? Где, я тебя спрашиваю, повод? Зачем ему убивать своего администратора, который ему все равно что отец родной? Нет, Ася, тут какие-то деньги крутятся, в шоу-бизнесе всегда большие деньги, причем левые, вот из-за денег этих Зотова и убили. И я совсем не исключаю, что это сделал не Вильданов. Или Вильданов, но не один. Там был еще кто-то. Вот попомни мои слова.

Только тут Настя обнаружила, что Коротков ведет машину в каком-то странном направлении. Во всяком случае, направление это ни при каких условиях не могло привести к ее дому.

— Извозчик, а мы куда едем? — спросила она. — Огласи направление.

— Мы едем домой к Зотову, где сейчас будет проходить обыск.

— На какой предмет? Что вы там хотите найти?

— Доказательства финансовых махинаций в сфере шоу-бизнеса, которые могли послужить основой конфликта. Дальше по обычной схеме: кому выгодно — тот и убил.

— Ладно, а я там зачем? Для чего ты меня туда везешь? Да и следователь меня выгонит оттуда в два счета, я же не оперсостав.

— Следователь не выгонит, сегодня Борька Гмыря дежурит, он тебя любит. Помнишь, как мы с тобой и с ним втроем квартиру Алины Вазнис обыскивали без понятых? Другой бы следователь заартачился, а Борька нормально воспринял. С ним хорошо работать, он сам из оперов, нервы зазря не мотает.

— И Уголовно-процессуальный кодекс не чтит, как и положено хорошему оперу, — заметила Настя. — Но я все равно не поняла, зачем ты меня туда тащишь.

— Ну Ася, не вредничай. Колобок предупредил, что если по горячим следам не раскроют, то с завтрашнего утра убийство Зотова висит на мне. А ты — мой верный и давний друг, так неужели не поможешь? Поприсутствуешь при обыске, пороешься в бумажках, вдруг чего и углядишь, чего я не замечу. Между прочим, где ты сегодня работу прогуливала? Полдня не мог тебе на службу дозвониться.

— Я с дедом Немчиновым общалась.

— Да ну? И как он тебе? Мои впечатления были правильными?

— Абсолютно. И мои предположения тоже. Он тогда еще, давным-давно, нашел у сына кассеты и просмотрел их. На них и Игорек был. Поэтому, когда вдруг обнаружилось, что любимая внучка якшается с этим, по его мнению, развратным и безнравственным типом, дед чуть с ума не сошел от ужаса. Запретить внучке он ничего не может, она его за человека не считает. Рассказать ей правду не может тем более. Короче — караул! Ты знаешь, он мне рассказал одну любопытную вещь. Оказалось, что родители Леры делали эти кассеты не для собственного похотливого удовольствия. У них был заказчик, так сказать, работодатель, который велел им организовывать оргии и точно указывал, кого на них надо пригласить. Кассеты выкупал за очень хорошие деньги. А чтобы Немчиновы не дергались, заранее подсадил их на героин. Доза стоит денег, и за эти деньги Геннадий и Светлана душу готовы были продать, не то что кассеты какие-то. Дед, конечно, сначала ничего этого не знал, просто нашел случайно кассеты, по интерьеру понял, что дело происходит на их даче, и приехал туда, чтобы поговорить с сыном. Он до последнего момента надеялся, что Геннадий даст ему какие-нибудь вразумительные объяснения и хоть как-то оправдается. А сынок сразу встал в позу и все признал, да еще и про наркотики рассказал. Дед-то человек неглупый, он сообразил, что если сын с невесткой так глупо попались на героин, то жить им осталось всего ничего, но если дать им умереть своей смертью, то дачку эту вместе с кассетами обязательно кто-нибудь найдет, и огласки будет не избежать. Тут уж все вылезет, и оргии, и наркотики. Ославят сына на всю страну. Вот он и решил по-своему.

— Глупо, — пожал плечами Коротков, — можно было что-то другое придумать, чтобы людей не убивать и в тюрьму не садиться.

— Наверное, — согласилась Настя, — но что толку сейчас это обсуждать? Он решил так, как решил, и сделал так, как сделал. Юрка, ты опять поворот проскочил! Я же только вчера тебе его показывала.

— Извини, задумался. Ладно, поедем как вчера, по параллельной улице.

Следователь встретил Настю озабоченным кивком головы.

— Привет, Каменская, проходи, подключайся. Как дела?

— Нормально, Борис Витальевич, спасибо. А у вас тут что?

— Пока ничего, спальню, кухню и санузел отработали, остались кабинет и гостиная. Так что можешь выбирать.

Настя выбрала гостиную, хотя понимала, что если у Зотова были документы или переписка, касающиеся шоу-бизнеса, то они скорее всего находятся именно в кабинете. Но ей не интересна была финансовая переписка, ей интересен был сам Вячеслав Олегович Зотов, хорошо образованный и не без способностей несостоявшийся артист, оказавшийся талантливым педагогом. Человек, который видел рядом с собой одаренного от Бога мальчишку и страдал оттого, что этот талант природа дала не ему, умному и образованному, а ничтожному маленькому чудовищу. По классическому варианту, Сальери убивает Моцарта. Но сегодня Настю Каменскую интересовал Сальери, который сам пал от руки гениального соперника. Еще со вчерашнего дня, с того момента, как она увидела здесь кассету с фильмом Формана «Амадеус», Настя не переставала думать об этом феномене, о сложных отношениях, которые могут связывать человека достойного, но всего лишь одаренного, и человека гениального, но пустого и ничтожного. Ведь Сальери в фильме воспринимал Моцарта именно так и искренне пытался понять, что же происходит, почему Господь наградил своим даром этого маленького дурно воспитанного человечка, гоняющегося за каждой юбкой и не понимающего силы своего дарования. Сальери приходит в дом Моцарта, прикасается к его вещам, дышит тем воздухом, которым дышит гений, и все пытается понять, пытается... и не понимает. А как Зотов воспринимал своего воспитанника Вильданова? Теперь вряд ли это можно узнать. Хотя фильм он смотрел, и, судя по затертости коробки от кассеты, смотрел неоднократно.

Что ж, вполне вероятно, что тот Сальери и в самом деле убил того Моцарта. Там и тогда. А здесь и сейчас случилось наоборот, Моцарт сам убил Сальери.

Настя подошла к мебельной стенке, где на полке в строгом порядке, как книги на стеллаже, стояли видеокассеты. Записи классической музыки и концерты оперных певцов, концерты эстрадных певцов, художественные фильмы, отдельно отечественные и зарубежные. Вячеслав Олегович любил порядок.

Она задумчиво стояла перед полками, не зная, что хочет здесь найти, и машинально водила пальцами по коробкам. Мадонна, Майкл Джексон, «Скорпионз»... А это почему здесь? Группа «Трали-вали» была российской, кассета с записью концерта должна стоять не здесь, а в другом ряду, там же, где «Доктор Ватсон» и Валерий Меладзе. Настя вытащила картонную коробку, не чувствуя под пальцами привычной плотности кассеты. И тут же из коробки выпал диктофон.

— Борис Витальевич! — закричала она. — Идите сюда с понятыми!

Это было нарушением, но Настя знала, что Гмыря столь ничтожным обстоятельством пренебрежет. Весь поиск должен идти на глазах у понятых, чтобы никто потом не смог сказать, что найденную улику подсунули сами же милиционеры. Но разве все предусмотришь! Всегда хочется закончить обыск побыстрее, поэтому ищут одновременно в нескольких местах, понятые за всем уследить не могут.

— Вот, — она показала на лежащий на полу диктофон, — Зотов его почему-то прятал среди кассет.

— Или не Зотов, — резонно возразил Гмыря. — Может, ему кто-нибудь подсунул, чтобы получить запись разговора. Похоже, Коротков, ты был прав, тут игрища какие-то были вместе с интригами. Мусин, давай-ка сюда, вещдок осмотрим.

Эксперт Мусин, которого Настя видела впервые, склонился над диктофоном.

— Пальцы брать? — спросил он у следователя. — Или осматриваем только как технику?

— Бери. Будем выяснять, прикасался ли Зотов к этой игрушке. Если нет, стало быть, подсунули.

— А здесь надпись есть, Борис Витальевич.

— Читай вслух, — скомандовал Гмыря.

— «Победителю межвузовских соревнований по рукопашному бою Натику Айвазову, 1997 год».

— Айвазов? — тут же откликнулась Настя. — Я знаю эту фамилию, он учился в одной группе с Барсуковым. Я весь список группы наизусть выучила. Точно, Айвазов Натик Рахманович.

— А кто такой Барсуков? — подозрительно спросил Гмыря. — Почему не знаю?

— Это мальчик, которого Игорь Вильданов нанял для поиска шантажиста, — пояснил Коротков.

— И где нынче этот отрок?

— Там же, где и Зотов. Убит.

— Так, — сердито вздохнул Гмыря, — приехали. Мусин, заканчивай с отпечатками, посмотрим, что там внутри.

Внутри диктофона оказалась кассета.

— Ладно, будем слушать. Включай, Мусин, — распорядился следователь. — А ты, Коротков, штаны не просиживай, звони куда там надо, ищи этого Айвазова и спроси, кому и зачем он давал свой диктофон.

Запись была не очень хорошей, но голоса слышались отчетливо, и можно было разобрать каждое слово, несмотря на то что разговор происходил, судя по всему, в людном месте.

«...болеет последнее время. Прямо не знаю, что делать. Врач сегодня должен был прийти, так я Катьку, старшую нашу, за главную дома оставил, она, бедная, плакала, что Вите можно пойти в бассейн, а ей нет. Она с мамой сидеть должна. Можно я позвоню?

— Звони, какие проблемы».

Настя почувствовала, как по спине пробежал холодок, словно перед ней встал оживший покойник. Без сомнений, это был голос Вячеслава Олеговича Зотова. Теперь из диктофона доносился писк нажимаемых кнопок телефона.

«— Катюня? Как мама? Врач приходил? Что сказал? Ладно, расскажешь, когда домой приду. Ты Витю ужином кормила? Как не пришел? Он должен был прийти час назад! Хорошо...

— Ну что там с твоей женой?

— Да Катька не поняла, говорит, доктор все на бумажке написал. Витя у меня куда-то делся, паршивец, до сих пор из бассейна не пришел. Можно я еще позвоню?

— Звони.

Снова запищали кнопки.

— Алло, Гоша, привет. Слушай, мой не у вас? А твой пришел из бассейна? Давно? Ладно, извини.

Пауза.

— Слава, я можно еще позвоню? Прямо душа не на месте.

— Да ради Бога, звони.

— Катя? Пришел Витька? Нет? Хорошо, приготовь маме поесть, я скоро приду.

— Ну что там у тебя? — Это снова голос Зотова.

— Не пришел еще. Надо ехать домой побыстрее, если он к тому времени не явится, побегу в бассейн выяснять. Мне звонить-то не пора?

— Беги, звони».

Щелчок, запись закончилась. Гмыря открыл было рот, чтобы прокомментировать услышанное, когда диктофон снова заговорил.

«— Ну как?

— Никак. Занято все время, болтает с кем-то. Слава, ты извини, мне пацана искать надо. Давай я ему попозже позвоню.

— Ладно, позвони. И сразу же мне перезвони, доложи, как и что, понял?

— Есть, командир. Все, побежал».

Вот теперь запись действительно закончилась. Больше на пленке не было ничего.

— И что это такое? — строго вопросил Гмыря.

— Это господин Зотов разговаривал с неустановленным мужчиной, — ответила Настя.

— А в чем тут криминал, я что-то не пойму? Жена болеет, сын из бассейна вовремя не пришел. И что дальше?

— А дальше, Борис Витальевич, встает интересный вопрос: почему неустановленный мужчина ходил куда-то звонить, если у него под рукой есть телефон. Вероятнее всего, мобильный телефон Зотова, коль он все время спрашивал разрешения им воспользоваться, а дело, судя по шумам, происходило на улице. В какое такое интересное место ему надо было звонить, куда нельзя дозвониться с мобильника? И почему эта ситуация кого-то так заинтересовала, что ее нужно было фиксировать на диктофон? И каким образом этот диктофон оказался в квартире у Зотова?

— Вопросов у тебя, Каменская, как всегда, вагон и три тележки. С ответами только плоховато. Идеи есть?

Настя не успела ответить, когда в комнату вошел Коротков.

— Нашел я Айвазова. Он сказал, что одолжил свой диктофон Саше Барсукову и куда Саша его дел, он не знает.

— А зачем Барсуков брал диктофон? — спросила Настя.

— Айвазов говорит, что не знает. Приятель попросил — он дал, в подробности не вникал.

Гмыря недовольно молчал. Он понял, что убийство, которым ему предстояло заниматься, как-то связано с другим убийством, дело по которому уже ведет другой следователь. Теперь начнется волынка с объединением дел и их передачей кому-то одному. И не дай Бог, если ему, Гмыре. Борис Витальевич терпеть не мог доделывать работу, начатую другими. Но ничего не попишешь, он здесь старший, он — процессуальное лицо, придется брать ответственность на себя.

— Коротков, позвони на Петровку, пусть спросят у задержанного Вильданова, когда и при каких обстоятельствах он в последний раз общался с этим вашим Барсуковым. Вы же, как я понимаю, его об этом не спрашивали?

— Мы не успели, Борис Витальевич, — оправдываясь, произнес Юрий. — Мы только вчера поздно вечером узнали, что Барсуков был знаком с Вильдановым, нам, кстати, Зотов же и сказал об этом. Встреча с Вильдановым была назначена на сегодняшний вечер, Зотов предупредил, что в первой половине дня Игорь дает интервью трем журналистам по очереди, там все давно договорено и отменить трудно, а потом он нас допустит к телу гения. Я должен был звонить около семи вечера. А в шесть уже стало известно об убийстве.

— Хорошо, — удовлетворенно кивнул Гмыря, — иди звони, а мы пока еще поищем.

Настя участия в поисках больше не принимала, ей вдруг стало неинтересно, что еще можно найти в квартире Зотова. Главное они уже нашли, не хватало только маленькой детальки, чтобы все встало на свои места. И эту детальку сейчас пытается найти по телефону Юра Коротков. Если найдет — все сойдется. Если не найдет — тогда опять полная темнота и никаких концов.

Ее охватила острая щемящая тоска по оперативной работе. Она здесь чужая, не она занимается раскрытием убийства, ее позвали просто по дружбе, и она даже не может подойти к следователю и предложить ему какие-то свои соображения. Она теперь никто в этой вечной войне между преступниками и сыщиками.

Коротков звонил с аппарата, стоящего на кухне, чтобы не мешать тем, кто ведет поиски в кабинете и гостиной. Настя подошла к нему и села напротив, пристально вслушиваясь в каждое его слово.

— Да, с Барсуковым... Когда, где, при каких обстоятельствах... Все подробно. Срочно, Коля, и сразу же звони сюда. Ладно, передам.

Он положил трубку и с улыбкой посмотрел на Настю.

— Тебе привет от Селуянова. Он жениться собрался.

— Правда? — обрадовалась Настя. — На Валентине?

— На ней. Так что готовься, подруга, подарок покупай и все такое. Чего ты невеселая-то? Вроде нормальная была недавно, а тут вдруг скисла.

Она вздохнула, поправила волосы.

— Юр, я обратно хочу.

— Куда это обратно? — нахмурился Коротков.

— К вам, к Колобку.

— Ну вот, здрасьте! Только несколько дней назад, как мне помнится, ты красочно и с горящими глазами живописала мне прелести аналитической работы. Тебе же нравилось, Ася. Что произошло?

— Мне и сейчас нравится. Но я думала, что смогу прожить без вас и без нашей работы. А оказалось, не могу. Прямо реветь хочется.

— Э-э-э, куда! — всполошился Коротков, который не переносил женских слез и не умел обращаться с плачущими дамами. — Не смей мокроту разводить. Ты что!

Настя рассмеялась, ей стало легко и тепло. Как хорошо, что есть на свете друзья, такие, как Юрка. С ними можно быть открытой и не бояться, что тебя неправильно поймут.

— Да не бойся ты, это я так. Образно выразилась. Но если честно, то я только сейчас поняла, что затосковала. Наверное, это пройдет. Как ты думаешь?

— Пройдет, обязательно пройдет, — уверенно пообещал Коротков. — Ты сначала получи подполковника, потом будешь тосковать дальше. Как ты думаешь, в этой хате есть пепельница или мне по-плебейски стряхивать пепел в раковину?

— Пепельницу я видела в комнате, сходи возьми.

— Да ну, там Борька, он и так злой как черт. Любит он, понимаешь, все с самого начала делать, а когда оказывается, что труп, на который его вызвали, в какой-то другой комбинации завязан, прямо звереет. Он и в следственных бригадах работать не любит поэтому. Ладно, будем в раковину стряхивать, сейчас водичку включим — и все будет тип-топ. Мысль-то есть в голове хоть какая-нибудь?

— Есть. Лежалая, — пошутила Настя. — До чего-то Саша Барсуков все-таки докопался, если счел необходимым последить за Зотовым и позаписывать его разговоры с другими людьми. Что-то с телефоном тут неладное. Фокус какой-то.

Некоторое время они молча курили, пока наконец не позвонил Селуянов. Игорь Вильданов сказал, что в последний раз общался с Барсуковым в своем загородном доме. Барсуков приехал, задал какие-то вопросы относительно той видеокассеты, которой Игоря шантажировали, и ушел. Но через очень короткое время вернулся и спросил номер мобильного телефона Вильданова. В этот момент приехал Зотов, и Игорь быстренько выпроводил Сашу, представив его Вячеславу Олеговичу как своего фаната. В то время он еще пытался обойтись без помощи наставника. Детали Игорь помнит плохо, потому что как раз перед возвращением Барсукова опять звонил шантажист, и певец разнервничался. Вот, собственно, и все.

— Вот и все, — сказала Настя, улыбнувшись. — Мы с тобой свою работу сделали, Юра. Пасьянс сошелся. Саша Барсуков, уходя от Вильданова, случайно увидел то же, что мы услышали на кассете. Я имею в виду странную ситуацию, когда у человека под рукой сотовая связь, а он идет звонить в автомат. Он, вероятно, стоял очень близко к автомату и сумел увидеть, по какому номеру звонят. Ему пришла в голову гениальная догадка, и он кинулся к Вильданову ее проверять. Он спросил номер его мобильного телефона. Вероятно, оба номера совпали, а тут в дом к Вильданову является на правах близкого человека один из тех, кого он только что видел возле автомата. И тогда он стал следить за Зотовым. И сделал эту запись, когда Зотов снова встретился с тем мужчиной, с которым Саша видел его за городом. А дальше все просто. Барсуков был мальчиком явно умным, но не очень опытным, и Зотов со своим помощником его срисовали. Осталось только выяснить, кто его убил, сам Вячеслав Олегович или тот, второй.

— Ну да, начать и кончить, — проворчал Коротков. — Слушай, а почему все-таки из автомата, а? У Вильданова на мобильном телефоне нет определителя номера, я сам видел. Чего они боялись?

— Они боялись счетов, которые раз в месяц получает

Вильданов. В счете указывается, в какое время с точностью до секунды был звонок, сколько времени он длился и с каким номером была связь. И как ты думаешь, что подумал бы Игорь, если бы обнаружил в своем счете номер мобильного телефона Зотова в одной строчке с тем временем, когда ему звонил шантажист? Хоть Зотов и пытался представить своего воспитанника полным идиотом, но, я думаю, он слегка преувеличивал. На такую простую догадку даже у Игоря ума хватило бы. Знаешь, Юрик, самое трудноразоблачаемое вранье — это то, которое почти правда.

— Это точно. Зотов нам рассказал почти все, он утаил только малюсенькую деталь, но без этой детали все выглядит совершенно невинно. И, что важно, все это правда, даже придраться не к чему. Устраивали Немчиновы на своей даче бордель с киносъемками? Устраивали. Узнал об этом отец Геннадия? Узнал. Были кассеты? Были, вероятно, но точно он не знает, потому как не имел к этому никакого отношения. Игоря шантажируют, он через Леру нанимает мальчишку Барсукова, Зотов находится в полном неведении, пока Игорь, отчаявшись решить проблему собственными руками, сам не рассказывает ему об этом. Зотов ругает Игоря за глупость и уговаривает Леру поговорить с дедушкой. И ведь все правда, ни слова лжи.

Да, все это было правдой. За одним маленьким исключением. Зотов знал о кассетах еще тогда, когда живы были родители Леры Немчиновой. И не просто знал, он был инициатором их создания. Он был работодателем Немчиновых, он приобщил их к наркотикам и заставлял делать компрматериалы на ответственных чиновников и их жен. Когда дед Немчинов убил сына и невестку, лавочка закрылась. И вот теперь, спустя десять лет, материалы потребовались кому-то. Вероятно, тому, кто еще тогда, десять лет назад, командовал Зотовым. Ситуация изменилась, люди, на которых был сделан материал, снова в игре, и кому-то понадобилось средство, чтобы ими управлять. Или же кто-то, кто знает, что такие материалы есть, хочет точно знать их судьбу. Вопрос задается Зотову, и это выглядит как задание: узнать. И узнать достоверно. Но достоверно знает только один человек на свете, Василий Петрович Немчинов. И нужно найти способ задать вопрос ему, но так задать, чтобы ни он, ни кто бы то ни было другой не догадался, что Зотов имел и имеет к этому хоть малейшее отношение. И задать этот сакраментальный вопрос должен человек, которому Немчинов ответит, а не пошлет подальше. И ответит правду. Такой человек есть — внучка Лера. Сам Зотов спросить, естественно, не может, ибо предполагается, что к истории с кассетами он никаким боком не причастен.

И тогда задумывается комбинация простая, но безотказная. Некто начинает звонить Игорю и шантажировать его. Делается это в расчете на то, что слабый и беспомощный Игорек тут же побежит жаловаться своему наставнику, а уж тот посоветует Лерочке поговорить с дедом, он найдет слова и аргументы, чтобы убедить строптивую девушку. Он обо всем узнает только от Игоря и, таким образом, останется в стороне.

Однако накладочка вышла. Игорь решил проявить самостоятельность и жаловаться не побежал. Он вместе с неопытной, по уши влюбленной Лерой задумал чудовищную глупость и нанял Сашу Барсукова. Зотов нервничал, он не понимал, почему Игорь молчит, почему не просит о помощи. И он сделал рискованный шаг, припугнув певца необходимостью женитьбы на Стелле. Это сработало, Игорь раскололся. Дальше все пошло более или менее успешно, Зотову удалось уговорить Леру, он был человеком чрезвычайно умным и сумел найти способ быть убедительным.

А когда к нему пришла Каменская с расспросами о взаимоотношениях отца и сына Немчиновых, Вячеслав Олегович сделал все возможное, чтобы заронить в ней сомнения в причинах убийства. Он плел что-то о давнем семейном конфликте, изо всех сил стараясь подвигнуть милиционеров к тому, чтобы вернуться к старой истории и разобраться со странным поведением деда Немчинова. Более того, когда Каменская вновь пришла к нему вместе с другим оперативником и стала спрашивать о кольце, он с готовностью выложил им все, что было можно. Он надеялся, что милиция займется этим вплотную и выяснит судьбу кассет. Пусть хотя бы так, но узнать то, что его интересует. Какая разница, кто первым добьется результата, Лера или милиция, лишь бы было чем отчитаться перед тем, кто дал задание.

И все могло бы получиться. Если бы новоявленный глуповатый Моцарт не взбунтовался, пытаясь защитить свою скудную честь, и не убил своего Сальери.

* * *

Задание было обычным для таких случаев: отработать все связи Зотова. И не только сегодняшние, но и, что особенно важно, давние, те, которые были десять и более лет назад. Работа шла, как обычно, по записным книжкам, по лицам, присутствовавшим на похоронах. Опрашивались обе жены убитого, его сослуживцы по Управлению культуры, коллеги по прошлой работе в филармонии, даже сокурсники. Коле Селуянову повезло, ему достался наряду с трудными один из легких участков — выяснить, какие рестораны посещал покойный, и поговорить с персоналом. Так всплыла фигура Николая Степановича Левченко.

Другим «везунчиком» оказался Юра Коротков, на которого повесили областную филармонию. Там-то и сказали ему, что у Вячеслава Олеговича сложились добрые отношения с водителем служебной автомашины, которая возила директора. Отношения сложились, как всем было известно, на почве помощи в обслуживании и ремонте автомобиля Зотова, который в технике разбирался плохо и ничего не мог починить сам. Где сейчас работает этот парень, никто не знал, но имя, фамилию и домашний адрес дали без разговоров. Белозеров Сергей Иванович.

Найти его было несложно, он ни от кого не прятался и исправно ходил на службу в частный автосервис. Едва услышав его голос, Коротков мысленно перекрестился. Хорошо все-таки, что современная техника достигла такого высокого уровня, даже недорогой диктофончик сумел записать голос без искажений.

Белозеров оказался мужиком крепким и долго держался, делая вид, что ничего не понимает. Что плохого в его дружеских отношениях с Зотовым? Нет, никому не звонил. Ничего не знаю. Ну ладно, звонил, и что? Слава попросил. Почему не помочь другу? Не знаю, кому звонил, Слава дал номер и попросил позвонить. Один раз. Только один раз. Ну ладно, два. И что?

И так до бесконечности. Белозеров упирался до последнего, сыщики и следователь Ольшанский кряхтели и потели, и между предыдущим «и что?» и последующим «ну ладно» проходил не один час. Иногда ночь, иногда сутки. Допросы нельзя вести бесконечно, с одиннадцати вечера до семи утра подследственный должен отдыхать, это святое и охраняется прокуратурой и конвенцией по правам человека. Сыщикам тоже нужен отдых, кроме того, им нужно время для сбора дополнительных улик, при помощи которых можно пытаться протолкнуть упрямого Белозерова к следующему «ну ладно».

Наконец Сергей Иванович устал.

— С женой поможете? — безнадежно спросил он. — Ребята маленькие еще, одни не справятся.

— Поможем, — с облегчением пообещал Коротков.

Да, все было так, как и предполагали Юра с Настей. Зотов не обратил особого внимания на мальчишку, которого видел в загородном доме Игоря, но лицо запомнил. И был чрезвычайно удивлен, заметив его рядом с собой в самом центре Москвы. Мальчишка явно прятался, старался не попадаться на глаза, но делал это неумело и неловко.

— Слава мне показал его и велел разобраться. Что-то ему не понравилось. Ну я мальчишку выследил да и взял за горло. Он глупый был еще, сразу дал понять, что знает чего-то. Выставиться передо мной хотел, наверное. Дело было поздно ночью, на улице никого. Вот и все. Диктофон у него был, так я забрал на всякий случай и Славе отдал.

— Сергей Иванович, а кто такой Левченко? — спросил Юрий.

— Левченко? — несказанно удивился тот. — Неужто и до него докопались? Или так спрашиваете, ради интереса?

Коротков зевнул и сладко потянулся.

— Ради интереса я, Сергей Иванович, сейчас домой пошел бы спать, потому как загоняли вы меня, словно лошадь на мексиканском родео. Через два дня Новый год, мне в аккурат в этом году дежурить выпало, а у меня еще ни елки для сына нет, ни подарков. Так что ради интереса мне вообще-то есть чем заняться. А ради службы приходится спрашивать про Левченко.

— Степаныч у них главным был.

— В чем главным?

— Да в компре той, которую они лепили. У него прямо целое производство было вместе со сбытом, деньжищи такие делал — страшно представить. Несколько точек организовал таких, как у Немчиновых, потом у него еще были специальные люди, их «болталами» называли. Они знакомились с теми, кого им указывали, и провоцировали на всякие антисоветские высказывания, а сами записывали. Потом запись продавали. Мастера были — что ты! И не захочешь, а генсека мудаком назовешь и сам не заметишь. Левченко в таких делах спецом был, Слава рассказывал, что Степаныч с середины семидесятых компрой промышлял. Бардаки-то уже позже появились, когда видаки пошли.

— Понятно, — протянул Коротков. — Значит, Левченко был главным, а Зотов — старшим по бардакам?

— Не совсем так. Зотов только за Немчиновых отвечал, над другими борделями свои старшие были.

— Ну а вы? Тоже участвовали?

— Меня Слава малолеток подбирать поставил. Вы не думайте, я никого не запугивал и не принуждал, все по доброй воле было. Не нравится — уходи, никто не держит.

— Ну и как, многие уходили?

— Да прямо-таки, уйдут они! Радовались, что так легко можно подзаработать. Некоторые даже уходить не хотели, когда я их отпускал, просили, чтобы еще работу дали. Что с них взять, бродяжки бездомные.

— Игоря Вильданова тоже вы нашли?

— А то кто же? Я. Слава как увидел его у Немчиновых, так прямо весь затрясся. Мальчишка и правда забавный был, все время пел что-то. Слава сказал, что такие одаренные раз в сто лет рождаются. Велел предупредить его, когда буду эту партию отпускать.

— Предупредили? — спросил Юра.

— Конечно. За два дня. Слава специально приехал, караулил у платформы, смотрел, как ребятки разъезжаются. Не хотел он, чтобы Игорек знал, что он к бардаку причастен. У Немчиновых-то он во время этих... ну, мероприятий никогда не светился, в закутке сидел да в щелочку наблюдал, так что Игорь его там и не видел. Чистеньким в его глазах хотел быть, чтобы авторитет свой поддерживать. Потому сейчас так все и обернулось. Не мог Слава взять да и попросить Леру поговорить с дедушкой. Потому что Лера — она ж нормальная девчонка, она обязательно спросит, а откуда вы, дядя Слава, про кассеты знаете? Ниоткуда он знать этого не мог, потому и крутился как уж на сковородке, чтобы ему хоть кто-нибудь официально о них сказал. Уж не знаю, почему так вышло, а только звонил я Игорю, звонил, стращал, пугал, а он все таился от Славы.

— Что, Зотов сильно нервничал?

— Места себе не находил. Время идет, Левченко его дергает, а дело не двигается. Скажите, а вы правда Степаныча привлечете? Или так, впустую воздух сотрясаем?

— Не знаю, — честно признался Коротков. — Доказательства трудно будет собирать. Вот вы нам все рассказали, а Левченко от всего отопрется, и как быть? Вы хоть раз задумывались над тем, почему вам известно о Левченко, а вы до сих пор живы? Не задумывались? Да потому, что Левченко вас не боится, он знает, что доказать ничего невозможно, а то, что можно, — за то не сажают. Он не глупее нас с вами, а осторожнее раз в сто. Надо веские доказательства искать, а ведь столько лет прошло... Не знаю, Сергей Иванович, удастся ли, а врать не хочу.

— Я так и думал, — горько вздохнул Белозеров. — Что при советской власти, что при демократии — все одно, на стрелочниках отыгрываетесь. Меня посадить — много ума не надо, а у меня жена больная и двое детишек. Вы вот попробуйте такого, как Степаныч, посадить. Только вряд ли вы захотите. А если и захотите, так он откупится, у него денег столько, что можно все ваше министерство вместе с прокуратурой и судом с потрохами купить.

Коротков внезапно разозлился.

— Каким бы ни был Левченко, он никого не убил. А вы человека жизни лишили и, между прочим, не подумали ни о нем самом, ни о его семье. Почему же вы требуете, чтобы вас жалели? Давайте лучше вместе Сашу Барсукова пожалеем. Не хотите?

Лицо Белозерова стало замкнутым и отчужденным, и Юра пожалел, что сорвался на демагогию. Не надо было... Но он так устал.

* * *

Настя Каменская спала, обняв мужа за шею и уткнувшись лицом в его плечо. Ей снился странный и яркий сон. В этом сне с кинематографической точностью воплотилось все, что ей рассказал Василий Петрович Немчинов. Она видела, как он приехал на дачу, слышала, как он разговаривал с сыном и его женой. Сын пребывал в состоянии нетерпеливого ожидания очередной дозы и не мог ни о чем думать, кроме героина, поэтому легко впал в ярость и в запале выкрикивал в лицо отцу страшную правду.

Она видела, как Немчинов стрелял, как падали тела сына и невестки. Она видела, как он бродил по дому в поисках кассет. Он хотел найти их и уничтожить, чтобы никто больше не узнал о грехах его семьи. Он знал, что где-то вмонтирована записывающая аппаратура, но ничего в видеотехнике не понимал. Поэтому решил сжечь дом. Что сможет найти — то найдет, а что не сможет — пусть будет уничтожено огнем. Главное — спасти семью от позора, спасти Лерочку, внучку любимую, спасти ее будущее. Кто причастен, тот будет молчать, это Василий Петрович хорошо понимал. А больше никто не должен ничего узнать.

Он набрал полную сумку видеокассет, поджег дом и

ушел в лес. Дошел до болота, сел на пень и стал методично разбивать камнем кассеты и бросать в трясину. Когда последняя кассета была уничтожена, он посмотрел в сторону своей дачи и увидел дым, который поднимался высоко над вековыми елями.

Настя видела во сне, как губы его прошептали:

«Requiem aeternam dona eis, Domine».

Даруй им, Господи, вечный покой.

Литературно-художественное издание

Маринина Александра Борисовна

РЕКВИЕМ

Книга опубликована в авторской редакции
Художественный редактор *Е. Савченко*
Оформление *Г. Сауков*
Суперобложка *И. Варавин*
Технические редакторы *Н. Носова, В. Фирстов*
Корректор *В. Шульдешова*

Изд. лиц. № 065377 от 22.08.97.

Налоговая льгота — общероссийский классификатор
продукции ОК-005-93, том 2; 953000 — книги, брошюры.

Подписано в печать с готовых диапозитивов 10.08.98.
Формат 60×90 $^1/_{16}$. Гарнитура «Таймс». Печать офсетная.
Усл. печ. л. 22,0. Уч.-изд. л. 13,3. Тираж 170 000 экз.
Зак. № 3119.

ЗАО «Издательство «ЭКСМО-Пресс»,
123298, Москва, ул. Народного Ополчения, 38.

ISBN 5-04-001565-8

9 785040 015658 >

Тверской ордена Трудового Красного Знамени
полиграфкомбинат детской литературы им. 50-летия
СССР Государственного комитета Российской
Федерации по печати.
170040, Тверь, проспект 50-летия Октября, 46.